中国散文 60 强

魔术师的技艺

张锐锋 / 著

北京联合出版公司
Beijing United Publishing Co.,Ltd.

图书在版编目（CIP）数据

魔术师的技艺 / 张锐锋著. -- 北京 ： 北京联合出
版公司，2024. 8. --（中国散文60强）. -- ISBN 978
-7-5596-7808-9

Ⅰ. I267

中国国家版本馆CIP数据核字第20244TG270号

魔术师的技艺

作 　　者：张锐锋
出 品 人：赵红仕
出版监制：张晓冬
责任编辑：夏应鹏
特约编辑：和庚方 　张 　颖
封面设计：立丰天

北京联合出版公司出版

（北京市西城区德外大街83号楼9层 　100088）

三河市同力彩印有限公司印刷 　　新华书店经销

字数150千字 　650毫米×920毫米 　1/16 　14印张

2024年8月第1版 　2024年8月第1次印刷

ISBN 978-7-5596-7808-9

定价：65.00元

"中国散文 60 强"丛书

编委会

丛书总策划

　　张　明　　著名出版人

编委主任

　　邱华栋　　全国政协常委

　　　　　　　中国作家协会副主席、书记处书记

编　委

　　叶　梅　　中国散文学会会长

　　陆春祥　　中国散文学会副会长

　　冯秋子　　中国作家协会原社联部副主任

　　吴佳骏　　《红岩》编辑部主任

　　张　英　　资深媒体人

　　文　欢　　作家、资深编辑

中华散文的文脉与发展

——"中国散文 60 强"总序

邱华栋

中国是诗的国度，亦是散文的国度。

穿越千年时空，从明清至唐宋，再由魏晋南北朝至两汉先秦一路回溯，汉语言文学中的散文实乃根深叶茂，硕果累累。无论是"唐宋八大家"之雄文美文，还是骈俪多姿的辞赋，以及名垂史册的《史记》《左传》，均为中国文学史上的璀璨明珠。"散文"与"诗"一道，成为中国文学的"嫡系"。尽管，后来从西方引进嫁接技术所催生的"小说"，大有"喧宾夺主"之势，终究还得"认祖归宗"，血脉和基因是无法改变的。

在中国散文流变历程中，曾出现过两次鼎盛期。一次是被文学史家所公认的"先秦散文"时期。其时，伴随着春秋时期的思想解放，诸子蜂起，百家争鸣，一大批散文家以饱满的气血、驳杂的学识和破茧的精神，创造出了散文的繁荣和辉煌局面，对后世产生了极大的影响。

到了"五四"时期，中国散文迎来了第二次鼎盛期。白话文如劲风激浪，吹刮和涤荡着神州大地。沉睡的雄狮醒来了，偃卧的小草开始歌唱。许多学贯中西的进步文人，肩扛文化变革的大纛，冲锋陷阵，掀起了一波又一波的新文学浪潮。《新青年》上刊载的散文，犹如一束束亮光，不但给人以希望，还给人以力量。"五四"以来的散文作品，无论是观念和主题，还是形式和风格，都跟以往的散文迥然不同。最具代表性的，当属鲁迅先生的散文（包括杂文），其刚健、凌厉的文质，疗救了中国散文长久以来颓靡不振、钙质疏流的顽疾。此外，周作人、郁达夫、朱自清、萧红、沈从文等一大批作家的散文创作亦各具特色，呈一时之盛，影响深远。

时代的前行催生了文学的发展，然而文学与时代有时并不同步甚至充满了"张力场"。"五四"的个性解放虽然催生了一批个性鲜明的散文精品，但这样的生态并未持续多久，中国散文的波峰出现了向低谷滑行的趋势。有论者指出，"散文在50年代既是对解放区散文文体意识的放大，又是对五四散文文体精神的进一步偏离。这种放大和偏离表现在个体性情的抒发让位于时代共性或者时代精神的谱写，政治标准优先于艺术标准，批判性为歌颂性所取代等诸方面。"（董健、丁帆、王彬彬《中国当代文学史新稿》）1960年代初，散文创作一度出现了活跃，"专业"从事散文创作的作家群凸显出来，刘白羽、杨朔、秦牧相继登场，迅速成为散文界的三位名家。但他们的作品后人评价褒贬不一，认为其中颂歌式的写法较为单向，这种模式化的写作，不但对散文的建设毫无益处，反而扼杀了散文的个性和神采。

"文革"十年，中国散文更是一片凋零和荒芜，乏善可陈。1970年代末，一些历经浩劫的作家开始复出，解除思想枷锁，重新拿起笔来写作，中国散文才又凤凰涅槃，焕发生机。加之各种文学刊物纷纷复刊和创刊，以及大量西方文化读物的译介出版，更为这些饥渴、桎梏太久的散文作者提供了登台亮相的舞台和瞭望世界的窗口。

1980年代初期，伴随改革开放的热潮，思想解放大旗招展，文化随之繁荣，诸多承续"五四"精神的作家以笔为旗，抒发胸中压抑既久之块垒，出现了一批抒情性质浓郁的散文，使得现代散文这块"百花园"芳菲争艳，蔚为大观。特别是1980年代中期，随着作家主体意识的不断强化，中国文学开始呈现出一个崭新局面，作家从"集体意识"中抽身而出，重新返回"个体"，注重对生活的体察和内在情感的表达。这一时期，散文的艺术性得以强化，文本的精神内涵和表现空间得以拓展。

进入 1990 年代，社会发展日新月异，城镇化进程锐不可当，文化领域亦呈多元格局。各种文学思潮相互碰撞，人文精神的讨论更是打开了作家们的创作思路。"大散文"概念的提出，引发了散文界对散文的内涵和外延的重新讨论和界定。风靡一时的"文化散文"热，成为文坛上一道靓丽的风景。"新散文""原散文""后散文""在场散文"等散文流派"你方唱罢我登场"，争奇斗艳，各领风骚。

及至二十世纪末，一批深具先锋意识和文体自觉的新锐作家，像一头公牛闯入瓷器店，使散文天地发生了激烈的碰撞和变化，形成一股新的散文潮流，提升了散文的审美品质和精神向度。

纵观 1978 年至 2023 年四十多年来，中华大地在"改开"的黄金时代中，社会生活奔涌激荡，各种思潮风起云涌，散文创作更是云蒸霞蔚、气象万千，涌现了众多成就斐然、风格各异的散文作家和具有思想深度、艺术上乘的散文作品。岁月的流水冲走了枯枝败叶和闲花野草，中流砥柱却巍然屹立。时间留住了新时代的散文经典，经典在时间的长河中绽放光芒。以沙里淘金的经典散文向"改开"的时代致敬，是我们不可推卸的责任和义务。

别看散文的门槛貌似很低，要真正写好，却实属不易。优质散文是有难度的写作，它不但需要作者的智识、胸襟、眼界、修养和气度格局；更需要写作者的态度、立场、慈悲、良知和批判勇气。遗憾的是，散文创作繁荣和光鲜的另一面，却是大量平庸甚至低劣之作的泛滥，不但败坏了读者的胃口，而且造成了物质和精神的极大浪费。散文作家层出不穷，散文作品汗牛充栋，可真正能让人记住的散文佳构却凤毛麟角。

散文要发展，文学要前行。发展和前行就要从平庸的樊篱中突围。在突围的过程中，散文作家不可太"聪明"，不可太世故，要永存对文学的敬畏之心。一言以蔽之，散文的尊严来自散文作家的尊严。也可以说，要想散文繁荣，首先需要有一批人格健全，品德高尚，铁肩担道义的散文作家。什么样的人写什么样的文章。特别是写散文，最容易看出一个作家的内在品质和境界涵养。一个人格不健全的人，哪怕他作文的技法再高妙，也很难写出撼人心魄、抚慰灵魂的散文来。作家精神品质的高低，直接决定其作品的精神向度。

为了散文写作的突围和发展，为了建设独具特质的当代散文，也是为了更好地从经典散文中汲取营养，我认为有必要正视和重申一些常识性的思考。高头讲章的理论是灰色的，常识之树却葳蕤常青。

一、作家的个体精神决定散文的优劣。常言道，散文易学而难攻。难在什么地方，不是难在技巧，而是难在作家个体精神的淬炼上。倘若作家的个体精神不够丰富，不够深刻，不够清澈，纵使他手里握着一支生花妙笔，也写不出令人称赞的散文。那么，如何才能做到个体精神的丰富性呢，这就要求作家时时刻刻不背离生活，要知人情冷暖，体察人间百态，关心民瘼，有忧患意识，不要做生存的旁观者。一个冷漠甚至冷酷的人，是不适合从事散文创作的。

二、真诚是确保散文品质的基石。散文创作跟作家的生存经验息息相关，可以说，真正优质的散文，无不牵连着作家的血肉和心性。作家的喜怒哀乐，悲欢离合，都或隐或显地暗含在他的作品中。假如在一篇散文作品中，读者既看不到作者的体温，又看不到作者的态度，那这篇作品或许就是失败的。说明这个作者在他的作品中"说谎"或"造假"，缺乏真诚之心。作家一旦失去真诚，为文必定矫揉造作，作品也必定会失去生命力。因此，真诚是散文的"生命线"，也是"底线"。

三、个性是促进散文生长的养料。人无个性便无趣，文无个性便平质。当下，每年都会诞生数以万计的散文篇章，但能够让人记住，且读后还想读的作品并不多，何故？概在于这些数量庞大的散文，无论题材，还是语感都千篇一律，像是从"模具"中生产出来的，缺乏辨识度。散文要发展，必须要求作家具有"个性意识"。"个性意识"不是标新立异，更不是哗众取宠，而是一种"创新意识"和"审美意识"。但凡在散文创作方面被公认的那些大家，都是"文体家"，他们以自觉的写作实践，开创了散文写作的新路径。不合流俗方能独步致远，推动散文的建设和繁荣。

当然，以上几点并非创作散文的圭臬，谁也没有资格去为散文"立法"。

散文是自由的创造，散文精神即自由精神。我之所以提出来，仅仅是希望引起散文同行们的重视和参考，共同为中国当代散文的发展尽力增光。

我们策划、编选"中国散文 60 强"（1978—2023）的初衷，旨在对新时期以来的中国散文创作作出梳理、评价和选择，试图精选出风格各异的代表性散文作家，以每位一部单行本的形式，呈现出中国新时期优质散文的大体样貌。此项目的发起人为资深出版人张明先生。多年来，他一直追求做高品位的纯文学书籍，也曾连续多年与中国散文学会、中国小说学会合作，出版年度《中国散文排行榜》和年度《中国小说排行榜》。2023 年他策划出版了《中国小说100 强》，反响不俗。身处喧嚣、纷杂的环境，能以如此情怀和心力来为文学做如此浩大的工程，不能不令人钦佩！

感谢张明先生邀请我和叶梅、冯秋子、陆春祥、吴佳骏、张英、文欢组成编委会，共同遴选出 60 位作家。我们在召开筹备会的时候，即将作品的思想性、艺术性、代表性以及影响力作为编选的基本原则。在确定入选作家名单时，我们认真商讨，反复研究，生怕因为各自的眼力、审美和趣味之别，造成遗珠之憾。好在我们的工作得到了作家们的积极回应和鼎力支持，惠风和畅，大地丰饶。

60 位入选的作家，既有令人尊敬的文学大家，如孙犁、张中行、汪曾祺、史铁生、邵燕祥、流沙河、刘烨园、宗璞、贾平凹、韩少功、张炜、梁晓声、阿来、冯骥才等。这批散文大家的作品，文风质朴、清朗、刚健，充满了"智性"和"诗性"。无论他们是写怀人之作，还是针砭时弊，歌咏风物，都有着鲜明的文化立场和审美取向。他们或出入历史，借古观今；或提炼人生，洞明世事，输送给读者的都是难能可贵的"精神营养"。

也有被散文界公认的名家，如李敬泽、王充闾、马丽华、周涛、冯秋子、叶梅、筱敏、张锐锋、周晓枫、于坚、鲍尔吉·原野等。这些作家的散文作品，特色鲜明，风格独特，诚挚内敛，从内容到形式，都作出了各自的探索和尝试，为当代散文注入了活力。从他们的作品中，我们不但能够领略汉语之美，更可以借此反观生活与存在，寻找人之为人的价值和尊严。

还有散文界的中坚力量和青年才俊，如彭程、谢宗玉、江子、雷平阳、任林举、塞壬、沈念、傅菲、吴佳骏、周华诚等。从他们的作品中，我们见到的，不只是中国散文的文脉传承，更是自由精神的张扬。他们文心雅正，笔力锋锐，不跟风，不盲从，始终保持着独立的思索和判断，在各自所开辟的散文园地中精耕细作，以崭新的姿态参与和推动当代散文的变革。

其实，细心的读者不难发现，入选本丛书的老、中、青三代作家都有个共性，即他们均在以自己的作品审视心灵，心系苍生，弘扬真善美，鞭挞假恶丑，充满了正义感和人道主义精神。这自然与时下众多书写风花雪月，一己悲欢，充塞小情趣、小可爱的散文区别开来。正是因为有他们的存在，中国当代散文才呈现出一幅绚丽多姿的长卷。

需要说明的是，有些重要的散文家，如张承志、余秋雨、王小波、苇岸、刘亮程、李娟等人，由于版权或其他不可抗原因，未能将他们的作品收录进来，我们深以为憾。

我们还要感谢北京立丰天文化传播有限公司的资金支持，感谢北京联合出版公司的精心编校，他们慷慨和无私的义举，对于繁荣中国当代散文创作、对于赓续中华优秀散文文脉、对于中国新时期的文化积累，均具重大价值和意义，可谓善莫大焉。这套丛书的出版意义将同《中国小说100强》一样，旨在给读者以经典的指引，这既是一项重要的原创文学工程，同时也是助力推动全民阅读和研究传播文化的公益工程。

郁郁乎文哉，中国散文有幸！

是为序。

2024 年 5 月 12 日星期日

（作者为全国政协常委，中国作协副主席、书记处书记）

目 录
Contents

棋　盘

——寓言之重根

　　人，生活在寓言里。如果我们从寓言里寻找一个人，就会发现他原本是简捷明快的，他并非我们所预想的那样复杂和冗繁。这样看来，寓言并不是人所创造，而是产生于人之外的某种持续的照耀。就像人的影子乃得自太阳——当然我们还可以说出其他形式的泉源，譬如月亮、篝火、灯……实际上，它们不过是太阳的模拟或缩写。寓言的存在一如影子的存在，是需要一个布景的。影子的布景是大地或墙壁，寓言的布景则是更广大的虚空。它接近于神道。实质上，我们是不可能完全把握寓言的，任何声称自己已彻底理解了某一寓言的人，都近似谵妄。如果说，世界是人的栖身之地，那么，寓言是人的隐身之所。人不能永久地暴露在外面，他还具有藏匿的禀性。寓言以其语言的掩蔽天然地满足了人要求藏匿的欲望。

　　我想到了很久以前。祖母在一盏油灯的亮光里，告诉我如何在自己的手掌上找到古老的十二个属相。十二种被精心挑选出来的动物，分布在除拇指之外的其余四指上。它们沿着无名指、中指最下端的关节线通过食指的三个关节到四个指尖，又经由小指的三个关节组成环状。十二个属相由此形成了循环，你不管出生于何年，都逃不脱拇指的掐算。这种古老的计算方法或许已经指明了十二这一神秘数字的起源，正如人的十指说出十进制记数法的起源一样。中国独有的天干地支交织起来的筹算，不仅在循环的意义上认识了无穷，而且在一个手掌上以动物的生动图景，完成了对时空与人事的智慧指认。时间是首尾相衔的圆形，这与古希腊那条衔着自己尾巴的蛇的譬喻不期而遇。中国的智慧在油灯的亮光里闪烁。祖母以拇指的掐算可以迅速找到某一人的属相，这样，人就与那些动物图景对应起来。我们为什么要确立这样精确的对应关系？那些动物是以怎样的姿势蹲伏于属相之中？分布于这循环之圆的十二种动物意味着什么？为什么在成千上万种动物中只挑选出十二种？这大约已是永恒的秘密。可以设想，这种古老的设置必有一不寻常的动机，其神秘含义让人联想到耶稣的十二门徒。这十二种动物又是谁的门徒呢？

我们永远不能找到答案，但我们可以做一些并无实质意义的推想。鼠为十二属相之首，它可能代表着繁殖——繁殖乃世界的本性与万物的正义。牛与劳动相关，虎是健康与强壮的象征，兔的机警与可爱给予人以聪慧的想象。龙是虚幻的怪物，其可怖的形状已涵纳了统治者的力量。蛇以其外形与生活习性暗示阴谋和潜在的凶险之象。马意味着速度与性感之美，羊是善的祭品，猴是灵巧与表演者的化身，鸡则以其司晨之鸣为自然与人事节律的证明，狗是驯顺与忠诚的代名词，猪是快乐与愚蠢的形象复制。十二个属相实际上是十二个寓言，它讲述着世界的十二个密码。这说明人一直有着破解世界奥义的奢望，我们的祖先在很久很久以前，就试图以筹算的方式将世界的全部秘密纳入自己的手掌。

因为与某一属相的精确对应，人便获得了一个抽象的背景。这意味着你一出生就将自己寄托在世界的密码里，你的命运被神秘的事物所充满和确定。你将以自己为起点进入不朽的某种循环。你的存在意义之所以不被理解和不可追溯，是因那抽象背景的不可知。你实际上存在于你的背景里——这一背景由十二个寓言组成，又以你所拥有的唯一的寓言为起点。这些寓言彼此交织构成人的永恒的迷途，对此我们只好一直保持缄默。

　　我还知道另一种生动的寓言，它由一些历时性的图案构成。在我很幼小的时候，我曾目睹了这一奇特的寓言。我看到祖母将我们吃剩的饭菜喂狗，那只供狗吃食的铜制盆子在阳光里闪耀。那只瘦小的狗以其黄色皮毛的闪耀与那铜盆相对映。我听到了狗的吞咽之声，还有铜盆被掀动的金属叩击声。这些声音是柔和的，它肯定有别于现代都市的任何躁动。祖母被白发缠绕的面孔随着一团黑影移开，消逝于敞开的木门之后。大约几分钟之后，铜盆里的食物被扫除干净，我看到狗的舌头在其中旋转，然后狗满足地躺卧在阴凉之处。应该说，寓言到此结束了，不。这时，飞来了一群鸟雀，它们非常惊险地围绕在铜盆的边缘，依然对那看上去空空的铜盆有所发现。它们疯狂地啄食着，像一些饥肠辘辘的绅士得到了一次节日赴宴的机会，全然顾不上体面。又是几分钟之后，它们已感到了意外施舍里的饱足，飞到了一棵榆树的高处，开始谈论一些超越生活的抽象问题。它们的声音变得响亮而富有活力，仿佛不是它们，而是榆树的巨冠所发出的鸣叫。这时，我偶尔发现了又一奇迹，一条细细的黑线从那只铜盆伸向很远的地方。

　　那条黑线差不多是一条直线。我俯下身来才发现那是由无数蚂蚁组成的黑线——它们在这条直线上构成往返之途。它们的小小螯子里塞满了东西，它仍是取之于那只看去是干干净净的铜盆，这简直是一只魔盆，它里面所藏的食物几近无穷。我开始相信，等蚂蚁撤离之后还将有更细小的生命出现，只是我们眼睛无法窥视到那样幽暗的深度。

人——狗——鸟雀——蚂蚁——更细小的生物……在时间和空间的意义上，扭结为一个严密的链环式传递结构。我从这只闪闪发光的铜盆里看到了它所照亮的内容。我看到了宇宙间严格的等级秩序。人吃剩了，由狗来继续吃食，狗吃剩了，由鸟雀来继续吃食，鸟雀吃剩了又由蚂蚁来吃食……大地上的每一点食物都养育着无数生命，这些食物被如此节俭地使用着，从这个意义上看去，节俭是世界神圣的法则之一。任何事件都有其不可思议的深邃价值，浪费的语义仅仅源于人的想象，浪费事实上是不存在的。

我还看到了一粒粮食所呈现的光芒。它意味着整个世界。因为它乃神的视线，一直穿越了无穷量与无限细小的生活。大地所出产的自有其所供养的，我们的生活里从不设置多余的事物。一丛蒺藜是不多余的，一棵路边的草也不多余。如果我们偶然发现了某一事物的美，是人的天赋偶然感知到了它的隐秘用意。当一个农夫搬动一块石头的时候，他不仅感到蝎子毒尾的蜇痛，同时也从蝎子的古怪形体与手指的疼痛里悉知某种警告。

那只供狗吃食的铜盆正是寓言的核心，一切由它来讲述。它所讲的类似于神父的布道，其教义覆盖着我们的生活。它难道仅仅是一个有着特殊用途的器皿吗？那铜的光辉正是它所容纳的真理的光辉。人的语言是明了的，这是一种低级的简单的语言。宇宙则采用另外的语言，它以具体的形象作譬喻，它的任何事物都不讲述自身，而是讲述全部。这也正是耶稣为门徒讲道时总是使用譬喻的原因。我看到过多少种具体的形式，却总是难以理解其所隐含的东西，这些形式存在的价值是不使它所包藏的秘密泄露——比如说，一个人或一只蚂蚁意味着什么？一粒沙子又意味着什么？一切生物为什么只采用对称的外形？我们为什么要有十根手指？等等。当然，我还看到过一句话的寓言，它已接近于谜语——所不同的是，谜语仅有一个唯一的解，寓言则复杂得多。它甚至是不可解的。比如那一出自《士师记》的参孙的著名谜语："吃的从吃者出来，甜的从强者出来。"前者的表面谜底是蜜蜂，后者则指出蜜蜂之巢筑于一头死狮之躯。他以这样一句话讲说自己偶然的一段经历，参孙曾从狮躯内挖出蜂蜜品尝甘甜，又以其独特的谜语式叙述剥夺了几十人的生命和财产。一个谜语已经是这样恐怖。然而更其惊惧的是，这一谜语乃一寓言。它既拗口又意旨深远，它包括了两对相互矛盾的语义：吃的既出于吃者，吃的便为吃者之果，吃者已不存在；甜的既出于强者，强者之躯已为弱者占据，强者便演化为弱者。这一悖论从根本上是无解的。如果我们定要寻找到它的本意所在，那么其意义上的彼此攻击与自相否定已构成了其不朽寓意的最后奇观。这样的寓言是一种迷宫式的设计，它太辉煌了，太耀眼了，以至使观赏者沦为瞎子。这太可怕了，有时我们竟然难以承受这样的恐惧。

我还想叙述完全属于视觉范畴的寓言。研究视觉的专家们发现，人对同一图像会产生多样的解读，并在多种解读之间产生不稳定的交替和摇摆。他们曾举出了最有说服力的例证：棋盘。国际象棋的棋盘由黑白交替的方格构成，如果一个人把眼睛集中在一个白色方格上，将它看作一个黑色十字架的中心，马上他就会发现棋盘是由许多黑色十字架构成。相反，你将视线凝聚于一个黑色方格，将其视作一个白色十字架的中心，你很快便看到布满棋盘的白色十字架。你眼中的事物并不是完全确定的。你正是在这样一种具有神性特征的不确定的棋盘上行棋。事实上，耶稣背上的十字与棋盘上的十字相似。我们认真注视的时候才能发现它。然而，你的发现并不是唯一的，你将在另一时刻发现完全不同的形式。人，如果负有神的博弈的使命，他一开始就注定不能确定自己行走的路线，棋盘的唯一用途是让你在自己的视线中迷失。

然而，博弈者乃凌驾于高处。你能感到在生命之外存在着一种不可抗拒之力，却完全不可仰视那弈者。当你俯视那棋盘的方格之时，任何一种专注的形式都将人导入误区。我曾在幼小时迷恋过弈棋，我曾与许多孩子对弈，最后的结论使我有所警觉：任何一步应着儿都不可能是完全正确的。你不可能在任何一局棋中获得自信，相反，在攻守中发现了人的卑微。因为，人的一切智力最后都被棋盘的迷途击破。我曾把棋盘设置在广阔的原野上，无限开阔的背景使棋盘的力量突现出来，它成为无限的见证。我曾把棋盘画于一张有限的纸片上，那纸片却以最轻的力与最有限的面积将人的重量全部抵消掉。这似乎属于玄学的力量，在线条与线条的交叉中呈现；人不可能在内心容纳它，只能以莫名其妙的姿态站立在上面——这是一种命定论的演示，拆棋和复盘是一种最后的妄想：因为不可能和绝望，才把你引向无价值的解脱。针对这样的梦想，人们才沾染上棋瘾，这里隐蔽着该种游戏永不泄露的恶毒意图。如果你死盯住棋盘不放，就会看到十字架背后的嘲笑。当然，这嘲笑属于十字架，蒙昧仍归我们自己。

那么，在棋盘上，人走到了哪里？中国有一个黄粱梦的寓言。这一古老的寓言家喻户晓。一个名叫卢生的少年，出身寒门，一直思谋着出将入相与建功树名。一次，他在邯郸客店中遇到一个道士，授给他一青瓷枕。这时店主正在蒸黄粱。卢生一着枕便入梦中，梦中的景象辉煌至极：卢生迎娶娇妻，高中进士，然后升官晋爵，累官至节度使而大破戎虏，为相十年，子孙满堂，寿八十余而终。等他在梦中度过荣耀的一生后醒来，才发现店主的黄粱仍未蒸熟。这一寓言试图告诉我们，人原是在睡梦中的。店主之蒸黄粱只是对睡梦时长的衡量尺度，因为这一梦外之景属于未完成的事物，在无限的时间中，任何事物都是短暂的和未完成的。这个譬喻的深奥之处还因蒸黄粱之事是与梦无关的，它们只在时间上彼此映照。

正是那未熟的黄粱照亮了梦境。卢生的梦要是永不醒转呢？黄粱就失去了意义。而且，梦者所梦到的荣华富贵就成为永恒的占有，梦与现实之间的界限就归于泯灭。梦之所以不同于现实和不被视为现实，是因为梦有时太离奇了、太辉煌了，或者太恐怖了，它从事实的角度看总是越过人的想象。它的力度远远大于生活本身。它的醒转和归于现实仅仅是使人意识到一梦的终宿，人在梦中是完全不知在梦中的，如同人在现实中也并不知是在现实中的——这是有些人将人生比作梦的缘由之一。一位法国作家试图以这样的理解来设计一部小说，他将一个音乐家的一生看作许多梦境的联结性历程，并将这些梦的碎片纳入神秘的乐章式的十卷本巨著之中。他是以梦来否定现实的，他将现实以人的心理为基础，从而将现实视作虚幻与虚幻的串结。中国古代英雄曹操也吟过具有类似意义的诗篇。那么，黄粱便以梦醒为标志重又深入到梦中，给梦的漫长的历时以一个超越的最终之解。我们的生活之外，是否也有人或神蒸着黄粱呢？这是一个事关死亡的神秘问题。黄粱之梦的另一意义是指出了死之死的问题。卢生在梦中已寿终正寝，这是生中之死。然而当他醒来之时却会发现他将面对第二次死。那么，他的醒转就意味着死后之梦，梦本身的意义在于其对自身破灭的长久期待。

我想到了中国另一个著名的梦——蚁梦或曰南柯之梦。这一梦同样是妇孺皆知的。古代一个叫淳于棼的人家居广陵，院子的南面有一棵古槐树。有一天，他醉卧树下，不久便入梦境。这时有槐安国的两个使者奉王命前来邀请他，淳于棼就跟着使者来到大槐安国，娶了公主，做了南柯太守，享尽荣华富贵，显极一时。后来与敌交战而败，公主先死，国王就将他遣归了。淳于棼醒来之后才发现槐树下有一蚁穴，正是梦中的槐安国都。古槐树的南枝下有另一蚁穴，恰是南柯之郡，他曾在那里生活了几十年（？）。他所守之郡竟是这个样子？梦境将最卑微的事物放大了万倍之多，使生活呈现出彩虹之拱。然而，生活原来就是卑微的，它终归在梦醒之后复归原状。

这一梦使人感到了几方面的疑惑。淳于棼怎么知道那古槐树下的蚁穴正是大槐安国？蚁穴又是怎样以更辉煌的方式进入他的梦中的？他又是以怎样的方式入于蚁国并经历那荣华富贵的？淳于棼之梦正好在醒来之后找到了与梦相对应的东西，他看到了蚁穴，而古槐树巨大的树冠恰好又遮盖了蚁穴与睡梦中的淳于棼。这两者都纳于古槐的笼罩。在梦中，这一切都重合了，就像人观察一块大石头背后的小草，梦使人转到了石头的正面，草不见了，它与石头所重合或者石头遮住了它。也许淳于棼所梦到的并不是蚁穴，大槐安国完全与蚁穴无关。但他在梦醒之后为了给南柯之梦找到依据以验证这梦的真实，便找到了蚁穴。在这里，淳于棼首先肯定了梦的真实性，然后才寻到了一个梦的缩影。他便认定了蚁穴就是大槐安国，他的这种认定仅是臆想——这实质上是又一梦。因为他的推测与梦一样，同样是不可证明的。

正是不可验证的东西引出了人们对这一梦的理解。人们与淳于棼一样把人的历程与蚁穴联系起来，试图找到梦的真义。蚁穴之所以进入淳于棼的睡梦，是因为淳于棼安卧于蚁穴旁。他毕竟是在蚁穴旁，而不是在蚁穴内。他是如何在梦中把自己置于另一空间的？这是一个不解之谜。显然，在梦中，淳于棼完全地变成了蚂蚁，蚂蚁不再是人眼中的渺小的蚂蚁，而是蚂蚁眼中的蚂蚁。他所看到的蚂蚁与自己是全然相同的物种，因而他并不对自己的经历有所怀疑。大槐安国的文字是蚂蚁的文字，这文字无须翻译为人间的文字。他领略了蚂蚁的一切，体现了蚂蚁的生活和秩序，在他重新以梦醒为界重归人间后，人间的生活与蚂蚁的生活之间就失去了边界——这完全是同样的世界。甚至蚂蚁的生活比人间的生活更辉煌、更有魅力、更符合理想。

同样地，蚁穴的进入梦中或有其更玄奥的道路。蚁穴在淳于棼的梦中扩大了，以至包容了淳于棼。这一可怜的古人被蚂蚁所包围，却获得了幸福。这样的事实或许指明了幸福的真谛。梦不仅使时间浓缩，同时又在空间上扩张。正是这种缩制和扩展，有时梦就显得古怪离奇或支离破碎。蚁穴以一种精心安排的比例进入了淳于棼的梦中，也许这也是淳于棼在做梦的历程上的巧遇，二者在遇合之中突现了双向的穿越，如同螺栓与螺母的配合以及一列火车穿过隧道。在列车穿过隧道后，列车与隧道分开了，它们又各自成为自己。蚁穴并不是静止的，它在行进中穿过了淳于棼的梦，梦仅仅是预先的设置。或者恰好相反，不是淳于棼游历了蚁穴，而是淳于棼的梦游历了蚁穴——淳于棼仅仅是一个梦的幸运的乘客。

也许这一著名的梦的含义还体现于淳于棼这一神秘的名字上。淳有大的含义，棼则是楼阁的脊檩。前者是人与蚂蚁比较的一种结论，后者则在揭示南柯之梦的实质。那一小小的蚁穴正好是人的脊檩，它所承受的重力由梦来实现。淳于棼所经历的，并非那蚁穴，而是自己的名字。他的名字又成为他所经历一切的见证。这还意味着，大的东西并不是绝对的，它完全可能被最小的事物所包藏。这一寓言的伟大之处在于，它将最灿烂辉煌的怀疑凝聚在一个人短促的梦中。梦是有着多么大的容纳力啊，它不仅笼罩一个人，而且有时要包含万有。

我们由一个梦可以看到人的历程。但这历程是模糊的，也是不朽的。它的基础仍由一种捉摸不透的棋盘构成。我在少年时代曾经历过乡间的一种质朴的游戏。即你将一块石头以各种姿势抛出，把几米之外的另一块立着的石块击倒。我想，这一游戏可能是极为古老的，它源于先民的狩猎中的投掷。我看着那一石头靶子，必须从前面和后面反复将其击中。这一游戏的目的旨在确立人与石头的联系，它使人与石头的距离在投掷中消失。人与物以什么方式联系在一起？中国的另一个寓言赋予这一联系以特殊的魅力。楚国有一人渡江，他的剑不慎掉到水中——这个人立即在船上刻下一记号，他说，这是我的剑掉下去的地方。在船停下来之后，他从记号指的地方跳到水中，寻找自己失落之剑。

这一寓言实际上含有极其抽象的深意。那个楚国人在船上刻的记号，是那一时刻的空间凝聚。实际上，在他刻下记号时，落水之剑已包含在那记号里。一把具体的剑被一个抽象的记号所含纳，剑的失落之处被更加持久地指明了。不管船行走到哪里，那船上的刻记都是永存的。楚人的愚蠢之处在于，他刻了记号后仍要在船停之后去寻真实的剑，他忘却了符号的意义。那个刻符既指出了剑，又指出了失落，他却只沿那刻符寻找剑，他所能找到的便是那记号所含的另一面。剑与失落是相互矛盾的，寓言试图证明这两者同时也可以互容。

刻舟求剑的寓言还注意到时间的荒谬性。时间既是可以刻在一个记号里的，又存在于记号之别处。这也是那个倒霉的楚人捞获失剑而不得的原因。记号仅仅是人在时间里的刻度，剑却在人的时间之外另有所寄。我们甚至可以窥见那个楚人在时间里的困惑。他在烟波浩渺的江上蛮有把握地在船上刻下记号，但船停之后，他入水求剑，遭到了彻底的失落。剑到底哪里去了？从另一层意义上看，剑并没有丢失，剑以另一种方式存在于船的记号里。剑获得了两种存在方式，一种是沉睡于江底，另一种是显露于抽象的刻符。这如同那南柯一梦里所讲述的，淳于棼既存在于蚁穴之外，又存在于蚁穴之内——那是梦赋予他的双重存在，梦从本质上相当于这一楚人的刻符。

楚人所刻的记号是试图否定船的运动的。这如同古希腊的一些哲学家提出的悖论。这说明运动的观念在人的内心里是可以被否定的，如果那个楚人不去寻找那真剑的话。他如果铭记那记号，剑的遗落地址就永远是清晰的。这一如人类的历史，它将依赖卷帙浩繁的史卷得以永存，我们以此判断它并不是全部消失了的。刻舟求剑的故事在某一意义上，并非嘲讽人的愚蠢，而是从相反的方向论证人的智慧。我们不妨这样想：那个楚国人要是在剑掉入水中时，立即跳下去打捞，就真的能寻到剑吗？江水浩荡，也许江底还有深深的淤泥，剑的所在也许仍是一个谜。他不如将这谜刻在船上，还留有揭破这谜底的时机。

这让人想到希伯来人的《圣经》里关于罪的开端的记载。该隐因嫉妒而杀掉兄弟亚伯，神为了使该隐不被诛杀，便把罪的记号永恒地立在该隐的头上。罪使人与神得到了不朽的联系。这一记号里既有洗不掉的罪，又含有永久的赦免之义。人实际上是从一个记号开始的。没有这一记号，人类或许早已中断或被诛灭。这代表着罪的记号正是人的本源——神采取了一种与楚人相似的方法将人从江底捕捞上来。两个寓言的不同在于，一个是论述神的智慧，另一个是论述人的智慧。人所求的甚小，神所求的甚大。因而可以说，人是神的缩制，或人是神在世间的替身。

刻舟求剑的寓言还针对人的希望而设计。那个楚国人很懂得希望的意义。他把剑失水中的地址刻在船上，正是把一个希望铭记下来。他让那一希望在江中行走，在时间中延续到最后。这里含有一种简明的生活艺术——希望中的焦虑是优于痛苦的。生活中唯一克服痛苦的办法是使希望在时间中延宕。莎士比亚笔下的哈姆雷特曾采用过这种办法，在一个爱的内心里，他把孤独的复仇推迟到最后。实质上，在时间里是永无最后的，最后是在时间之外。

有时，人还借助寓言的力量来嘲笑自己。另一个有名的故事就是守株待兔。宋国有一人耕田中发现兔子撞在树上死了，就扔下农具在树下等待下一只兔子撞在树上。这同样是针对人的希望的，但又是针对生活的真实的。它的魅力所在是忽视了人的智力因素。生活的真实有时比这一故事更严酷——我们依凭着某种经验常常以自己的一生来期待某一希望。这实际上是明智的，人是不比兔子跑得更快的，人就不可能追上兔子，既然曾有过兔子撞在树上的例证，我们为什么不在树下等待呢？

等待的含义在于，兔子在一个人的内心反复撞在树上，一个人因此在等待中已无数次获得。人们实际上是没有任何权利来嘲笑这一举动的，自嘲的意义与守株待兔的意义相同，是因为这两种方式都是认真地加固心中关于希望的观念的。说到底，生活的真正魅力源于人为希望所付的代价。人们为什么要嘲笑这个宋国人呢？仅仅因为他在树下等待。更重要的是他以自己的行动指出了真实，人们为了缓解自己对真实的恐惧，便发出了轻轻的嘲笑，以此来否定人生的虚幻感——他可以在嘲笑中对真实的事物视而不见。但真实是不可抗拒的，它对任何一个虚弱的内心都毫不容情。

对于许多问题，古人曾采取过一些非常巧妙的办法。鲁国的一个乡野之人送给宋元王一个绳结，宋元王便向全国发令，让技艺高超的人都来解这个绳结，结果没有人能够解开这个结。儿说的弟子请求去解，然而只解开了一部分。他说，不是这一结能解开而我解不开，而是这一结根本就不可解。宋元王询问鲁国的那个人是不是这样，得到的回答是：这个结本来就是解不开的，因为这个结是我做的，所以我原以为只有我才知道它解不开。那么，儿说的弟子实际上已解决了这一难题，他采用的方法是以不解解之。

这显然是一种高明的办法。对于多少复杂的疑问，我们总是由执拗的探寻而入愚蠢，我们忘却了自己的能力极限——生活中的许多问题的正解乃不解。人的希望同样是一种不解之物，因而关于它的寓言才如此深奥。人之于希望如同淳于梦之于蚁穴、农夫之于树株，不解的原因在于它们是同一回事，你不能把它们拆开——人包含了一切。

在稚童时代，我曾目睹过很多不解之谜。比如说，农人身上的虱子。它们从哪里来？洗得干干净净的衣服穿在身上，过些日子就生出了虮子。人们告诉我，虮子是从肉里生出的。还有雨后的积水中很快就显出了细小的鱼影。我曾在田野上的水洼里观察过它们，它们在水洼里自由地游动，如同某种幻觉。它们又来自何处？我曾坚信，生活中的许多事件有如自然中的事件，它们原是凭空而生的。当然，还有年年都要收割的庄稼，我们在春天投下一粒，到秋天便有无数——耶稣曾以此获得复活的信念。这都是出自土壤的东西，有限的土壤怎能出产无穷之物？我只能相信有着仁厚而黑暗的地母。我们所看到的，原都是不解的寓言，它只给我们以食粮，不给我们以答案。寓言是喂养我们的一种方式，一如深厚又沉默着的大地——我们存在着、生活着，也许这就是那唯一的不解之解吗？最终的解显然是不可示人的，有时这最终之解恰在那寻解的途中。

你要硬去寻找一个解，那就等于否定自己的全部。在齐庄公的时候，有一勇士名叫宾卑聚。他有一次梦到一个身强力壮的男人，头戴白缟之冠，冠上系有红色帽带，身着练帛之衣，脚蹬白色鞋子，腰佩黑色剑鞘，对他大声斥骂，还以口水唾他的脸面。他惊恐地醒转之后，再也睡不着了，一整夜怏怏不乐。第二日，他将朋友们找来，说，我从小勇猛刚强，到60岁还没有遭到过挫折和屈辱。昨天夜里梦到的那个人竟然侮辱我，我要按那人的形象去寻找他。如果能找到就很好，找不到我将以死雪耻。于是宾卑聚就和他的朋友们每日早晨在交通要道上搜寻那梦中之人，三日不得，却而自殁。宾卑聚就这样自杀了。因为他非要得到一个最后的结果，就只能以生命来换取。这一故事充满了理想的气息，它试图以一个极端的事例揭示人的自尊的本质。实质上，这是一个关于人的故事。宾卑聚一辈子保持着自己的尊严，却在一个荒唐的梦中受到了挫折。他不能容忍这一不幸，为了使自己依旧持有那真正的纯洁，他觉得生命是不足惜的。他以自己的死将那一次梦中的遭遇抵消，实际上，那梦中白缟之冠、丹绩素履之人正是他自己。他已强大到没有敌手，这样的生活只有自己亲手来打破平衡。

于是，一个梦给予他以最后的许诺。这个梦以侮辱的方式使宾卑聚获得一次机会。人的尊严是不允许别人来践踏的，然而，自己在梦中亲自来践踏，这种极端的措施来自宾卑聚 60 年来精心构筑的防御工事，他不得不最后来试一试这一工事的能力。最后，自己从梦中走来，他穿着不同寻常的衣装，轻蔑地唾骂着，把自己逼上了绝境。醒来之后，他感到了恐慌，他发现了自己的怯懦——怯懦使一个勇士感到了羞耻。唯一的弥补办法是，找到那个梦中人，与之决斗。然而，人又怎能在自己之外找到自己呢？宾卑聚与他的朋友们为此忙碌了三日之后，才发现这种寻找徒劳无功。这类似于水中捞月或者从镜子里挖掘出自己。他醒悟到这一点后，便转身把决斗之剑对准了自己，经过一场惊心动魄的搏斗，当然，这发生在一瞬间，他杀死了自己，也战胜了敌手。他终于成为真正无敌的勇士，因为他战胜了最后一个敌人——自己。我们可以想象当时那一悲壮的场面，一个勇士举起剑来，在一个房间里绕了几圈，然后毅然对准了自己致命的部位，以闪电的速度刺入，血喷射出来，剑仍是紧紧地捏在宾卑聚的手里。他慢慢地倒了下来，仰面而休。屋顶以原初的构造之形俯瞰着这一幕，真实与梦境得到了重合，墙壁与死者以一个不朽的直角成为人的铁证，从某种意义上讲，这是一种对人的拯救方式——千古以来，人的拯救与此相同，人的堕落与此相反。这样的结论令我们悲痛。

子夏到晋国，经过卫国，有一个读史书的人说：晋师三豕涉河。子夏说，不是这样的，应该是己亥，不是三豕。己字与三字相近，豕字与亥字相近。子夏到了晋国问起这件事，得到的回答果然是晋国军队是在己亥那天渡河的。这种对于字词的辨析是来自心灵，它是人自我辨析的一部分。宾卑聚曾对一个梦作出了直观的判断，引发了杀身之事。子夏对于别人的依据提出了质疑，最后取得结论。三头猪过河的事件与一支军队在某一时间渡河的事件都出自同一文字，然而那文字所指的，只有唯一的一件。这样的误差并非来源于文字本身，而是来源于人。在中国古代有许多这样精细的误差使人的心灵感到迷惑。孔子到东方远游，路上遇到两个孩子在争论。孔子走上前去问他们为什么争论。一个孩子说：我认为太阳刚出来时离人近，到了中午就离我们远了。另一个孩子则认为正好相反，日初出远，日中时近。一个孩子说："太阳刚出来时大如车盖，到了中午就如同盘盂那么大了，这不是由于离我们远的看去就小，离我们近的看去就大吗？"另一孩子反驳说："太阳刚出来时沧沧凉凉，到了中午就热得像泡在滚汤里一样，这不是由于离我们远就感到冷，离我们近就感到热吗？"孔子听到两者的议论莫辨是非，最后受到两个孩子的嘲笑。

还有一个著名的关于相剑的驳难。一个相剑者说：宝剑呈白颜色表示坚硬，呈黄颜色就意味着柔韧，黄白相杂就说明既坚硬又柔韧，这就是好剑。另一人提出诘疑：照你这么说，白颜色表示不柔韧，黄颜色表示不坚硬；黄色与白色相杂，则既不坚亦不韧。还有，柔软就易于铯锋，坚硬又易于折断，既易铯曲又易折断，焉得为利剑？这种非常有力的驳斥类似于白马非马的推论，它洞悉了人的心灵。这些寓言里的古人都是睿智的——子夏、两个孩子与那提出疑问的人，甚至那个读史书的、在我们看来是书呆子的人，他虽将一个时刻辨认为三头猪，但你怎能不认为他的错误实际上正好指出了事物的本质？晋国的军队涉河作战也许是极其愚蠢的，这与三头猪过河有什么差别？在这里，己亥这一确切的时间已不重要，它完全可以被忽视，我们又为什么不能把它的这一意义排除到字义之外？这种将错就错的方法酷似于将计就计，那个书呆子读错的词正好指出了真实，这样的错误比原本僵死的记载更有活力。子夏反倒犯了死板地进行考证的错误——他所追求的事实的原意恰又背离了事实。

两个孩子提出的问题则更富于挑战性。因为他们以一种幼稚的直观来面对一个所谓博学的人。他们让那个大学问家孔子也迷惑不解，以悖论的方式让一个代表着理性的思想家不可决断。孩子们所要证实的是人的思想最终是苍白的，他们所嘲笑的也正是这个。两个孩子以一个事例说明：思想就是误差。世界上没有任何事物可以由人作出精确的阐释。或者说，任何事物从本质上都是不可解的，可知与可解是人的企图与谵妄。更重要的是这个故事描绘的画面之美：孔子在向东方游历的途中，背着手思考着许多问题，他为这些问题所困扰，但又自信地认为能够找到解决的办法。道路上坑坑洼洼，使跟随在后面的坐车发出吱吱呀呀的声音。他曾坐在那辆破车上颠簸了很长时间，那种端坐的姿势已使他感到了疲劳，便开始在路上散步。几个弟子远远地跟随着，生怕打断夫子的思考。在这样的情形下，孔子看到了在前方戏耍的两个孩子，孔子听到了孩子大声的说话声。他仅仅凭着好奇的心理接近这两个孩子。他也许凭着一种年龄与见多识广的优越感亲切地问道："孩子们，你们在争论什么啊？"孩子们蹦蹦跳跳地，以一种轻视的眼光看着这个装束齐整、气宇不凡的大人，然后把他们的问题告诉他。孔子摸着自己的胡须，沉思良久，不能决断——他露出尴尬的神态，孩子们则用小手指点着他：孰为汝多知乎？呵呵，亏你还是有学问的人呢。这时，孔子的坐车与弟子们已经走过来了，他便只好老实地承认自己的无能，在弟子们的扶持下登上破车继续向东而行。道路依旧是弯弯曲曲的，孔子又感到了车的颠簸。孩子们的嘲笑已渐渐远去，这时，他觉得这车的颠簸原是出于心灵的颠簸，而端正的坐姿是那样僵硬，孩子们活泼的蹦跳与幼稚的笑声才意味着世界的真实——他又为自己失去这一切感到了惆怅。

孔子毕竟是孔子，不是宾卑聚，不是一个勇士，而是智者。面对人的尊严的挑战，他没想到自杀，因为智者是怯懦的。他只有自我安慰。他只有在向东游历的途中不停地观看四周的景物，庄稼正在生长，他呼吸着略带几分苦涩的新鲜空气，他与车的影子不停地隐没在路旁大树的影子里，又从树荫的边缘慢慢显现。他想到，知识是有限的，人应该回避那些越过知识界限的事。如果硬要回答那些不可知之事，是愚蠢的。因而当他的弟子问起关于鬼神时，他便说：敬鬼神而远之。他不能决断鬼神的有无，便告诫他的弟子，既要远离这样的问题，又要对此怀有敬畏之心。当弟子们提出死后的问题时，孔子又回答：未知生焉知死？他以这样巧妙的反问作出了解答。他开始对未知丧失兴趣，因为未知损害人的自尊。他拒绝未知，正与宾卑聚一样，是以拒绝来捍卫自己，也许这是自杀的另一种形式。那么，智者是另一种勇士，因为拒绝与否定同义，它意味着同一个词：不。

当然，人也可以执拗地固守自己。中国还有一个著名的故事《郑人买履》，从另一方向指明我们的生活。这一故事尽人皆知，郑国有一人想去买一双鞋子，他先量了一下自己的脚并做了尺样，然后把尺样放置在座位上。到街上去买鞋子时，才发觉那尺样忘记带在身上了，他拿起鞋子，说：我忘记拿量好的尺码。于是，他赶紧跑回去拿尺样，等他赶回来时，集市已散，遂不得履。有人问他：你怎么不用自己的脚去试鞋子呢？他回答：我宁可相信量好的尺码，也不相信自己的脚。这一故事似乎是讥刺一些墨守成规的人，但真理以另外的一面闪现。那一郑国人在买鞋子时，发现了尺码的重要性，因那尺码是脚形的反映和模拟，在脚与鞋子之间，他创制的尺样是一种中介和传递的形式。这类似于代表着实物的货币——只不过这是一种价值量度，交易之物已被含纳，或者已被舍弃。这种形式已很抽象。人有时更加酷爱那些抽象的事物，不是有那么多古往今来的人沉溺于数学与几何中吗？越是得自实物的东西，实物就越是显得无意义，因为一切来自实物的东西比实物本身更易于成为心灵的试金石——它能够同时针对人的智慧和意志，设置自身。

那个郑国的买鞋人正是看到了这一点。他走出家门来到集市后，并不以为那鞋子是为脚而设。他制作了尺样之后，脚的意义已消失，或者说，这意义已被传递到尺样上，尺样成了鞋子最终的量度。因而他宁可不信那已被舍弃的东西，他只相信尺样对鞋子的决定性价值。我们的生活难道不是这样吗？历史的每一次进步都意味着找到更多的人的替代物。我们在计算一些数字时不是宁可相信计算器吗？我们对某种事物作出筹划时不是宁可相信电脑吗？对于事物的判断不是宁可相信某种理论吗？在田野上，麦田里扎起了草人，使许多鸟儿不敢接近成熟了的粮食。草人虽然是人的替身，但它更值得信赖。

当然，正是那经量度脚而得来的尺样给予人以信念。人不能过没有信念的生活。这个郑国的买鞋人正是依据了尺码才失去了买鞋子的机会的，但他明白生活的依据重于生活本身。依据使人变得踏实，而生活有时却靠不住——郑人买履的深刻之处在于，它指出了人的精神出路，试图将人们从生活的迷途中拯救出来，恢复人的信念。但信念本身只有从固执的内心获得，它有时将不可避免地失去实惠性的机会，还要遭到一些愚蠢者的嘲笑。

那个郑国人从关闭的集市上返了回去，他会有一点失落感。日暮时的余光仍在照耀着他，他的影子长长地拖在地上，渐渐地黯淡了。他仍可在第二日赶到集市上重新买到符合尺码的鞋子。他回到家中，也许唯一的懊悔不是来自他所采纳的方式，而是由于时间的无情。时间太可恨了，竟然不允许他在家与集市的距离之间往返两次！当然他仍有余裕的日子，还可以有明天及将来的某一天。他只要怀有那代表着脚形的尺码，就不会买不到合适的鞋子，鞋子一直会在集市上等待着他选择的。他不会为此忧虑。重要的是，下一次去集市千万别忘记带那尺样。遗忘才是他最重要的敌人，只要不遗忘，采用怎样的选择鞋子的方法，那是他自己的事，完全与别人无关。倒是那些嘲讽他的人显得更可笑，他们完全不懂得抽象物的价值，他们可能会获得实质性的利益，但对人的灵魂与精神则一窍不通。他们活着，也许仅仅能一次性地买到鞋子，根本不可能在更广阔的精神世界里停留。他们虽然不会为买一双鞋子而往返两次以上，也绝不会怀揣着某种信念深入人的内心，他们所购买的物品也绝不会弥补精神方面留下的空白。他们不会使用尺码，只会使用自己与生俱来的脚，这种完全的肉体借用忽视了起码的人的意义。那个郑国人回到家里，感到了某种欣慰，在他的嘴角露出了一丝不易感觉到的轻蔑之意。人啊，要回避你的身体，别在那可见之形里跌落得太深。要记住，脚在你的身上，鞋子却不在你身上，这两者的相关性必须体现在第三物上，那才是意义所在，那才是本质，那才是宇宙的精髓，这如同在人与上帝之间需要基督，那才是灵魂之所在。为此，一个人在家与集市之间往返三次以上又有什么不可呢？你要找到一种完美的东西，这样的往返次数或许仍嫌不够，因为在称重时你必须在天平的另一端加上相应的砝码。这样的法则是残酷的。

庄子也曾讲述过一个老人的故事，这一故事必须由孔子的学生子贡来目睹。子贡向南游历到楚国，在返回晋国时路过汉水之南的一个地方，看到一个老人正在圃畦中干活儿。这位老人从一条开凿的隧道里走入井里，拖着瓮子来打水，以浇灌他的菜园，他费了很大的气力但收效甚微。这时，子贡一副书生模样，迈着轻松的步履走到老人跟前，试图为这个死板的老头儿指点迷途。子贡说，你要是采用一种提水的机械来做工，一天就可以浇灌百畦以上的菜地，费力很小但工效可观，你难道不想使用这样的方法吗？

那个作务菜地的老人抬起头来看了看眼前这个年轻人，问道：你说的是一种怎样的方法呢？老人的脸上保持着平静的表情，若无其事地打量着子贡。子贡很快就陷入了某种激情之中，他开始讲述着自己见到过的那种机械装置：这种提水的装置是用木头来凿制的，后重前轻，用它从井里提水如同抽水一样简捷轻快，这种机械来回不停地运动，数如溢汤，其名为槔。当子贡非常得意地说完之后，为圃者忿然作色地讥笑他：我从我的老师那里听说，拥有机械的人必有投机取巧之事，有机巧之事必有机巧之心，机巧之心存于胸中，人的纯粹洁白的心就会被玷污；心灵不纯的人就心性不定，而心性不定的人，又怎能接受完美的道德呢？我并不是不知道你所讲述的方法，而是羞于使用它。老人说完了，继续干自己的活儿。他并不感到这活儿的笨重，因为他所怀的信念的重量更大，他也并不因此而感到劳累，因信念的原因，这劳累已融入了幸福。这与那个郑国人买鞋子的故事同样深沉，它正如一种人类内心的不朽旋律在古往今来的天空里回荡。

　　子贡是感到惭愧了，然而更多的人仍然扬扬得意。子贡不愧是孔子的学生，他肯定为此骄傲。他已发现自己所掌握的知识是那样肤浅，那些内心坚定的人从来都在摈弃这些他曾认为有用的东西。人并不全是沉醉在实用的世界里的，更高的价值仍在高处俯瞰着，你必须懂得抬头仰望。仰望才是重获自我的必由之路。子贡穿着长衫，背剪双手，一直在回味着一个种菜老人的言语，真理有时可能就在一口井里、一个瓮子里或者一畦菜地里——这些微不足道的实物的意义远远超过自身，它们正在为更永恒的事物做证。远处的汉水在奔流，船夫们以木桨击起水花，波浪比鱼鳞更加细碎，像玉片那样把夕阳的光辉反射到更远的地方，以至于他仍能窥到一条河流的内心力量。那是一种稳定的、更加深沉的力量，却以一种光亮的涌动的表面呈现自己。

　　子贡是要从楚国返回晋国了，一种游历实质上是把价值固定在旅途中的。楚国与晋国作为旅行的两个目标，其意义仅仅在这两个名词之中。这如同那个买鞋子的人一样，在鞋子与脚之间，尺样是最重要的；在家与集市之间，往返才是根本性内容。子贡注视着远处的河流，有时也将视线移向那些船只及岸边的土屋，他想着日头将坠入山后，天穹将暗下来，那时他的归途将被遮住——他的双眼变得迷惘起来。他想到自己的老师孔子。孔子总是端坐着，很少言语，但那每一句教诲都是凝练的，更重要的教诲是孔子本身的姿势——这完全是一种内心的表述，这种表述不可能以语言来替代。也许这是人的天禀，为了重新返回自身，人要在曲折的旅途中绕多少弯路，然后才能像圆那样把脱离的部分衔接起来。老人已经越来越远了，那田畦也越来越远了，老人抱瓮入井的迟缓动作也消失了，事物正是以其最终的模糊以至消失来显现自己的真谛的，这是神所设置的万物的目的吗？

　　一条河流是这样，一条船是这样。一个船夫摆动双桨的姿势也是这样。一间土屋是这样，一畦菜地是这样，一个人手上显出的老人斑也是这样。总之，游历就是让一切量物显现，然后再使其消逝。子贡明白了老师孔子多少年来行为的意义，他与老师一直行进在路上，总是从一国到另一国，从一地到另一地，车轮轧轧的，一直在转动，孔子端坐在车上，微微地眨着眼睛，似睡非睡，似醒非醒，因为他一半在梦中，一半在现实中。他遍观路旁百景之繁，并使景物一一从眼前流逝——也许这就是他感叹"逝者如斯夫"的由来。这感慨的深意在于，游历乃人生的本质，万物皆在其中。子贡悠悠然地踏上归途，他的思路有点飘忽，又似乎在飘忽中凝定于某个莫名其妙的斑点上。他渐渐地倾听到了自己的步伐，一种美妙又肃穆的足音，类似于车夫鞭子在半空划过，尖锐、犀利，像闪电从西边划到东边。又如同车轮的节奏，沉着又准确地进行着一种隐蔽的量度——这使子贡既感到踏实又隐隐地担忧着。这里存在着深奥的东西，人在真理中隐身，是非常可怕的，你倘要发现自己就更其不易。

　　另一个寓言是歧路亡羊之事，它指出人的迷惘怎样将人导入绝境。

人失去内心的坚定内核，在现实生活中将无所适从。战国时著名的思想家杨朱，有一邻居丢失了一只羊，已经带领一家人去追寻，又请杨朱的童仆帮忙。杨朱不解地问：丢失了一只羊，为什么要这么多人去追寻呢？邻居告诉他，因为岔道太多了。追寻亡羊之人都回来了，杨朱问他们：羊追回来了吗？邻居说，没有。他又问：为什么没有找到丢失的羊？邻居说，大路上有岔道，岔道上还有岔道，我们根本不能判定羊究竟从哪条岔道上跑掉了，就只好回来了。

杨朱听罢，内心十分难受，脸色都变了，很久没有说话，一连多少天都没有笑容。杨朱的学生感到非常奇怪，然后问他，羊是一种不值钱的畜生，又不是老师你的，你为了它整日寡言少语，这究竟是为了什么呢？杨朱没有回答这一问题，他的学生亦因未得到答复而感到迷惑。

实际上，杨朱已从这事实的表面看到了其隐藏着更加黑暗而深广的部分。那只逃跑的羊仅仅是一个象征性的标本，这一标本已被无数的岔道所淹没。人对无限是无可奈何的——这不仅让人不可计数，也带来了选择上的困难。要想在置身其中的有限量中找到某个唯一的事物，必要追寻到本源。而这样的追寻是多么令人绝望，因为那本源又在无限的背后。这种逻辑意义的循环论证让人难以开颜欢笑。

杨朱不可能找到一个合理的办法寻到邻人的那只亡羊。歧路与歧路之歧路遮蔽了人的思想。我们的生活难道不是这样吗？道路越是开阔，可能性越是多样，人就越是虚弱。如果你仅有一条道路，不管这道路如何之险峻，人就会因为唯一性而变得强大，以至不可被征服。杨朱之所以拒绝回答他的弟子的问题，是因为这问题的难度太大了，以至他只得保持沉默。实际上，他是拒绝回答他自己都难以理解的问题，这问题的深度早已穿过了事实的表面。它甚至已涉及人的生活意义。

那只羊仍在一条岔道上跑着，或者已经开始自由自在、悠闲地散步了。路旁的野草茂密地生长，芳香一阵阵散发出来，那只羊被这新鲜的空气噎住了，几个响亮的喷嚏吹起了地上的尘土。对于羊来说，它只有一条路。它一直在向前跑，向前跑，在逃亡中差不多慌不择路。然而，它怎能知道那背后追捕它的人们已终止于岔路上了呢？它又怎能知道正是那无数的岔路使它挣脱了人的束缚，来到自由里了呢？一只羊的出逃仅仅是为了把人引到他所无法摆脱的绝境上。这是羊对人的最后的报复。羊是善良的化身，它正是以善的方式在复杂的、无限的抽象形式里使人失去欢乐。羊自身的价值并不大，是卑贱的，但它要把一个战国时代的思想家引向高贵的忧虑。羊自身是蒙昧的，它的出逃的抉择是来自渴求自由的本性，它只是借助这天禀走入由道路组成的迷宫。但它的这一举动惊醒了那些追寻它的人，给人设置了一个不可解决的关于无限量的障碍，这障碍高过了人自身存在的高度，人们无可奈何地在一堵高墙面前止步了、畏缩了、绝望了，失去了信念。一只羊，自然而然地把一片阴影投射在阳光灿烂的土地上，这不仅反映其自身，更重要的是以它的阴影照亮了人的眼睛，告诉人们一个复杂的立体世界——世界的整体正是由那些变换着的、不可捉摸的阴影所呈现。

羊的咩咩咩的叫声消失了。也许它并没有跑远，就在邻人很近的地方吃草。也许它顺着一条又一条的岔道跑得很远，在一条河边慢腾腾地饮水，偶然抬头看看水面映射出的对岸的炊烟。烟在碧空之下淡淡地就消散了，好像是一首古老的预言诗。草丛中有时会突然跳出一只蚱蜢，其修长而弯曲成直角的后腿充满了不可思议的弹性，很像一样东西从高处落下时自然的反弹，这会使羊从悠然自得的状态中醒转过来，它受到微不足道的惊吓，似乎是问候或者提醒。正是这只羊，这些消逝于视界之外的东西，使得人陷入迷途。它使邻居不安，感到失落和遗憾；使得杨朱落入悲伤之中，这位思想家正从一只羊的身上寻找那些丢失了的更多的东西，他以羊来推测人的下落。他不可能看到羊的现在和所在，也不能像一个牧羊人一样，与羊一起目睹草波的涌起，却将思路停留在羊之奔跑的途中，在那成倍数增长的道路之数和枝状的无限数形式里迷失了自己。他不是因羊在哪里而悲，而是忽然发现了一个更严峻的事实：我在哪里？他与那些追捕羊的人一起出发，又一起返回来，他反复在思考着、模拟着，最后仍以失败告终。他之所以几日紧锁愁眉、无言无笑，是发现了人的失败，最终的失败。当然，他也不钦羡羊的胜利，那不过是道路的胜利，他注意到的是，人从智力的角度与自身存在的角度上双重地失败了。

人有时还陷入自设的迷惘里。曾经有过这样的例证，一次人工性的措施，使我们陷入恐慌。那当然是由一名叫扁鹊的著名医生引起的祸端。鲁国的公扈与赵国的齐婴二人得了病，一同请扁鹊治疗。扁鹊自然以其奇技给二人治好了病。然后对他们说，你们以往的病，是从身体的外部影响到体内之腑脏，因而以药物和针灸之法即可治愈。现在你们身上有一种病是从母胎中来，它由于你们的成长而发展和加重，我可以为你们治疗一下吗？公扈与齐婴二人感到吃惊，便说，我们想听听这病的症状。扁鹊便对公扈说：你志强而气弱，足于谋而寡于断，齐婴则志弱而气强，所以少于虑而伤于专，如果把你们两个人的心调换一下，就会都变得完美。这两个人自然是答应了。扁鹊就开始给他们施行手术，他先给二人饮毒酒使他们迷死三日，剖胸探心，易而置之，又投以神药，当公扈与齐婴二人醒过来之后，已愈合如初。两个人高高兴兴地辞别了扁鹊，回家去了。

这时，一出幽默剧上演了：公扈到了齐婴的家，因为这是齐婴的心引导着公扈的身体；齐婴也到了公扈的家里，同样他的体内已换为公扈之心。他们都有妻子和儿女，妻子和儿女都不认识这陌生的面孔，为此两家都争吵起来，请扁鹊给判断是非。扁鹊只好把事情的原委告诉了两家的妻儿，事情才算罢休。

这一喜剧虽说热闹了些，但它指出了"我是谁"的问题。显然扁鹊的高明医术与心的置换是为人设计了一个难以置信的迷途。人的肉体与心的位置发生了交叉的现象，就如杨朱的邻居丢失了那只羊一样，羊并没有丢失，仅仅是跑到了岔道之岔道上而已。公扈与齐婴仍存在着，不过是变得有点你中有我、我中有你了，这显然是不能被接受的。你与我应是绝对的各自存在，现在经过一次追求完美的手术之后，各自的我就消失于对方的身体之中，人的完美是多么可怕，他竟然使自己的妻儿都难以辨认真面目。

对于一个人，优点属于自己，缺点也属于自己，正是这种不同特点的混合和统一才使自己与另一个人相区别。扁鹊试图抹杀一人与另一人的界限。他试图以一个人来替代两个人。他要以一种混沌的秩序代替明晰的秩序，这实质上包含了一个古代医生的野心，他将以自己的医术来创造新的法则，让世界和人的最终解释权归于一人，这使得扁鹊在事实上的位置高于皇帝。

这一古老的寓言很像是一则针对现代世界的伟大预言。我们实际上正在堕入古代就设计好了的荒唐戏中。有一个事实是明确的，技术正在强有力地统治着人。我们只要透过地层的表土看那些已经变为朽骨的古人，就能够感到来自几千年前的寒冷，那些残缺不全的骷髅以其黑洞洞的眼窝看我们！我们并未逃过他们无所不在的窥视。

扁鹊已经死掉了，其高明的换心术也被埋葬在久远的昔日。然而，那寓言里的事件使我们深长思之。至今可以想见公扈与齐婴回到家中的情形，这是多么滑稽的一幕啊。它超出了他们各自妻儿的想象限度。我难以想象他们的妻儿是怎样重新接受了这两个人——这是自己的丈夫吗？这真的是自己的父亲吗？即使扁鹊揭开了谜底，这又怎能说明公扈与齐婴在换心之后仍是原来的那一个？他们分明已经进行了重组，二人分明已在肉体与精神方面都进行了重新配置，这种程序上的人工改变，实质上已经消灭了原先的那两个人，扁鹊是通过换心术重新创制了两个人。他们的妻儿竟能轻而易举地接受一个掌握着某种巫术的医生的解释，从而只在心的意义上重新接纳了公扈与齐婴。也许这两个人已差不多变得完美了，如同扁鹊在手术前所设想的那样，但他们已在彼此的交换里找不到自己，自己已在彼此的对方之中消失不见。既然如此，公扈与齐婴在一次成功的换心术之后，还仍然能被称作人吗？扁鹊的换心术实际上试图从根本上动摇人的信念，即关于自己的信念。当然这种动摇仅仅是小范围的、实验性的和象征性的，它已在久远的年代以技术方式预言着人的末日，似乎以此暗示，人关于自尊心与自我的神话终究是要破灭的，也许扁鹊仅仅是以实验方式对未来进行一次猜谜活动，他几乎猜中了。

堕入迷途的道路是很多的，如同那丢失了羊的道路，本身就构成无限。有一种是人陷入自身——人自己即迷途。这种威胁有时更大。有人以故事的方法指出这一威胁。有个有钱人的儿子问他的老师说，一字怎么写？老师说，一画。又问：二字怎么写？老师回答：二画。继续问：三字怎么写？老师又回答：三画。接连三次的回答使这个可爱的有钱人的儿子恍然大悟，他暗忖："原来天下的字是这样一画又一画地连贯下去的，写字原来是这样的。"这时正好他父亲要请一位账房先生，他连忙阻止说，何必破费，我就可以做这些事。他的父亲非常高兴，暗自为儿子的聪明得意。一日，他父亲要写一张请柬，邀请一个姓万的人到家里做客。等了很久，仍不见他儿子写好请柬，便几次派人去催促。儿子大发脾气道：天下的字这么多，哪个字不可以做姓呢？何必姓万。吾画之半日，还没有画到一半呢。

这似乎很值得一笑。然而，当你发现这里含有一种可怕的譬喻时，就会严肃起来。这个孩子首先是陷入自己的心灵里——这是一条致命的岔道。老师告诉他的事实，被他太早地归纳和演绎，然而事实本身远不是他那简单的推理可以领悟到真谛的。这里不仅是因为一个孩子的急躁情绪，还在于人总要从有限的事实中窥视无限，这亦是人试图超越自己的一种迫不得已的尝试——这可笑之处常常也正是可悲之处。这似乎是人类的通病，妄想，自大，以为掌握了万物的真理，从而导致了人世的种种灾难。

这一悲剧的原因是将高于自身的理想引入了逻辑思维。这个财主的儿子只需从老师那里获知三个事实就要得到全部的事实。一而二，二而三，似乎可以三生万物了。孩子的幼稚实质上是人的幼稚，人们往往穷其一生之力似乎都要挣脱这幼稚，但又陷入了更为幼稚的窘境里。人类的历史或许也是这样。当我们看到远古的智慧时，发现今天的人们竟是不可企及的。金字塔和美洲玛雅人的精确历法，不可思议的久远年代的记载，埃及菲拉岛上的神庙以及沉没于大西洋里的岛国，处于的的喀喀湖畔的不朽城市，还有那些被现代文明所消灭的古老帝国，等等。我们怎能觉得自己是处于一个更加合理的文明中呢？工业时代的技术一直在贬抑着人的地位，我们对自己的命运知道得愈来愈少，一个孩子从三个连续数目推导出来荒唐结论正把人推向恐惧。

我们难道不正是那个孩子吗？我们实质上正是在一笔一画地画着那个"万"字，我们已经感知到这一字的繁复和难度——这一特殊的姓氏同样使我们皱眉和耗力。那个孩子的无知愚昧之处在于，他从不把那个字往最简单的地方想，他只是执着地坚守自己的推论。他的途径也是我们的途径，这也许正是一篇杰出的美洲小说里描述过的只包括一条直线的迷宫，这最为简单的形式恰好是人类最难以逃出的地狱。

还有一个关于一只猫的命名问题的名词迷宫，人在其中落入了循环不已的圈套。有一个叫齐奄的人，家里养了一只猫。他左看右看，总觉得这只猫异常可爱、不同寻常，就给它起了一个自以为得意的名字——虎猫。有一客人对此提出怀疑，说，虎倒是凶猛，但总不如龙之神奇吧，应改名为龙猫。又一客人马上提出反驳，龙固然神奇，比虎强得多，可是龙在升天时必须借助浮云之力，云不是胜过龙吗？还不如叫作云猫更合适。又一客人仍对这一说法不满：云霭蔽天，但只要一阵风就把它吹散了，云是敌不过风的，应改名为风猫。又一客人显然不满足于这一解答：大风飙起，只要一堵墙就把它挡住了，风不足道，风比墙如何？我看改名为墙猫还是不错的。这时，另一客人感到了这一更名的漏洞，提出了自己的主张：墙倒是很牢固的，但也经不住老鼠挖洞啊。老鼠只要挖许多洞穴，墙自然就倒塌了。墙又比老鼠如何？即名曰鼠猫可也。东面一家邻居听到这些话后笑了，说，捉老鼠本来就是猫嘛，老鼠比猫如何？还是叫作猫更合适。转了一大圈儿，又转回来了。人们钻入了自己设好的语词里，回到了起点，这种徒劳无功的事情显示了人的无能，不管多少智者都无法更改事物的原初面目。甚至连一个不知来自何处的动物名称都不可重新确定和修饰。猫仅仅特指那一种动物，想给它以多种含义是不可能的。猫这一名称是最初的也是最后的名称，它是迷宫的出发点，又是最后的出口。那些争相为一只猫命名的人在自己说出的语词里循环不已，结束竟然与开始衔接起来。人们献智献策，以种种努力实现的竟然是这样一个结果吗？从某种意义上讲，人在世界上的一切徒劳无功的努力，或许是神的游戏，是一种对人的命定的设计。一只猫以捉住老鼠而还原自身，一个人以语词开始，又以语词告终，人的智力有时体现在滑稽可笑的迷途里。

语词是人创造的，我们又最终难以把握它。凡人所创造的都有着人难以把握的属性。这样看来，人的理智与盲目性同样可怕，创造在我们之中，如同魔鬼在我们之中，它是我们必须得到拯救的原因。然而创造又是生命的禀赋和使命，它直接嵌入人的本性，只有它能够证明我们生活着。一个古人曾以三年时光成就一片树叶，他雕刻得与真的树叶无异——从能力上讲，这远远逊色于自然界，但体现在这片树叶上的价值是一个能工巧匠的三年生命。还有著名的"杯弓蛇影"的故事，一个人视觉的误差竟然发现了一张弯弓在酒杯里的倒影与一条蛇的相似性，它使那个人因恐惧而患病。这一切，都含着人生的意义——你不能站在高处看生活，只能以人的姿态置身其中。

你甚至不可以躲到隐秘之处。楚国有个人曾想以树叶隐身，产生了以叶障目的笑话。那个楚国人很贫穷，读了一本《淮南子》的书，上面有"螳螂伺蝉自障叶，可以隐形"的说法，就站在树下仰面摘取树叶。他看见螳螂攀着树叶侦候知了之时，便想把那片树叶摘下来。他想，那正是一片可以隐身的树叶。结果事不凑巧，许多树叶一齐落在地上，那片树叶便混在其中，难以分辨出来了。于是他扫了好几斗树叶回家，一片一片拿出来遮着自己问妻子："你看得见我吗？"

妻子开始说"看得见"，后来被丈夫这种荒唐的试验折腾得厌倦不堪，便哄骗他说："看不见了。"这个人高兴地笑了起来，他带着这片树叶到街上去，当着别人的面用树叶遮住自己来拿别人的东西，结果被当众抓获。隐身的企图沦为笑料——你从来都是生活在明处，没有人能够进入隐秘之所。这个楚国人的隐身之梦很快就破灭了，并且差点儿陷入牢狱之灾。这一故事指出了人生的不幸之处，从本质上讲，你只能生活在一个唯一的世界上，你只能被光明所照耀，并在其中显现你的一切。你的所有想象属于自己，而世界只属于世界本身，在想象与世界之间有着永恒的障壁，这障壁是永不坍塌的。你永无可能越过这障壁，世界正是凭借它保守着自己的全部秘密。

人的全部事实都出于人的想象。比如说"画蛇添足"的典故。它不同于"杯弓蛇影"的地方在于，那是由相似性引起的被动想象，这是由完全相异的事物构成人的想象。这一事件同样发生在古代的楚国。一个主管祭祀的官员赏给门客一壶酒。门客们商量：这壶酒数人饮之不足，一人饮之有余，让我们在地上画蛇，谁先画好谁就喝这壶酒吧。画蛇的竞赛开始了，有一人最先把蛇画好了，他拿起酒壶，得意扬扬地说："我还能为它画上脚呢。"还没等他画完脚，另一人已把蛇画完了，一下子夺过酒壶，说："蛇是没有脚的，你怎么能给它添上脚呢？"说罢便喝了那壶酒。为蛇添足者，最终失掉了那壶酒。

问题的关键是，那个画蛇添足的人才是真正富有想象力的人，但他遭到了世俗世界的无情摈弃。他虽然失去了赢酒的机会，但他以奇特的想象创造了他自己的蛇，他才是人的价值的真正体现者。这是一个关于人的事实，但平庸的世界拒绝承认和接纳——人始终在排斥人的境况里生活。正是这样生活铸造了人的历史。在这样的历史里，还存在着恶的想象，这是想象力的一种分裂方式——譬如说战争，它将人带入了另一个世界，它把地狱搬迁到人的居所，以想象来毁灭想象。或者说，它是试图拆除想象与现实之间的障壁的一种举动，这是一种人性的可怕的爆发。人们试图以暴力方式解决人世生活的重要难题，实质上它将人引向死灭。那种哀鸿遍野的血腥场面让人不寒而栗，那条画在地上的蛇变为了真正的蛇，它更敏捷、更残忍，有着更强的毒性。

秦始皇曾以一种寓言式的行动试图从根本上铲除一切恶行。他行动的规模之大，让人感到了震撼。这是一个最古老的，也是最强大的不朽寓言。其焚书坑儒、筑造万里长城和埋葬兵马俑是构成这一寓言的三位一体。书与儒是人类记忆的两种方式，一种是记叙者，另一种是识读者。按照恺撒大帝的说法，这完全是关于人的恶行的记忆。秦始皇之焚书坑儒就是要使人类的记忆根除，因为记忆是恶与暴力的开端，而且，根除记忆实际上将使人回到无知无识的婴儿般的纯粹的善的状态。他筑造万里长城则起因于同样的目的性，即把战争、一切暴力活动与野蛮与恶阻挡在视野之外，营造一个封闭式的环境。他或许正是迷恋于这样一个无菌室的建造，才采取了一些极端的方式。为了使修筑长城的进度加快，他又不惜以千万人的生命作代价，实际上他在实现其纯善理想的时候，已使用了恶的手段。以坏手段实现一个好目的，这已经违背了善的初衷。因此才有孟姜女哭长城，才有千千万万的役夫被驱赶到长城之下，那厚重的长城里埋葬着多少尸骨，无数的亡灵在蜿蜒曲折的这一不朽的人类工程之上飘荡了两千余年。他们仅仅是一个古代皇帝的理想的祭品，他们只知道自己是为万里长城而死，根本不知道皇帝的脑子里还在酝酿着更加抽象的东西。他们只把长城看作恶的见证，却不知它的基座是一个皇帝设想的永恒的善。皇帝是要使历史以善的方式从他的脚下出发，而且按照他的设计一直持续下去。

规模宏大的兵马俑是另一个奇迹。秦始皇之所以把这样一支浩浩荡荡的军队埋入地下，是要显示他实现永久的和平与善的决心。这是一个巨大的象征和不朽的祈祷方式，它的隐喻意义是，要把战争和恶行永久性地埋葬掉，让这些干扰人类平静生活的事物成为死。这类似于一次殡葬——一个重要的证据是，秦兵马俑皆没有头盔。秦代曾是冶铁业非常发达的时代，它有足够的铁来装备兵士。后人们曾对这一现象作过简单的臆测，把这一撤去保护措施的行为理解为秦兵对自己勇敢和意志的炫耀，这似乎很不确切。假如真如人们所臆测的那样，为什么这些兵士不把自己身上的铠甲也撤除呢？头盔的解除实际上是祈祷仪式的一部分，这里含有足够的真诚和永远放下武器的强烈愿望，它有着彻底离开暴力状态的趋向。它是对神的一次关于善的表示——秦始皇正是要以此来表述他内心的决定性意图。

秦始皇实质上是在构筑着一个包含着三个方面，又有着同一指向的寓言。他采取了三个方法，即根除恶的记忆以断灭恶的起源，采用隔离措施以营建纯净的环境，进行规模巨大的祈祷以表示决心与获得神的容忍及天佑。这是非常完整的一套系统，是一个始皇帝的天真又大胆的梦想。这梦想与行动的气魄之大，已近似神明，或者说，他最终的理想是要使自己成为神，因为他同时派出众臣到四处搜寻长生不死之药，这是他更大的计划中的另一部分。这是一个更大的寓言。假如这位始皇帝的一切设想成为现实，他的一切举动便失去寓言的性质，因为现实性湮灭了寓言性。正是因为他的梦想被现实所击破，他的所有举措都导入失败之途，一切计划才作为寓言出现——或者说，寓言是人失败的见证，寓言之所以随处可见，是因为人从来都是处于失败之中的，这也正是人类历史的永恒根基。

更多的寓言就在我们每时每刻的生活中。因为它们的意旨深远，我们一时难以解读这些奥秘的语言。但凭我们的直觉可以感到，它们的存在意义远超过自身。在几十年前，我在一个乡村的打禾场上干活儿。高粱在脱粒机上发出了杂乱无章的轰响，古老的扇车像一头狮子在那儿蹲着，我以手臂的力量转动着摇柄，里边的木制风叶发出呜呜呜的笨钝的响声，高粱的籽粒从高处倾倒的簸箕里飞泻而下……整个世界沉浸于这样的声音里。我事后想起，那似乎都是一种语言，它们究竟说着什么呢？扇车的周身钉满了铁钉，仿佛是猛兽身上的花斑，人们在它的周遭忙碌着另外的事情，似乎一切都与这些具体的事物无关。我的手臂只随着一个弯曲的手柄旋转，这旋转本身就意味深长。当我非常疲倦地回到家里，一眼就看到了屋顶上铺满了的玉米——这满满的玉米经过阳光的照射，变得灿烂夺目，有如整个屋顶包满了金箔。我被这童话里的景色所陶醉，静静地等待着一个时刻。我不知这一时刻在何时出现，只知道它是存在着的，它在世界显出其最完美的一面时出现。然而，不久，夜幕就降了下来，我坐在屋檐下看着一切一切都黯淡下来；只有屋子里一只坏了几次的破旧的马蹄表发出了嘀嗒声，这已是我倾听到的最完美的、无懈可击的节奏了，它带着那种令人战栗的铜质的尾音，轻轻地荡漾着。

多少年之后，我真正明白，一切寓言发生在其中。寓言是像钟表一样精密与完美的东西，只是其指针沉于黑暗。我们生活在其中，以至于获得幸福，但不可能获知一个确定的时辰，那铜质的尾音注定发生在人的内心，并以此概括我们的一生。

大树的重心

你们几乎不再记得这些……

——里尔克

一

世界是难以被预言的，它的未来一旦摆到我们面前，总会使人感到意外。冬天的夜晚，也许是 10 点钟或 12 点钟，我推开窗户。寒风充满节奏感地探入它的触角，我已经感到它深藏于无形之中的螺旋形利器。几粒冰凉的东西零散地降到手背上，像一些暗示性的密码让你破解其含义。来自斜上方约 30° 左右夹角的灯光传递到窗前时，被外面巨大的黑——挡住了。那种黑并不是均匀的，好像一个拙劣的油漆匠随意涂抹了一遍，到处露出原始底版上的种种破绽。它显然留下一些萤火虫一样细小的亮斑，从黑暗里飘到眼前的光线里，又很快消逝于来自我身后的更大的亮光里。

我知道，天，下雪了。这是我经历的这个冬天的第二场雪，我不知道它从哪一刻开始，也不知道它又将在哪里停下来。从四层楼的高度上俯瞰，城市已经沉入了洁白里。白与黑的交织让人想到婚礼和葬礼的双重演奏在同一个背景上展开，新娘的婚纱在地上飘动，它的上方则笼罩了悲哀的黑布。远近的高楼大厦里散发着一些排列细碎的莫名其妙的灯火，像线性代数里的行列式一样，期待着一个最后的、最完整的解。那些丝绒窗户将生活的真实面貌挡在后面，投向它的一些暧昧的影子像动画剧一样，用漫画式的形象和动作铺开生活的悲喜剧——它在每一个窗户上演出。某种意义上说，人世不过是全部窗户的加法运算。

大街上的汽车缓慢地爬行，它们失去了平日的疯狂和速度，在古老的龟兔赛跑的游戏里扮演那个最慢的，又能得到荣誉的角色。这里缺乏寓言的睡觉者以及那隐身于寓言之外的裁判，只有长长的街道为它们确立了两个相反的方向。偶然有几个踏雪而行的人在人行道上出现，他们的姿势也像蟑螂一样小心谨慎，脚底的白光映射使他们面孔苍白，大大削减了他们那脚步里的自信和力度。雪从几个方向上扫过他们的脸，那些模糊的、缺乏特征的脸在商店的广告彩灯前晃动几下，就消失在黑夜的转角里。城市里稀少的树木被雪色裹起来，像一些庞大的奶油制品不断地被两面驶来的汽车车灯投射到后面幻灯片似的墙壁上。

城市喧嚣的能量受到抑制，渐渐增加着厚度的积雪铺开了羊毛地毯，使人的脚步失去平时的踏踏声，使一切变得柔和起来，生硬的声响被盖住了。世界像一个大孩子一样从淘气状态中安静下来，深陷到充满诗性的某一童话里：谁也不曾想到这场雪会这么快地来到身边，仿佛一切都处于那短瞬的惊愕之中。污浊的空气被雪粒过滤着，我的呼吸明显感到了舒畅——在更多的时候，我们就像生活在一根巨大的、冒着青烟的化学试管里，令人绝望的化学物质就在身边激烈地发生反应，沸腾着。现在，青烟似乎在消散，雪粒从天的拱顶上徐徐降下，它们在风中旋转、飘动，以各种不同的线路来到我的视线里。

二

　　第二天，城市因雪的反光而更加明亮，像反复打磨过的刀刃一样明亮。寒气在上升或下降，总之，人们缩着脖子像一个个恐惧者走过大街。集贸市场上卖菜的摊贩将四周扯起布幔，只留下一个三角形的小口子以露出那张呵着气的脸，还有的没来得及做好准备，身上覆盖了两三件大衣，摆放着蔬菜的水泥台角还残留着没有清扫干净的雪。路面的中央被人们踩踏着，消解的雪水翻起了一片污黑，显得肮脏不堪。嘈杂的叫卖声土崩瓦解、归于失败，商贩们嘴里嘟哝一声，我们还没有听到那语言的真正含义时，它已在严寒里消失。一些豪华商店的门前放置着一些凌乱的硬纸板，地上到处都是乱糟糟的刨木屑，从前的辉煌和高贵一扫而光；涂着鲜艳口红的女售货员在柜台后面小声谈论着今天的天气，那小小的一团红光已失去了平时的表演、展示的意义。这是一个无限懒惰的城市，很少有人出来扫雪。人们似乎都在等待着别人的行动。只有几处私人小店的门前出现了一些扫雪的人，他们胡乱用铁锹铲出一条通向大街的最窄的小路，将雪堆在了两旁，看上去他们在修一条小渠。不停地有人滑倒。孩子们追逐着扔着雪团，这大约是这个城市唯一的游戏。

许多绑着红色或绿色防滑链的汽车轮子像坦克履带一样在马路上发出轧轧声，雪在那儿被碾成凸凹不平的冰面。在十字路口的红绿灯前，车轮在打滑，冰屑飞溅到旁边的一些脸上，汽车像跳舞一样扭动着。临时搭制的小商店的屋檐前垂下长长的冰溜，它点亮人们的思乡情感，将人们童年的诗意凝结在那些玉雕一样精美的造型上，这让我想起一位俄罗斯白银时代诗人的日记片段："必须这样来爱每一分钟，就好像这是最后的一分钟。"是的，我面前的一切都仿佛预示着，这是世界的最后的一分钟。因而我很想将它像宝物一样完整地保存下来。

三

"你有你孩提时代的照片吗？"

——沃洛申

这座城市完全是凌乱的，它的秩序感在很长时间之后才能感受到。尤其是在下雪之后，秩序感被遮盖了，它被乱糟糟的脚践踏了。许多小街像泥沼一样，人们需要小心地找到一些较干净的地方走过去，可鞋子仍然要被弄脏，回到家里后，才发现自己像刚刚从稻田里出来一样。通过这座城市的一条河流早已成了污水渠，一些水泥坎横在中间，这是治理这条河的重要的物质许诺。据说以后再栽种树木和在两岸覆盖植被，还要建立一些广场供人们集会——这是革命时代的产物:标语、口号、广场。它已经根植于人们的观念里。很少有人想到为每一个单独的人留下一些小小的空间，让人走在林间小路上，一个人独坐在草坪的长椅上，或者在树下休憩并谛听落叶的声响。这里只有集体，没有个人。只有乱糟糟的众人的喧声，没有一个人的独语。他们总想从人群中分辨出某种共同的语言，从没有想过认真地听一听自己的心跳声。因而这座城市从来都尊重噪声、高分贝的由许多人渲染的某种气氛，永远排斥那些在静谧中发生的心灵事件。

一幢幢楼厦此起彼伏，像一些无限不循环小数一样毫无规律可言。只有一些相似的火柴盒一样的仿制品，一些单调的大小不同的方块的种种组合和排列。十几年前街道的两旁还有许多树木，在夏天，柔软的柳梢常常碰到行人的脸部，让人能够感受到在钢筋水泥之间仍然残存着几分古典的温柔。很快地，它们就消失了。人们以建设者的名义毁坏了自己身边的一切典雅、一切诗意。只剩下了水泄不通的道路和人群，豪华饭店的自动门，用有机玻璃罩住脸孔的收银台和验钞机。穿着整齐蓝色服装的、胸前挂着一些编号的营业员；斜挂着红色迎宾带、脸上堆着虚假的、永恒的微笑的礼仪小姐；某一个商店开业庆典的、敲打着简单鼓点的锣鼓队；站在大街上，捏着一些广告传单的推销员。这个城市被他们笼罩了，另外的人不过是这一城市的搭配者，相当于戏剧里一闪而过的群众演员。我们甚至难以真正看到另一种面孔、另一种姿势、另一种笑容。我们已经听到的，必须每天去听；我们不曾听到的，永远也不可能听到。

终于，雪，落了下来。这一切都被一种从天而降的力量削弱了。就像盐水被兑了更多的水而浓度降低了，寒风从地上卷起来未被碾轧过的雪粒压低了人们的脸——一种昔日的、平凡的，甚至有几分清冷的生活又浮了上来。我们注意到，汽车的发动机开始用最小的声音说话，司机座位上面的眼睛直直地看着前面，那种无所顾忌的潇洒不见了。人们开始尽量地躲在暖烘烘的家里，生铁铸造的、被刷上银粉的、手风琴一样布满粗糙散热片的暖气片形象，以咕噜咕噜的饥饿者的声响为人们输送着热量，让无聊的人们手足无措地在地板上来回走动，大脑的沟回里却从不积蓄任何有益的思想。城市的力量抵达每一个角落，它以密集的物质取消了所有的空间，也挤掉了人们头脑里少得可怜的存储物，将大片大片的空白涂在世界的底片上，从而使真实的形象报废。

细心的眼睛已经留意到，道路上的雪凝成了冰，然而有一些地方最先消融——一些圆圆的部分消开了，露出了发黑的铁的井盖。这是一些窨井或阀门井，它们代表着城市的秘密。我们的脚下隐藏着一个庞大的系统，各种各样的管道将无数建筑和人们的生活联结起来，像田野里一些盘根错节的植物用厚厚的土层掩盖了真实。这些暗藏的东西控制了我们的生活。我们不能相信自己的眼睛所看到的，因为你看到的不过是一些镜中的虚像，一些碎片似的幻影。那些被消融的圆形不均匀地分布在路上，让每一个车轮碾过时留下空洞的声响。被称为"电子警察"的自动摄影器在转动中捕捉那些违章的车辆，司机们在岔路口警觉地东张西望，显得像小偷一样鬼鬼祟祟，又像私人侦探一样等待着一个历险机会。大腹便便的老板夹着皮包走下汽车，用电子钥匙在一定距离上锁好车门，汽车闪着光，发出小狗一样"哇哇哇"的怪叫。下班回家的人们蹬着自行车显示着自己高超的技术，他们仍然愁眉不展，在光滑的冰雪上将自行车作为雪橇来使用，这使他们对生活的感受加深了。生活的艰险无处不在，在任何时候包括行路的时候都必须小心谨慎——这一基本准则应当牢记，应当作为放之四海而皆准的座右铭，刻在大脑越来越深的每一条皱纹里。

我想到了相反的一些事情，童年的雪，乡村的雪。那里没有喧嚣，没有乱哄哄的一切。雪曾是那样大，从自己的屋顶一直延伸到别人的屋顶、别人的院落、土墙顶部和无限的旷野上。它笼罩了全部的面积、全部的生活，然而它是无声的。从它的第一粒雪落下时，我们就会发现它，就会预料到它的整个结果。一夜之后，一切都白了，像绵羊一样驯顺地、洁白地卧在所有的地方，期待着将要出现在窗户上的一张张小脸、一双双眼睛和一副副惊愕的表情。世界怎么会变成这样？天上的施雪者究竟用了多少雪片才盖住大地，盖住我们的视野？这些疑问从天上来到人间，来到孩子们中间。我们知道它没有答案，因为答案也被覆满了洁白，所有的结局全都放在了白茫茫的雪地上。

很早的早晨，大约天刚刚发亮，就有人走出家门，他们挥动着扫帚开始扫雪。乡村的街门一个个打开了，鸡窝的门栅敞开了，人们将手中的米粒扔在雪地上，一会儿就会被这些家禽捡拾干净。它们的锐利目光扫过每一毫米空间，以找到自己所需的食粮。它们用爪子刨着虚虚的雪，比干时刨开泥土要省力一些——雪地印满了那些清晰的"个"字形爪印，仿佛金石匠在一个巨大的石面上施展自己的篆刻才能，无垠的雪，使所有的刻刀感到力所不逮。

扫帚好像轻轻地落下，又轻轻地提起，它从洁白上划过，使本色的土露出来。它充满了节奏和韵律，像回旋曲一样悠然地演奏着，雪的帷幔被一点点地撕开，它为一场平凡、质朴的人间戏剧做好预备。扫雪者将雪扫拢到一起，堆起了干净的却夹杂着一些土粒的雪堆，用铁锹拍打得结实一点。他们又爬到屋顶上，将厚厚的雪顺着斜面扫下来，从窗户的玻璃上看出去，屋里的人们就会感到视线被一次次蒙住，仿佛那么多的雪朝自己头顶埋下来。孩子们趴在窗前会被这样悲壮的景象所震慑，从那迎面而来的恐惧中获得欢乐。你要是来到村外的一处高地上，就会看到闪烁着银光的世界上，许多人站在屋顶上扬起灰蒙蒙的雪雾，每一个屋顶都有一个人被包裹在雾团里。那个人好像不是在扫雪，而是与那笼罩着自己的谜团搏斗，想从那谜团里突围，但那谜团像一种魔咒般的设置总是紧紧围绕着、缠裹着——一个集体的童话事件在乡村的屋顶上显现。渐渐地，那些人与迷雾消失了，屋顶上清晰的瓦垄线露了出来，无限的洁白的面积上，一些按某种秩序排列的大大小小的长方形青灰色块凸现出来。雪曾经掩埋了的，又从雪的底部浮了上来，就像海上的船队从海平线后面升到人的视野里，它们的速度被天地之间的广阔所忽视，因而看上去一切都是静止的。

那时，我就在那些屋顶与屋顶所拓开的空间里：我跟在父亲后面，用大大的木锨将雪堆拍打得像城堡一样坚固，将雪堆像蛋糕样分割成一些小块，摆放到我想象的一些位置上。它们排列成各种形象，我用雪块来作为童年时代的积木。等到雪堆在太阳下消融一些时间，雪粒就不再那么松散，它们之间的黏性增大了，易于被塑造成种种形象。我们开始堆成奇形怪状的雪人，给它的眼眶里塞上红豆，让它的目光从远处看着我们。仿佛这是一种漫长人生的模拟物，它在时光中渐渐消解、缩小，几天之后，它的形象和面孔就像我们的祖先一样模糊不清，它被重新还原为雪堆，人们已经很难辨认出它曾被我们精心塑造的那一模样，只给我们的记忆留下一段经历。它在大地上的最后消失要等到许多日子之后，就像许多事情的消亡一样。但是那张被我们精心刻画过的、具有世界规律性的怪模怪样的脸，有时仍会从记忆的黑暗里展现。它面色苍白，它眼睛发红又睁得很大，它在很久很久以前的日子里，始终目不转睛地看着我，使我心神不定和感到发慌。

四

我从一本书的夹页里看到许多年前从一个偏远地方收集的剪纸。日子将尘土的微粒铺到书页上，我差不多已经忘掉了这幅绝美的图画，剪纸上失掉的部分使图画的意义和形象显明于方寸之间，我仍然能够感到一把缓缓张开的剪刀伸向世界，又在生活的某一位置上闭合，那一瞬间的终止使一个完整的纸面上有了切口和被暗藏的造物主设计好的孔形。

我只是一个辨认者，仔细辨认眼前发生的由种种细小事件分布和排列所呈示的图像。我将那幅剪纸从夹页里抽取出来，小心地铺放在桌子上，发暗的桌面反衬着那褪色的红色纸片上的一切。剪纸从剪刀的锋利尖刃上和灵巧的十指之间讲述着人的往事——一棵大树结满了果实，它的枝条伸向许多方向，指向天穹拱顶的神秘星座。树叶像古老的编钟一样挂在空中，在风的敲击下奏响自己的小夜曲，它的节奏和旋律只有沉浸于自然的人才能感受到。猴子们以优美的对称数目登上大树的顶端，在树叶簇拥的果实前设置了自己的站位，它们分享着神的恩赐，像等待一列快车一样分布在时光的两侧，预先在丰美的餐桌前就座。树下睁大眼睛的小兔在啃啮着底下的青草，在巨大的凉荫里接受着从树隙里穿过的细小光线，感受着季节输送到心灵里的无限温馨。也许是猴，抑或是别的什么动物，将前爪搭在了兔子柔软的脊背和光滑发亮的皮毛上。它们至少从两个角度、两个相对的位置上向树冠的方向仰望，也许会在某一个时刻，果实将在被那个英国佬牛顿发现的引力支配下恰好落在自己的嘴里。它们根本无须探究任何定律和奥秘，只要抬头仰望，世界将给它们一切权利。还有一些凌驾于它们视野之上的攀缘者，那些不同种类的动物正作为找寻者向上攀升。它们像飞鸟一样有着翩翩欲翔的空中姿态，它们已经找到树枝摇曳的侦察线索，并按那树枝组成的路径描绘了自己内心深处的寻宝地图。树叶被一层层拨开，就像一场音乐会正在掀开由众多音符组成的迷雾，尾声离我们越来越近。重要的是，人站在大树的中央，站在粗大的树杈上，脚下的年轮像雪球一样滚动着，从地层中汲取的养分正沿着粗大的树干徐徐升起，像隐秘的飞鸟展开双翼将人以及四周的鸟兽托到预定的高度上。人的姿势是稳定的，他的双手捏紧两旁的树枝，双脚踏在坚硬的木枝上，他以天赋的力量使自己固定在大树的重心上。他的眼光已经放射到很远很远，也很开阔的天边，仿佛被永恒的时光深深地吸引，其镇定的神情表明自己已经沉入一种非凡的思想中。

这幅剪纸是如此复杂，又如此和谐，它像神的赞歌被众声所镂空，高悬在天堂的窄门前。你已经从中听到了来自天庭的脚步声，它正携带着真理向你走近。这些大大小小不同的动物成对地显现，一种从数目到姿势的绝对对称，一种古老的、充满诗性和激情的生存图；一个人，一个人类的代表，和他的所有朋友共进午餐的和平共处的美景，由大地和太阳共同栽培的茂盛果树正消除着人与兽的种种内在饥渴；伟大的厚报来到爱者之中，蕴藏着甘甜的浆果摆放到万物共享的银盘里，人的身影交织在别的影子组合的经纬线里。

我不知道究竟是谁创造了这样的图画，这样的剪纸又是由谁来剪制的，但它肯定是古老的。它携带着祖先们优雅、美丽的思想信息，手手相传，从时间的一端传递到这一端，像电流那样从遥远的地方发生，在我们中间仍然保留着它的似乎早已绝版的原样。它经过十几代、几十代甚至更多代人的手指，它经过一把又一把锋利的、雪亮的剪刀，沉积了他们无数的、充满情感的指纹，留下了这些复杂的、动感强烈的精神形状。

我相信它出自一位老人的、蝴蝶一样的、长有老人斑的双手，这样的黑斑代表着时间冷酷的美。只有老人才有将记忆褶展开的力量，他才能像一些盲人眼窝一样将深陷黑暗里的微弱亮光找到，才能在时光隧道里掘进，直到探到历史的起点为止——在那里，思想曾被很好地掩藏着，但有一天它被老人颤抖的手指间的剪刀挑开了，燧石和铁的撞击、摩擦，产生了不朽的火花，它迸溅到期待着的火炭上。

很早的一个世纪里，一个老人坐在蒲草编织的坐垫上，在昏暗的灯盏下细心地使用着剪刀。手中的纸片或布片，或是一种大大的植物叶片，正在小小灯焰的照射下试探性地渐渐显露出一种优美的构想。老人布满裂口的、象征着无数艰辛的手，紧紧地握着剪刀，将刀锋对准生活的永恒图景——人类古朴的理想被刻画，被记录，被漫漫长夜所浸泡。老人揉揉自己有点昏花的双眼，一些重叠的幻影怎么也难以消散，他想象中的每一只动物都是双数，只有那站立于大树中心的人是孤单的一个。"人是多么孤单啊。"也许老人在自己的晚境中对人的真实处境有了更深的感受，他便将自己的感叹毫无保留地放在了手中的剪刀刀刃上，使那雪亮的铁具有了悲光、寒光。那么，人是如此值得悲悯，就应该将他的位置放在树的中心，让那么多孩子一样机灵的、可爱的小兽围绕着他、陪伴着他，借以在长夜中消解他的寂寞，给他以深爱。

五

就这样，一切都想好了，一幅传之万世的不朽图像完成了构思。剩下的就由铁的利剪来实现了。剪刀也许是粗糙的，也许比我们看到的一切剪刀都要精美。有一点是肯定的，它取自铁的精华，又被铁匠的重锤反复锻打，并且在两面利刃之间安放了巧妙的支点。它的灵活性、有力的剪切和手指的默契，一起调配着寂静、和谐的古老生活。人与他周围的动物形象——从人的思想出发，穿越细小的灯焰和由其所发射的光芒，从容不迫地被安置在一个构图上，它们的分布已经触及隐藏着的美的律法。每一个形象的座位都是合理的，它们被一个完美的宇宙所统摄，是的，一棵代表着家园的大树将这些天涯海角的流浪者和孤儿聚拢一处，并在它们寒冷的双手旁边设置了炉火，在他们饥馑的精神桌面上放好了果盘。

老人将自己历尽沧桑的一生放在亲手剪制的纸片上，将自己一生凝聚的对人世的理解和祝愿放在剪刀前的灯焰之下，将人的生活现实和理想设置在美的图案上。他看到了人与世界和平共处的生活，看到了深藏于这种生活里的幸福和安慰，看到了人置身于自然中时阳光给予他的种种思索，当然，他也将那些现实中骚动不安的、带着野心和恶的灵魂排斥在外，他让剪刀将那些多余的东西剪掉，成为碎屑和垃圾，然后轻轻地扫掉。

他也许白发苍苍，像我们所有的祖先一样。他将自己的手艺传给孩子们，实际上在向他们讲述人类的故事，讲述一个他用剪刀编织的寓言和童话。他额上深深的皱纹像波浪一样，里面有着发暗的人的倒影。是的，这些皱纹原本就是他剪出的图案的一部分，像其中的树枝和叶片，将人与动物共进午餐的一幕隐匿在那些被凌厉的日子压陷了的凹痕里。孩子们照着他的那个样子来剪，开始会剪不好，这很正常。后来会越剪越好，将纸或别的特质轻轻折叠，只用剪刀剪那么几下，就可以裁制出最复杂的图画。你在折叠的纸上根本看不出什么，只看到完整不存在了，剩下了一个被剪掉许多部分的残片。然而，展开了之后你才会大吃一惊，原来那残片里竟然隐藏着如此壮美的人间景象。当然，孩子们也要变成老人，一代又一代人，传递着一幅古老的剪纸，从一只手到另一只手，从老人长满老人斑的手到孩子稚嫩的手，从孩童到老人，时光从一片小小的剪纸上扫过一百年、一千年，以至于许多许多世纪。生活的表象发生了巨变，生活的底本却被一幅剪纸珍藏下来，它保管、存贮了最早的信息、最初的思想。

从某种意义上说，我们的生活早已远离了剪纸所讲的，也远离了那些消失已久的时间。我们被赶出了伊甸园，不得不在无家可归的地方茫然四顾。我们建立了城市，水泥和钢铁占据了空间，阳光和空地被挤出视线，那些曾长期伴随我们的树木、飞鸟和野兽被长矛、利剑、火、犁、枪和斧头驱赶到时间的尽头，在电视新闻里经常展示的，是一些非常稀少的动物、飞禽的尸体和皮毛在市场上出售。它们活生生的形象，飞翔、盘旋、俯冲、奔跑和嬉戏，都变成了一张张标着一些整数的钞票，供无聊的人们消费和挥霍。那些精明的猎手用各种卑劣的手段达到目的，他们设置陷阱或暗藏、伏击、引诱，将人间的种种卑污带到了纯洁的自然界，将他们身边的亲友一一杀害、出卖。从著名的湖泊、草原到长江源头，到处都踏满人的肮脏的脚印。血污从人间流向整个世界，记录时光的年轮成为人们卧床上的花纹——实际上，这是人向自己发出的通缉令，愚蠢者正在为自己建造牢笼和挖掘坟墓。在我长期生活的城市，已经很少能够看到天的蓝和树木的绿，只能看到霓虹灯的闪耀，看到人们用电来制作的种种粗糙幻觉：人们用技术制造的魔法，摄取了自己的灵魂，现代主义的精神海洛因使嗜毒成瘾的人群忘却了本源，忘却了自己所来的地方，享乐、消费、虚荣、嫉妒和竞争将一个秘密的深渊摆在野心勃勃的时代。人类已经变得前所未有的孤独，他们只剩下自己以及自己制造的各种垃圾——包括探索宇宙的航天器，那是飞得最远的垃圾之一。

　　每一个心灵在蠢蠢欲动之中走向毁灭，利益从每一个方向袭来，它的枪筒里冒着淡淡的蓝烟。细菌在钞票的四角，在现代化技术打制的防伪标志上，在人的洗了又洗泛着肥皂沫又在造型美观的干手机的热气里烘干的手指上，滋生、繁衍，已经没有什么力量阻止堕落和坏事情的蔓延，就像不能阻止地震、森林火灾、虫害、艾滋病、臭氧层空洞和工业污染一样。一个巨大的黑洞正在将一切智慧和创造吸进去。广场的雕塑正在剥落，蒙满灰尘的发呆的雕像以冰冷的手指压在安魂曲的一个音符上；球状喷泉在冬季干瘪了，暴露出一些扭曲的、丑陋的铁管。妓女们迈着高傲的步伐正在走向出租车和超级商场，到夜晚时，她们将换上微笑的面孔出现在布满城市的演歌厅。老板们用戴着黄金、白金和宝石的胖手指指点着价格昂贵的菜单，人民币的面值使他们两眼通红——他们像一些蹩脚的、低廉的塑料计算器，除了数字，对什么都不能存贮和运算，人们在抽象的数目的欲望里被焚烧着。

夜晚会显得安静一些，尤其是在深夜。可能这是一些好时候，它是被世俗竞争留下来的最后一点安静了，可它又常常被出租车和警车驶过的声音骚扰和毁坏。更多的疲倦带到了深眠里，鼾声开始烘托一些可怕的梦——像恐怖电影里的悬念或其中的片段——然而他们在醒来之后就会忘掉，同时忘掉自己的全部不幸。我看着一幅剪纸，深深地被它感动，我想，我的确经历过一些好时光，的确有过一些微小的幸福，但已记不清多少了，也不记得它曾经在哪一个确定的时刻出现过。

六

可能是在三岁或五岁的时候？我搜索着记忆的底部，一些东西早已被厚厚的时间埋住了。我必须使用考古学家的铲子，才能打开那本破破烂烂的田野笔记本。我在最寂静的地方倾听自己从前的说话声。或者说，我像一个夜晚行路的孩子怀着恐惧看到了在远处闪烁的一些灯，但我不能确定那些灯究竟设置到什么地方——那里一定有一些人没有睡觉，他们在做着什么，或思考着什么。我好像从别人的剪纸中看到了很早很早之前的童年生活。就像我置身于那棵大树之下，仰望从树叶与果实之间漏下来的银币一样的阳光。

噢，我记得这样的剪纸，它在我很小的时候就出现在最重要的节日里。大约已经过去几十年了，就像过去几十个世纪一样，我在漆黑的记忆里仔细地搜寻从剪纸的空隙里透过来的月光。在将要过春节的日子里，当然那对于北方来说是最寒冷的时候，那时的气候肯定要比今天冷得多。来自遥远极地和西伯利亚上空的寒潮扫过我们的生活，农人们坐在家里，围绕着冒着蓝色火焰的红泥炉子不停地烤手或抽烟，妇女们坐在炕头缝制着新春的衣服，一切都在为明天做准备，或者说，时光是在漫长的、寂寞的、悠闲的期待中一点点地消磨掉。一些小女孩在一个妇人的指点下开始剪窗花——我们将所有的剪纸叫作窗花，因为它最终要被贴在麻纸窗上作为节日的装饰。

女孩们为窗花入迷，她们找到了自己最愿意干的活儿。不过最漂亮的图样总是出自一些老人之手，她们戴上老花镜，早已断了的眼镜腿儿上拴上长长的线，一直绕在后脑勺上，这样才能保证眼镜不掉下来。剪窗花一般是在晚上，人们围坐在一盏小小的煤油灯下，灯光差不多被她们的头挡住了，四面的墙壁上是一些波浪一样的弧形黑影，只有上方的屋子顶棚上搭着秸秆皮编制的席片是完全明亮的，它们交叉的胶轮辙印一样的花纹上闪耀着灯的反光。剪窗花的第一个程序是熏样子，也就是说，将一个好看的窗花图样作为底本，用纸固定在一起，利用煤油灯的灯焰上的黑烟熏染。一会儿，揭下底样，纸上留下了黑色的图案。窗花的孔洞部分留下了烟的黑色，双手灵巧的妇人们将那些黑色的部分剪掉，实的、玲珑剔透的窗花被留下来。许多相同的图案在一沓纸上显出色，它们同时被剪刀剪开一个个切口，细腻的花纹组成了完整的形象。我想，我曾从那么多女人的脸上看到过不同寻常的喜悦，她们因自己的非凡手艺而兴奋不已。在昏暗的煤油灯下，你仍然可以看到她们涨红的面颊，她们不停地比较，互相欣赏和发表一些议论，她们从祖先们或者仅仅是上一代人创造的形象里寻找到了自己的灵魂。

她们所剪的图画都与自己的生活息息相关，对她们来说，世界上从来没有生活之外的问题。那些窗花刻画和描绘了花朵和其散发着香味的蕊，也将猫、狗和老虎放置在重要的位置上。猫与老虎的形象是相似的，但它们是彼此的背叛者。老虎将一个大大的"王"字佩戴在头上，以兽王的威权藐视那沦为奴仆和宠物的仿制品，自己形象的缩小就意味着彻底的沉沦。然而，它们从相反的方向在人的生活里扮演重要角色。小狗卷翘的尾巴与忠诚和驯顺联系在一起，它是朴实无华的生活的典范，它从恩赐里得到饱食，又将爱回报给恩赐者，它的面孔与农人们的面孔有着很大的相似性。这里没有什么抽象的东西，所有的形象都易于理解。神秘的、昼伏夜出的老鼠与人们的粮食建立起密切联系。它们也有着自己的游戏、自己的婚宴、自己的节日，世上的每一样事物都应是圆满的。表面看来，窗花上讲述的都是人间之外的故事，但那些故事都暗含了人世的一切，悲欢离合、阴晴圆缺和历尽沧桑，其中包括了像炊烟一样冉冉上升的欢乐以及人对自己弱点的种种看法，当然也有祝愿和预言的成分。

在春节即将到来前几天，人们开始离开火炉上蓝色的温暖，他们都一反平日的安逸和闲适，变得忙乱起来。一个节日需要消耗巨大的劳动力。女人们和孩子们开始踩着木凳将那些剪得十分精美的窗花贴在窗户上——那些红色的、代表着吉庆的窗花，牛、羊、猪、猫和老鼠，还有低头吃草的兔子们，都变成了红色的，因为它们一起被红光所照彻。我和一些孩子将很小的一些鞭炮早早地放在炕头上最热的地方，免得它们因受潮而嗓音发哑，说不出话来——我们很需要这些包裹在硬纸壳里的火光和声响，它深藏着生活的顿音演奏曲，它缩短了音符的时值，又增大了我们前途上的种种价值，总之它试图更改一切不幸的轮辙，使即将到来的时间里溢满红光。窗花正从窗户上注视着，它实际上将我们的呼吸纳入了它的呼吸里，我们就像那个站在大树中心的人一样，和所有的事物一样同是一棵树上的果实。我们从同一个季节开始萌发，每一个季节的意义对我们都是等值的、相同的，历史将所有的苦难、不幸、快乐和幸福都均匀地、公平地分摊给每一个人、每一只动物、每一双翅膀和每一片树叶——世界被一个太阳普照。

七

有一点对我们来说非常重要，那就是，我在很小的时候就很想记住身边的一切事情，也希望这些事情永远不被遗忘。其他孩子也与我持有同样的观点。最后，我们的成长使自己不得不放弃诺言，记住的事情竟然变得越来越少。我们注定不会成为美丽幻想家笔下的那个能够牢记一切又永不遗忘的人物，但一些清晰的或模糊的图像仍然留在大脑的皱褶里挥之不去。比如说，我们在过年时垒得高高的炭火，它的火焰照亮了整个院子。被冻得发硬的菜畦土埂。我和一些买不起更多鞭炮的孩子到邻家的地上捡拾没有炸响的鞭炮——这些鞭炮躺在地上，混杂在一片乱糟糟的红色碎片里，它们往往是失去了导火索。我们便将这样的哑炮折断放在台阶上，用香火小心地点燃，激烈的火焰从相对的两截纸卷里喷吐着，发出"哒——"的声响。我们仅仅是为了观赏那样猛烈的火和听到那"哒——"的声。这瞬间的景象曾经给我们的内心带来欢乐。

渐渐萎缩的高高的炭火仍给寒冬带来热量，仿佛冬天在一夜之间被驱除干净，就像对某种妖魔的祛禳仪式。我不明白，为什么人们要选择一年中最冷的时候作为另一年的起点？一个最重要的节日就这样莫名其妙地放在一把尺子的端点上。我一直记得人们为此做好了哪些准备，为了装点这一天，乡村的人们至少要忙上十多天或者更久。我想起那些日子——那些每年都要重复的、相似的日子，母亲带我来到碾坊，巨大的碾砣带着一些紧密排列的石头花纹，碾盘在一个更大的圆面上稳固地放着，那圆面刻满了从中心向外辐射的线划，以便与碾砣彼此啮合。谷物被倒在碾盘上，被均匀地铺开，它们在暗淡的碾坊里显得金光灿烂，就像在上面包上了烟盒里暗藏着的那种金箔一样。从碾砣横躺着的圆柱形的圆心孔洞里伸出来的推杠横放在我们面前，我和母亲使用浑身的力气推动着碾砣在圆圆的石盘上旋转。我在很久的岁月里一直能够感到那块石头的沉重。我和母亲围绕着那个大大的石盘走着，走着。我们用一根被多少人推过的木杠推动着那块圆柱体的石头，碾盘上的金黄色完全染黄了视线，我们最后只看见一片金黄，碾坊里的一切形象全部被金黄所覆盖——脚步踏着一圈圆形的凹痕，多少人，多少年，地面被一双双脚踏陷了。一个被踏陷、被磨损的圆周作为人生的一个基本符码，一个 0，一个无限和虚无凝结的自然序数的前夕。

谷壳和谷粒在石头的碾轧下分离，然后用筛子和簸箕完成最后工序。黄灿灿的谷粒从糟糠和空壳里脱颖而出，它的襁褓被扔到一旁，在筛孔上呈旋涡形运动，在簸箕的风的节律里飘飞到另一处。轻和重，就这样被分开了。为了这种划分，我们要整整忙碌一天，或者第二天仍要接着干。石碾在光线发暗的碾坊里最后停下来，它们仍是两块被以某种分式捆绑在一起的石头，碾盘上的谷物被打扫干净，母亲连任何一条细小的缝隙也不放过，哪怕一粒米都不会遗落在那儿。那些被细小的光线照亮的每一个微小的动作都体现了天赋的节俭品德，这是所有农夫和他们的妻子对劳动的朴素理解。土地和劳动是人的衣食之源，它们应该受到尊重，应该被珍视。因而面对眼前的石碾，应该像鸟儿落到田野里一样，将土块与土块之间被收获者忽视了的东西寻找出来。

八

还有一件重要的事要讲述，那就是腊月里必须做豆腐。人们必须贮存一定数量的豆腐供新春使用——乡村的餐桌上不能缺少这样的食物，它能像白酒一样提升生活的快乐，将平凡的日子推向高潮。在那些春节就要到来的日子里，人们都起得很早。好像所有的事情都堆积在几天的时间里，好像沙漏里的每一粒沙子都包含着两样以上的事，人们已经将自己的身体完全浸泡在无数的琐事里——这至少说明，另一个年头的来临是不易的，就像到店铺里买灯油一样要付足价钱。一天，也就是那些忙碌的日子里的一天，在太阳升起之前，乡村的人们就将泡了一夜的豆子用水桶担到磨坊。磨坊里有许多人，他们都在那儿等待着。那时，磨坊里仍然使用着石头磨盘，与古老的办法不同的是，电已经开始使用，神奇的电动机用一条皮带驱动着一些滚筒，最终将动力传递给石头制造的沉重磨盘。速度显然比人力或畜力要快得多，被磨制的粮食通过一个大大的铁皮漏斗送到石头与石头之间——铁皮漏斗的出口用软布连接着石盘上的磨眼。几百年来，也许几千年来，或者还要更加久远的时间里，人们一直采用这种古老的工艺原理，也许在生活里，这样简单的方法已经足够了。也许根本不需要画蛇添足地做那种自作聪明的改动。实际上，人们并没有因为电的使用而变得更加镇定从容，相反，电与机械效率的妖法仍然让人忙个不停。人们将泡好的黄豆倒入铁皮漏斗，豆子被磨成了浆汁，它们被重新收集到水桶里，然后挑回家里。乡村崎岖不平的街道没有使挑担人的脚步失去平衡，相反，他们在扁担的晃动中每一步都显得那样稳定、有力，像天平中心的支点，生活的砝码从一端的盘子里向另一端传递重量，让人看到自己的指针指向一个永恒的中点。

在热气腾腾的屋子里，那么大的铸铁锅里盛满了热水，人的影子被埋到了蒸汽里。一口大水缸放在离锅台很近的地方，这种最普通的乡村陶瓮有着小底凸肚而敞口略略收缩一点的独特造型，它便于清洗，非常实用。一把黄铜打制的，仍留着无数铜匠敲击的锤痕的、带着弯钩的水瓢挂在瓮沿上，那金色的铜柄上闪烁着光亮，就像一面在手中不停晃动的镜子。其实，慢慢地就会发现，真正的光源来自两个不同的方向——从糊着白麻纸的格状窗户只透过一些朦胧的光，它的几块方形的亮色均匀地向屋内涂抹过来，上面几处破洞里刺入的阳光分外耀眼，有三道以上的金线穿透了蒸汽，在人身上或锅台上扔下几块圆圆的亮斑。然而最明亮的光来自那大铁锅下面的狭小火灶口，那是一个较低的位置，离屋内的地面约有 30 厘米左右。长方形的小口中不停地喷出火焰，它从下而上地、大约呈 45° 的斜角将发黄的光从火焰的尖顶上向有限的空间发射，它的伴奏者是一个长长的、与锅台紧挨着的北方风匣。

风匣是长方体的，是乡村木匠最好的手艺活儿之一。它看上去是一个木制的箱子，上面搭着的风匣板上可以放置一些炊餐用具，一般都漆成红色——不过每个家庭的风匣都褪去了原来的颜色，剩下了接近于腐朽木料的那种发暗的本色。它的里面暗藏着一个用鸡毛嵌在边缘的活塞装置，它所连接的拉杆从圆孔中伸到外面，拉杆上的握柄已经被手磨得光滑而细小，这是多少代人生活的见证物。我们从这样的握柄上就能推敲历史，能够推测从前的从前，那么多人的生活竟是相似的。长方体木箱的前面和后面都安设着两片活板作为单向风阀，决定着空气的吸入和输出，侧向的出风口通往火灶底部，风从那儿源源不断地输向火焰。父亲握着风匣的手柄不停地拉动，每拉动一下，活板都要张开和闭合，发出叮嗒、叮嗒、叮嗒……的节奏均匀的声音。这种木板声曾伴随我长大。一般情况下，父亲的这一工作应该属于祖母和母亲，她们每到做饭时都这样盘着腿坐在灶前的草垫上拉动风匣。现在，做豆腐需要好的火焰，需要有更大力气的男人们来鼓风。

父亲的身体前后摇晃，他的手紧紧握着风匣握柄，他的脸被灶口的光焰一次次照亮。每一声叮嗒之声都使火焰喷出灶口一次，屋里的亮度被不断地调节，光的韵律和节奏从木板的敲击里得到呼应，使这样的劳作场面具有舞台上的戏剧效果。大铁锅里，水开始沸腾。水汽充满了屋子的全部空间，人们彼此看不见对方的面孔——只听到他们不停地说话，传递着工作中的种种信息：这完全是一个手工作坊。这些时候的每家每户都是这样。我在他们忙碌时跑到院子里，寒冷的北风越过屋脊从弧形的瓦垄上倾泻下来，让我的两只小手缩回到袖筒里。屋顶上的烟筒冒着黑烟，那黑烟被风压得很低，它好像并不是随着北风总是飘向南方，更多的时候它好像十分紊乱，像一个吓坏了的幽灵不知所措地忽东忽西、晕头转向。

大街上不停地走过一些手中拿着各种工具的人，他们的面孔极为相似，连皱纹的形状都是相似的，仿佛是一些孪生兄弟。他们的眼光不那么闪烁不定，因而显得呆滞，好像在走路时仍然做着梦。很多人穿着老羊皮袄，外面没有布面，白白的皮碴更显得暖和，从领部和衣服的边缘露出长长的羊毛，腰里勒着一根绳子，好像他们在割草时节打好了的草捆——很易于识别他们穿的是货真价实的皮衣，尽管看上去是那样粗糙，类似于原始人类的那种实用性很强的衣装。人因为这样的衣裳而显得粗犷有力，让我们看到这是一些真正的生存者。

有几个挑水的人从远处走近，又消失在街道的拐弯处。扁担两边的铁钩上悬挂着水桶，它的柔和、谐调的振动节奏使水面微微地波动，为了使水不溅到外面，挑水者将一些小木片漂浮在桶里。他们一般要到村边的水井去打水，路并不很远，挑水者的姿势是那样轻松。偶然会出现一个戴着毛茸茸的护耳的货郎，他一般是一个中年人，眼睛里透出货郎们特有的那种狡黠，手里不停地转动着拨浪鼓，两旁抽系在短绳上的鼓槌随着他的转动不停地敲击着小小的鼓面，发出嘭嘭、嘭嘭、嘭嘭的声音。孩子们很快就围了上去，吵吵嚷嚷地议论着他筐子里的玻璃吹制品——一些有着细细的吹管、前面有一个大气泡一样的极薄的、带着暗红色的玻璃品，我们称之为"咯嘣"。我不知道这种货物的真正名称，但——咯嘣——这个名字是确切的，它直接指出了这种玻璃产品的用途和结果。它放在嘴上可以吹出咯嘣、咯嘣的音响，薄薄的玻璃底随着你的一吹一吸，凹陷和凸起，我们很喜欢这样的咯嘣声，也喜欢亲自操作以探究玻璃发出声音的秘密。如果你不小心用力太大，脆质的玻璃就会在"咯嘣"一声中归于破碎。货郎希望这一结果，这样，他就可以接着再卖给你一个。

几个大人慌慌张张地跑到街上，想劝说自己的孩子回家。但是孩子们被货郎筐子里的东西迷住了，货郎自己的嘴里叼着两三个咯嘣，在那里咯嘣、咯嘣地胡乱吹着——这是对眼前的孩子们幼稚欲望的无情挑逗，对不想掏腰包的恪守节俭美德的家长们的习惯性挑衅。很快地，这一招奏效了，筐子里的东西卖出去不少。街上的孩子嘴里都含着玻璃咯嘣，整个大街上一片咯嘣、咯嘣的吹奏声。在我们看来，节日并不需要等到某一天，只要愿意，它从现在就可以开始，从任何时刻都可以开始。

九

任何一个时代都值得我们怀念，也值得我们诅咒。我们的心情始终是矛盾的，更多的时候，我们都很难理解自己。耶稣基督曾对世人说，天国在孩子们中间。陀思妥耶夫斯基从来都是孩子的崇拜者，他认为孩子们来到世间好像是对我们的一种指示，我们的心由于孩子们而得到治疗。这是一种纯真的状态，随着我们的成长，天国的知识被一点点地丢掉。然而不管我们有多老，童年时代的天国的反光始终笼罩着，因而在广义的方面我们从来都没有脱离这童年的棉袍包裹着的温暖，我们一直被一段看上去好像已经流逝的时光守护到现在。一生无家可归的不朽的流浪者里尔克在他的诗篇里说——

> 这村落里有最后的房屋
> 像世上最后的房屋一样寂寞

这是欧洲式的怀乡病。是人们共同的怀乡病。最后的房屋的确离我们很远了，它像淡淡的烟雾有时会在眼前出现，更多的时候它几乎完全超出视线。实际上，我们能够从遥远的记忆里撷取的叶片很少很少，如果将它们收集到一起，就发现它们远远不能使曾经庞大的树冠复原——曾经发生的，又隐匿起来，它同样对那体验者、经历者保守岁月漂流瓶里的秘密。有时，某一件细小的事会触动某一个按键，一些记忆就会像灯一样点亮。它为我们做提示，指明了一些线索，甚至是次要的线索，迫使我们像侦探一样陷入自己的思维迷网之中。这可能是记忆的一种狡猾的安排，它的目的是使我们既要相信自己，又必须对自己展开种种怀疑和质询。我们的猜测最终成为真实的一部分，一种在过去好像存在过又好像完全没有存在过的事件。这使得真实比真实本身要大，使世界比真正的世界要大，生活便成为真正的生活的倍数，已经缺失的被成倍地补充——这是时光给我们的重要报酬之一。

也许，许多事情并不值得被我们记住。比如说，很久很久以前，我在乡村被风雨剥蚀的墙底下，寻找一种我至今不知道它的真实名字的小虫子。这是童年的孤独者的游戏之一。这种呈圆形的、类似于花瓢虫，形状却缺乏漂亮色彩的、像年代久远的出土文物的小虫子，朴素地生活于墙根的虚土里。它借助土墙来遮挡风雨，又借助被剥蚀的细小的土粒来掩藏自己的身形，它就像死者一样存在于坟墓里，却以另一种方式生活着。我们那里的孩子都知道它，将它叫作幺幺。这个名字像一个人的乳名，听起来很亲切，我们一直这样称呼它，却不知道那从前的命名者究竟是谁。

这是一种神奇的、神秘的虫子，它曾给我们带来乐趣，也将一些时光带到了墙下的虚土里。那里的土那样细腻，用手指摸上去就像面粉一样光滑。我曾一个人趴在墙底，判断这样的虫子究竟隐身何处。我会看到细土里出现了一个圆圆的、显然不可能自然形成的漏斗形凹陷，我知道，幺幺就在那漏斗的底部。

我当然会将那塑造漏斗的细土一把抓起来，幺幺已经包含在其中。细土被撒开时，那神秘的隐身者就显形了，它的黑纽扣一样的面貌大白于天下。它一动不动地待在表面，仿佛是受到了惊吓，或者像许多昆虫一样以装死的方式来摆脱劫难。我们从虫子的身上看到人间的一些伎俩，看到人世喜剧里的狡猾表演。它好像是那种看似老实巴交地穿着棉袄的、蹲在地埂上抽烟的农夫形象。它呆呆地想着什么，又好像什么也不想，只有土地和人，只有深深的沉默，一动不动地像土地一样永恒的沉默。

我蹲在地上，用几句从其他小伙伴那里学来的魔咒对准那只可怜的小虫子。

幺幺、幺幺，
倒一倒，
喂个小狗，叫一叫。

我对着它大声喊着，幺幺听到了自己头顶的霹雳一样的呼喊，不敢不服从来自天庭的命令。它开始倒退着，用其最快的速度——实际上在我们的眼睛中，它的速度慢极了。这是一种极其缓慢的后退，它的细小的脚深藏在自己的棉袄下面，它用整个身体遮挡了后退的真正秘密。我们只看到它的身躯在倒着移动，用以行动的装置却放在我们看不到的地方。

那么，幺幺虫是怎样想的呢？也许它仅仅是本能地后退，它也向前走过，但受到某种声音的惊吓后就想后退到原来的隐身之所，但不知道它的房屋早已离开了它，它便只能在废墟上从这里退到那里。它倒退了很长时间，却只移动了几厘米——这样长途跋涉地倒行，已经是了不起的奇迹了，它类似于人间的高超杂技。也许它的确听到了一种命令，我喊出的咒语击中了它。它必须遵循某种命定的法则，必须接受来自语言魔法的神秘驱动——或许它听懂了我所说的，它必须接受来自天庭的信号，以便成为别人的游戏的一部分。它不知道自己的房屋是怎样被拆毁的，又为什么被拆毁。它也不知道自己是怎样来到太阳下的，又为什么听到了莫名其妙的声音。它被这些疑惑控制，不得不向后退去，一直退到没有疑问，也不必寻找答案的地方。当然，它从来也不会想到自己正在遭到一个孩子的戏弄，事实上正是这样。可是，那个游戏中的孩子就不曾被戏弄吗？幺幺虫事实上正在以自己的无知戏弄着那戏弄者，不过，孩子正从那戏弄中获得快乐。一个孩子和一只虫子就这样达成了某种默契，那句魔咒一样的顺口溜不知起于何时，但那面对幺幺虫的呼喊里已经有了某种秘而不宣的安排，就像公鸡逮住了蜈蚣，蟾蜍被压在石头下面。

夏天的时候，我们原来的打麦场上长满了野草，蚂蚱们登上了草叶的尖顶上。几个孩子开始在草丛里捉蚂蚱。蚂蚱们在一棵草到一另一棵草之间跳跃着，它们长长的后腿具有极强的力量，使这些好像穿着燕尾服的小小绅士像弹簧一样跳来跳去。我在那几个孩子中间。我们的目光从高处搜寻着那些蚂蚱的下落，像侦探追捕作案者一样从小草叶片的缝隙里将锐利的光亮投向这些小昆虫。它们的服装夹层里隐藏着薄薄的翅翼，但我始终不明白蚂蚱很少使用翅翼的原因，也许是为了炫耀自己的跳跃？它们的确跳得漂亮。它们用各种姿势跳起来，像滑雪运动员那样在高处展现自己的惊险动作。它们从各种角度跳跃。以种种侧身的一跳，突然降落在另一片草叶上。这些自由的、即兴的舞蹈没有预先的排演，但一切都驾轻就熟、熟练无误。

我们为它们的得意和骄傲感准备了罗网，也就是说，我们追踪着它们，用五指并拢的小手在空中等待着机会。小手终于在某一时刻从天而降，蚂蚱终于被扣在手掌里。我们把几只蚂蚱捉到用秸秆编织的小笼里，将它们悬挂到院子里用于晾衣服的铁丝上。有时，我们会逮住几种颜色不同的蚂蚱——红蚂蚱、绿蚂蚱、灰蚂蚱。它们像一些五颜六色的服装模特儿一样，有着细长的腿，穿着服装设计师们设计的奇装异服。它们有着不同寻常的展示台，秸秆插制的笼子将它们的脚步托到高处，也不时遮住它们仿佛戴着近视眼镜的面孔。

中午的时候，它们在气温高涨的阳光里大叫起来，叫声尖锐、急促，节奏快速，像呼救信号一样，或者像一种电报密码。我们会将它们的笼子提到阴凉里，比如说挂在树枝上或放在屋檐下面的窗台上，它们的叫喊就会像青春的激情一样在时光里渐渐平息。

我知道这是一种残酷的游戏，这是对无辜者的一种莫名其妙的处置。三种颜色被混合在同一个笼子里，蚂蚱们被孩子的手悬搁在命运的细丝线上，在杀与不杀之间等待着一个最后的判决。它们根本不明白是一种什么样的可怕的魔法控制了自己，只知道这是一种强大的力量，不可抵御的力量，可能是那种野草丛中的自由触犯了什么。它们的眼睛是黯淡的。当我们走到笼子前的时候，它们的复眼模糊地辨认出人的面孔，这样的庞然大物将蚂蚱们吓坏了。一个依据是，它们常常在寂寞时弹奏自己的琴，其琴声里深藏着痛楚。它们是一些天生的提琴手，用红色、绿色、灰色三种颜色交织起来的不幸感受写着自己的乐谱，里面充满了断断续续的、寓言一样惊心动魄的颤音。它们在人间的牢笼里自发地组成一支小乐队，演奏着自己创作的、沾满苦痛露珠的回旋曲。它们的琴可能藏在前翅的基部，这是一种刻意的掩藏，它们只用音乐来指明一个暗藏的琴的真实存在，这样的演奏的确富有深意。

我注意到，它们中的一只开始演奏时，另外的蚂蚱会停顿下来，它们的演奏是轮流的、一只接一只的，甚至带有值期的性质。它们的曲调里含有一种内在定义，因而，那音乐里每一音符的安排都在表达同一个思想。这种固执的思想、永恒的思想、用它们的一生不断重新演奏的思想，一定是一种具有非凡价值的思想，否则，它们为什么用一生的时光来演奏同一个乐谱，完成同一种表达的使命呢？它们被差遣到世间来，只是为了做一件事，说一句话，弹奏一段乐曲。那么，这一件事必是重要的，这一句话必是意味深长的，这一段乐曲必是深含寓意的，总之，它们所做的，必是我们难以理喻的，不然它们为什么反复这样做，这样费尽心力地为世界弹奏呢？

是的，它们的曲调已被从前的从前——在来到世间之前就确定了，这曲调已是它们宿命的一部分。然而，它们作为演奏者的激情由自己来决定，它们痛苦和快乐的程度决定着那被表达的思想的力度。它们至少可以自由地选择在哪一时刻、哪一地点和用多大的音量来演奏，也可以用沉默来对抗命运强加于自己的锁链。我发现，当我们走近时，蚂蚱们的演奏就会停下来。它们有着自己的使命，但它们骄傲的沉默说明，这一非凡的使命并不是针对人类的：人们已经从草叶之间捕捉了它们，掠去了它们的自由，又将它们放到笼子里，它们不断地遭到种种戏弄，还有什么理由必须为人类演奏呢？它们携带着自己的琴，为了保持使者的尊严，有权利拒绝为人类拨动琴弦。

十

这是一些美好的经历，它们对我曾是那样重要。我不记得那些蚂蚱是否死在笼子里，也不曾记住我是否将它们重新放回到草丛里——那是它们的家园，那里有它们的一切。它们在那里出生，又在那里消亡。它们本身便是一个寓言，一个具有悲伤结局的寓言。我只记得它们拥有不同的颜色，红蚂蚱、绿蚂蚱、灰蚂蚱，三种色彩，却有着相同的形象。这好像是三种不同的生活，在我们的视觉里呈现出彩虹一样的霓彩。

然而，我们仍能从自己的种种经历中感到世界蕴藏的巨大能量，感到由时间堆砌的体积中凝聚着的热情和冲动。这一切，仿佛都是由大自然提供的。那时，我们曾接近过自然，试图去理解自然，也获得了一些关于自然的知识，我们的生活是在真的生活之中。我们不仅在自己的世界里，而且在更大的世界里，甚至在一个大到足够淹没真实生活的世界里。

有一次——对，有一次。我不知道这是多少次中的一次，也忘掉了事件排列的顺序，数字似乎已失去意义，但那是确切的一次。日子像树叶一样被摘下来，又怎能知道它是哪一棵树上的哪一片树叶？父亲骑着自行车，从我居住的乡村到他工作的县城去，我坐在父亲的自行车后座上。如果没有记错的话，那是一段大约 40 里的路程——在后来的初中课本里，这不过是一道从甲地到乙地的代数题。数学将事情简单化了，因而它只能为我们提供很少的东西，我们的生活就很少采纳这种简单的方法。道路是弯曲的，从我们村子的几条街道上转出来，要先爬上一道斜度很大的坡，再跨两道铁路——黑白相间的栏杆和道班房，晃动着号志灯的铁路工人，在我的记忆里就像黑白影片一样代表着一段消逝了的时间。我记得，过另一道铁路时，父亲需要扛起自行车，走过高高的路基。我跟在后面，脚踩在充满棱角的碎石上，在两条铁轨的中间，在无数根枕木中的一根上站上一会儿，就会发现铁轨的平行线一直向天边伸去。我不知道它伸向哪里，但我知道它通向远方，在很远很远的地方，也存在着与这里相似的景象。或者说，这个世界肯定有一个尽头，因为铁路必定会有一个终点。

越过铁路以后，一条弯曲的小路出现了，路面坑坑洼洼，我坐在父亲的后面，一个宽大的背覆盖了视线。我只看到父亲的蓝衣，一大片蓝。向地面看去，我看到父亲的脚使劲地蹬着自行车踏板，看到双脚交替一上一下地跟着连接踏板的曲轴转动，仿佛他的脚是这一自行车的一个部件。我听到轮辐在旋转过程中发出的嗡嗡声，还有自行车在颠簸时发出的零件松动的哗啦的声响。那是一辆"永久牌"的绿色自行车，它让我想到奔走于乡间小路上的邮差。大约走了两里之后，事情似乎变得好办一些。我们骑上了一条宽宽的公路，从这条路一直向南，就可以到达县城。那时汽车还很少，少到几乎等于零，好像这条公路是专门为我们修筑的，多少人艰苦地劳动不过是为了一辆绿色自行车顺利通过。

我很难记起那40里的路程需要多少时间走完，是一小时，还是两小时，或者更久？这是一道用数学方法不可能解答的难题。因为我们不断地在中途停下来。这是一条铺满沙石的公路，道路中央有被载重汽车压陷的辙迹，自行车只能选择旁边较平的路面骑行，这需要骑车的人有较高的技术，以便始终沿着一个狭窄的平面前行。道路两侧布满高大的树木，它们的枝叶从两边伸向路的中间，遮住了夏天的炎日，它们赐给我们那么多阴凉，就像一条漂亮的柱廊支撑着充满雕塑的拱顶，阳光从一些树叶的缝隙里漏下来，使我们的前面始终既凉爽又明亮。从树木组成的栅栏向旁边望去，庄稼无边无际地涌动着，绿的梢顶上掠过的风不时将一些禾稼压低，又使另一些禾稼反弹到它原来的高度上。更远的地方，有一些村庄展现着它的部分屋顶，另一些被遮在许多树冠底下。偶尔会有一辆马车在岔路上显现，车夫晃动着带着红缨的长鞭，懒洋洋地斜躺在车辕后面的护栏上。马匹则显得格外精神，昂着头，马蹄踢踏着，不时将路上的碎石踏得飞起来，溅到路边很远的地方。一些鸟儿被惊呆了，停止了热烈的吵嚷，留下一片寂静的空白。过了一会儿，它们才意识到地面上发生的变化，惊恐地飞到最高的树枝上。只有在这样的高度上才会感到安全。另一场争论又开始了，它们的问题显然有点复杂和深奥，不然为什么总是说不完呢？

我能辨认出一些鸟儿，比如麻雀、灰喜鹊、黑乌鸦和啄木鸟——更多的鸟儿，我不知道它们的名字，不知道它们是谁。它们有各种各样的姿态和形貌，它们都会飞。很多年之后，一位画家对我说，对于鸟儿，你怎么画都行，只要你能够想象出一种鸟儿，它就必定存在。的确如此。鸟儿的形象从某种意义上说，总是在我们想象之外，因而你见到什么奇特的鸟儿都不应感到奇怪。在一片树林前，父亲的自行车停了下来。那么多鸟儿的鸣叫将整片树林充满，就像阳光充满宇宙一样。松鼠拖着大大的尾巴突然从路旁边的土块下面跳向树底的草丛，它那圆圆的，好像嵌着霓虹灯的彩色的眼睛一闪就不见了。显然，我们的到来使林间的生命受到了惊扰，它们安逸的生活里掀起波澜。

我和父亲在树下坐着。啄木鸟敲打树干的声音是那样密集，就像一个由许多人组成的打击乐队在演奏；那韵律和节奏里深含着天才的创意。这让我们发现，木头竟然有这样丰富的声音，它们竟然把每一个音节都安排得如此精巧，以至让人感到这是一座巨大的音乐厅，众多的鸟儿发现这么宏大的和声——生活的真正赞歌不在别处，就在这茂密的树林里。只有它们才配得上赞美生活，赞美那赐予生命的神，就像大教堂里的唱诗班一样，它们的鸣啭值得人们牢记一生。

父亲扔了几块土块，身边的鸟儿们轰的一声飞到了别处。我们的四周出现了短暂的宁静。一分钟左右，鸟儿们的叫声从远处传来，我们被这些叽叽喳喳的鸣叫包围了，就像我们陷入了由海妖的歌唱组成的迷宫里。先是由喜鹊喳——喳——喳——地试探性地叫了几声，然后啄木鸟的打击乐从四面八方传来，然后的然后，它们将所有的鸟儿的合唱纳入自己的节奏和秩序之中。我们在这儿坐了很久，林间的微风一次次地从耳边拂过，周围的所有声音就变得不那么均匀了，而是忽强忽弱，我们就像坐在一个巨大的琴盒里感受那音乐的颤动。夏天的热量似乎已经消散，我们差不多忘掉了道路、自行车和目的地。

公路上骑过的另一辆自行车提醒了我们，那骑自行车的人吹着口哨，匆匆赶路。在离我们最近的地方，我看到了他的旧军帽下面压得发扁的脸，一张大嘴向中间凸起，响亮的、尖锐的口哨从中间的窄缝里放射出来，这是人的声音，但与鸟儿的叫声已经非常接近。

十一

以后的日子里，我经常想到这一幕，由各种声音构成的一幕戏剧，曾在我的童年登台。声音是转瞬即逝的，它比别的事物更易于在时光里流逝——然而它在我的记忆里一直鸣叫着，林间最嘈杂的声音反倒使我得到某种难得的安宁和温馨。那次距离并不很远的、在父亲的自行车后座上的旅行给我的记忆留下一块亮斑——就像一束光线始终向那里投射。

我记得快要接近县城时，天色已经开始发暗，好像我们正渐渐走近一个洗印室的暗房。父亲说，下来走一会儿吧。我便跳下自行车，跟在父亲后面不慌不忙地向前走。空气是那样新鲜，好像被无数次过滤，里面还夹杂着庄稼、野草、树叶的发涩的香气。我大口大口地呼吸，感到身躯时有一种力量在成倍地积累，我知道，这可能是一次旅行的最后一段路程了。我好像展开了脑皱纹里的全部画卷，看到了一切记载、一切历史，看到了世界的深度和广度，我的思想已经触到了世界边缘上的石柱。我数着自己的步子，那时我已经能够将数目数到一百以上，或者更多。这一点都不奇怪，因为数目作为生活的抽象特征在一百以上就开始重复，一个结束会连着另一个开始——这样我们就不会惧怕无限。

从一片蛙声的鼓噪里，我们判断自己正在向一个水洼或池塘靠拢。实际上正是这样。这是童年时代充满诗意的一次散步——暮色从四周慢慢汇聚，一个灰色的空间出现了，庄稼的绿色变得发亮，像一片片发光物在闪烁。飞鸟们回到了自己的巢窠，回到了温柔生活的源头。野兔红红的圆眼睛缩回了洞穴，只有爬入洞穴里的蛇才能看到隐藏于深处的、警觉的光芒。远处的村庄将发黑的轮廓隐匿于深灰的背景里，却露出一些零零碎碎的灯光，它让过路者引发对生活的怀念，也对每一个人的不同生活产生种种猜想。此时此刻，更多的人，屋子里的人们，被油灯照耀的人们，在做些什么？他们的面孔在展现怎样的表情？是快乐还是忧伤？他们在感觉在沉思？总之，黑暗，更深的黑，将埋藏一切。

蛙鼓敲击得更加响亮了，呱哇——呱哇——呱哇——它们已经将音量调节到最大，它们的声音覆盖了世界。我想到以前大人们讲述的一个故事：一个池塘的主人每天都被蛙鸣骚扰得睡不着觉，非常苦恼。为了摆脱这种在夏天难以入眠的烦恼，他决定将池塘卖掉。可是在那池塘卖给别人之后，蛙鸣照样吵得他不能睡觉。他越来越不理解，自己已经卖掉了池塘，为什么池塘里的青蛙仍然在他耳边聒噪，而不是去烦扰它们新的主人呢？这是一个笑话，一个精美的寓言——愚蠢的主人没有注意到池塘不可搬迁的性质，以为别人买去那池塘后也买去了响亮异常的夏夜的蛙声。他出卖了自己所拥有的，却留下了那拥有的所产生的全部声音——烦恼是如此永恒地归于自己。

实际上，我曾在村边的池塘前看过青蛙们的绝妙表演，它们对声音的迷恋和酷爱超过我们的想象。它们是如此渴望大声说话，它们的简单语言通过巨大的音量向很远的地方传播，在我看来，它们完全是朝着天空叫喊，就像是戏剧里一群云集在古代王朝的官衙前击鼓喊冤的人，只有寻找公平和正义的人才拥有这样大的叫喊的力量，这里似乎凝结着生活的血泪。

整个池塘里的蛙鸣震耳欲聋——它们有时会突然停下来，使人觉得一下子掉到了很深很深的寂静里，就像画布上的斑点突然消失不见，奇迹一样还给我们原先的巨大空白。是什么神秘的力量使青蛙的鸣叫集体停顿？我们不知道，但我们相信必然有一种来自外部的命令，青蛙们听到了。过了几秒钟、几十秒钟或者更长的时间，你会听到那池塘里开始出现一只蛙或几只蛙试探性的、零星的呼叫，然后，更多的青蛙一只接一只地叫起来，直到它们的呼喊震动了我们的心灵。

这些青蛙，它们不停地张开嘴边的两个大大的气囊，像微型手风琴那样发出远远超出它们身体比例的声音。它们是一些天生的歌手，它们所唱的那支歌的内容却对我们保密，我们只听到一片呱哇——呱哇——呱哇——的声音在广大的空间里回荡。它们所唱的，或许恰好涉及我们的某些事情，或许这正是它们向我们守密的一个缘由。

多少年之后，或者说，30年之后，我从自己工作的城市回到家乡，我重新感受那些往事的真实与虚幻。好像从前并不存在，我们曾经在一些不存在的往事中度过一些时光，因为我们所经历的许多事物，已经没有了，它们究竟是消失了还是压根儿从未在这个世界上出现过？我甚至怀疑自己的记忆。那些被记忆所收集的信息究竟来源于何处？我在黑暗的记忆里徘徊，搜寻着事情的根源——那里没有窗户，只有微微的亮光映照出一些发黑的、近于虚无的影子。在我居住过的乡村里，仍然遗留着几代人生活过的房屋，院子里长满野草，屋瓦的缝隙里长着柔软的茅草，街门被一把锈锁护着，它将时间放置在另一边——我们的背后。我从弯曲的街道上走过，发现村庄在几十年里膨胀了一倍以上，就像整个宇宙都是在膨胀一样。原来村边的菜地和高粱地，原来小学校的篮球场，都被一些新盖的房屋占据；不远处的焦化厂冒着黑烟，在夜晚，可以看到熊熊火光在西边燃烧，它照亮了那里的高地上布满的死者坟茔。那是一片公墓，可以看到坟墓的数目在几十年里增加了几倍——那是一个强大的、看不见的能量储蓄地，拥有巨大的、永远占有历史和超过生者的人数。一些名字被刻在石头上，更多的死者被土地完全遮盖。

只有铁路还在村边高高的路基上，向两边指向南方和北方。铁轨下面的枕木被水泥浇制的轨枕取代，冒着黑烟和蒸汽的蒸汽机车消失在历史中，巨大的轮子和推动轮子转动的铁臂被藏匿于记忆，轰隆隆的内燃机车拖着很长的列车呼啸而过，好像事情变得面目全非。铁路大桥下的一条河流干涸了，河滩上已经被开荒者翻耕成田，从高处俯瞰，只见一片高粱在风中翻腾，从前河边的洗衣妇们早已坐在自家院子里的自来水管前面。几十年，在某种意义上，它相当于几十个世纪。被如此短暂的时间笼罩下的魔术一样的变化，是这样不可思议，你很难相信这里发生了什么。

其实，日子还是那样平凡，置身其中的人们觉得什么都不曾发生，一些皱纹都是悄悄地爬上额头的，像牵牛花的柔软枝蔓一样，你根本不知道它究竟在何时绕到了番茄架上，也不知道它竟然在你注视它时，已经爬到了高高的土墙顶上。但是，就在不经意之间，许多东西已经被暗藏的某种力量消灭了，像烟雾一样在无限大的空间里袅袅飘散。在物质日益繁盛的、向前加速奔腾的时光的洪流里，暗含着多么可怕的东西啊。一切都在不知不觉之中静悄悄地发生。

我记忆里一直铭刻着的那条从家乡通往县城的路，已经被现代生活拓宽了，铺平了，你根本不用扛着自行车通过铁路，也不用骑在自行车上感受颠簸——汽车可以在一条柏油路上一直向前行驶，你坐在车窗前就可以看到一切。然而，你能看到些什么呢？路边的树林不存在了，林间的鸟儿当然也不存在了。那么多的鸟儿，那么丰富、复杂、优美的啼鸣消逝于汽车引擎的噪声和突突突的四轮农用车的黑色尾气里。喜鹊偶尔能够看到几只，它们只能落到光秃秃的电杆上或电线上，在风中抖抖翅膀就不知飞到什么地方去了——它们的眼睛已经变得灰暗、迷惘，它们借以筑巢的高大树木被雪亮的锯子伐倒并用机器驱动的、飞速旋转的车轮拉到了锯木场，成为种种消费品的原材料。它们只能降低生活的高度，在低矮的、被主人们按照自己成材率的要求修整过的树木上栖身，那里树叶稀少，烈日几乎要烧掉它们的全部财产。啄木鸟已经完全绝迹，几十年前充满林间的打击乐悄悄退场，连谢幕的仪式都来不及举行，是的，根本来不及，什么都来不及，甚至来不及想一想。

几乎所有的鸟儿都离开了这里，它们的乐园被人们现代生活的掘土机挖走了，人成了真正的独裁者、孤独者，生活终于被商品和利益原则化简了。只有麻雀还顽强地生存着，它们在庄稼地的四周像土块一样飞起来，又落下去。它们飞不了很远，也不可能看到更远的地方，属于鸟类中的平民，因而没别的鸟儿的那种娇贵和脆弱。它们不需要到很高的地方，只要能在地上寻觅和刨掘生存者的食粮就可以了。这在某种意义上已经是人类生活的缩影，它们的背景、失去丰富性的灰蒙蒙的背景，已经是我们的背景了——其中含有我们悲哀、辛酸的生存状况。

40里的路程凝聚在一条直线上，光滑路面上可以看到太阳的反光，司机戴着太阳镜，从黑暗的镜片后面窥视前方，当然还需要把挡风玻璃上部的遮光板放下来，以使视野变得更加狭窄，整个世界被压扁了，仿佛受到了超过自身数倍的重压。除了汽车发动机的声音，几乎听不到别的声音，没有鸟声、蛙声，甚至没有人的对话声。经过这段距离的时间被大大缩短了，十几分钟，县城就出现在眼前。高高的水泥建筑，毫无创造和生气的方块形建筑，遮盖着喧闹的人群以及琳琅满目的现代商品，消费、无限地消费、贪婪地消费，人们在自身的欲望里陷落到深渊，已经成为这一时代的光荣——赚钱，用种种手段赢利，在贫穷的精神里播下贪欲。的确，从前的一切荣光已被今天的验钞机上的灯光压灭了，人们的目光从自己的内心挖出来，就像从前啄木鸟的长嘴从树洞里叼出虫子一样。实际上，这一切才是乡村连接城市的真正道路，多少飞转的车轮和杂乱无章的脚步在上面行进，扮演着效率和利益的榜样。从前的池塘，从前的鸟鸣和蛙鼓，都变成了混凝土和砖块堆起的楼群，以及楼群的缝隙里放射的乱哄哄的叫卖。

我在十几分钟的旅程中，看到公路两侧的一排排酒店，一些穿着时髦衣裳却掩盖不住泥土气的姑娘像一群穿着华丽外罩的蟑螂一样在路边招揽着顾客——这些酒店的照片上写满了错别字。而在乡村的街道上，一些青年人蹲在门口，无所事事地抽着烟。他们根本不想像他们的父辈那样辛勤劳动，根本不想到禾稼中间去锄田，而是只想不劳而获地过上好日子，像许多无聊的电视剧里描绘的主人翁那样，总是穿着洋装出入星级酒店，和嗲声嗲气的小姐们打情骂俏、谈情说爱，驾驶着进口汽车奔驰在高速公路上，或在城市郊外的风景区休闲度假。从电视屏幕上看到了这么好的光景，看到那么多钞票和洋房，看到那么多不劳而获的寄生虫，为什么我们不能那样生活？既然事实上不能实现那样的美梦，谁又愿意继续在田垄里挥汗如雨呢？谁都心里明白，那些城市里的富人没有一个是靠勤劳致富的，勤劳从来就没有给人带来过财富，多少个世纪以来就是这样。勤劳带来的从来都是劳累，然后是贫穷，最后的结果是，勤劳的人们养肥了寄生虫。这样，乡村里那么多年轻人无所事事地抽着烟，就找到了足够的理由。他们根本想不到自己身旁的庄稼，也不会去预计今年的收成，这些事情更多地由他们的父母来做。每一代人都有自己的思想、自己的生活。

十二

一切都好像不可逆转，就像人们理解的时间箭头的性质一样。好像结局早已被安排好了。有人会说，该消逝的都消逝了，不该消逝的留了下来。这是典型的势利眼的想法——他只承认历史的结论，只看重现实里摆放着的东西。可是不这样又能怎样呢？历史和现实的有力之处在于，它从来都不允许人们思考，也从来都不依照人的思想去寻找结果。它是一个完全的、绝对的暴君，扼杀一切思想、一切理由，剩下的便是人们最后所看到的。

大树被砍去了，留下了一个抽象的、空洞的重心——它被悬搁在时光里。曾经多少事物陪伴着我们。现在，那些陪伴者一样一样地离开了，好像我们以前的光阴里所发生的，不过是一场为了告别的聚会。我们曾经拥有的，又丢掉了，儿童时代的玩具——泥人儿、真实的泥巴、用禾秆插制的马车、用纸折叠并装在秸秆前面的风车、用木头砍削制作的陀螺——都已消亡，在工业的流水线和机器人精密的活动中烟消云散。我们的孩子们有了他们的东西，磁性写字板、五颜六色的橡皮泥、用塑料和电池组合的闪光陀螺、散发着有害气体的塑料积木、电脑游戏、米老鼠和丑陋的日本卡通形象。真实被无情地取消，人们只需要真实的模拟物，只需要第二手的、反复被工业加工过的商品，橱窗里不断被广告炫耀、吹嘘的商品，它们的种种侧影在霓虹灯的照耀下光彩夺目。

我又想到了那幅剪纸，那幅来自历史的剪纸，它的线条在底版上褪去了，只有无限的空白变得永恒——这难道就是我们最后所需要的？有一天，我们都不再相信自己的记忆时，我们还能知道些什么？可怕的是，这一天已经到来了，仿佛它就在眼前。那幅剪纸所描绘的，现在应该是这样：树叶凋谢了，动物们没有了，只有人仍然无聊地站在原来的位置上——或者说，这是一个受难者的结局。两千年前，耶稣被钉在十字架上，这是一个象征、一个寓言，耶稣用他的死，给我们讲解这一隐喻，讲述这一流血的童话。

我想起了一件事，一位西方的生物学家曾录制了一头大象的叫声。

他将这头大象的录音带播放给别人时，人们竟没有听到任何声音，因为这声音低于人类听力的临界值，它形成大象的信息交流系统中的次声部分。我们能够倾听到许多许多声音，能够听到刺耳的尖叫声和低沉的、悲伤的哭泣声以及痛苦的呻吟声，然而我们听不到更为低沉的东西。在炽热的、散发着被烤弯的鞣酸草和灰绿色灌木的气息中，科学家曾用无线电装置在非洲平原上跟踪大象群的活动。他们一直与象群保持着几英里的平行轨迹，以免惊扰它们的正常生活——后来，他们发现，大象们在慢吞吞地吃草时，经常会突然抬起头来，好像听到了什么。在走了几英里之后，它们进入了另一个大象群。它们是怎样知道另一个象群在召唤的？这一秘密最后被揭开了，我们终于知道它们之间的长距离通信是依赖自己的声音——我们所听到的最深沉的象叫声不过是一种更低沉、更有力的声音的婉转陪音，它能够在平原和森林里无阻挡地传播到几英里之外的地方。

它至少以寓言的方式指明了我们的弱点，我们所听到的并不是真正的声音。世界正是这样，我们所努力倾听到的不过是一些历史和现实的低沉陪音，包括人的一切欢乐与悲伤，一切得与失，一切房屋、宫殿、市场、商品、书籍和语言，弓和箭，树木和苔藓、火与灰烬，以及一切胜利与失败、凯歌与悲歌、石头、沙砾、废墟、希望，以及一切人世的喧嚣。

幽　火

我十指合拢捏紧自己的心
它的跳动总让我感到发慌
　　　　　　　　——题记

风

　　老旧的木质呈现朽腐迹象，一些老人斑一样的污痕显露到这一长方体表面——木料的花纹隐匿到幽暗里，这曾记载着一株植物一生境遇的笔记体花纹，曾被几代人的手所擦拭，如同猛兽美丽的衣服被饲养者抚摸，那猛兽与抚摸的手都已朽烂于时间隐秘的荆棘丛。这是一只有着不朽的几何造型的中国北方风箱，它肯定来源于某一古代木匠的精巧设计，其形体之美与合理性得自神的灵感，否则，它为什么在时光里渐渐隐蔽起来？那一年夏天，我回到老家，用斧头砸开锈锁，当那久弃的房屋敞开时，风箱带着满身尘土出现在眼前。屋外的光亮柔软地飘入，风箱却以它立体的棱角强烈反射着，它肯定不像镜子那样耀眼，可是像黑暗那样让人震颤。

我看着这一时光的遗物，那被多少双手磨细的握柄，那经历了无数次重复运动的拉杆，它们是一种可靠的生活见证，或者就是生活本身。因为在这原始的风源里凝聚着最简明的生活原理，并使人的生命消耗于其中。厚厚的尘土覆盖着它的一切，然而那最基本的外形仍是显而易见的。那些尘土是那样细腻，让你想到有一种有足够力量杀死爱的伟大感情。风箱现在是完全静止的，它的风已经窒息在喉咙里。窗外的树叶几乎没有任何响动，这是一个无风的日子，平时那种树叶窸窣的躁动终止于离我很远的一个肃穆时刻，仿佛整个宇宙陷入涅槃的极乐。风在生活中如此重要，在完全无风的时候，我们就会感到死的恐惧。

风是没有形体的，可它赋予他物以形状。比如说，大树被刮得晃动不安，小草会弯曲，屋顶的盖瓦发出尖锐的啸声——你能说这不是一种生命的激情吗？风止歇的时候，你能说这不是万物所找寻的一个沉思机会吗？是的，万物隐入沉思。所有的沉思都吸收了死亡气息，万物的沉思又被万物的悲剧所吸收。大风跃动之时，一切都在解脱，大树和小草都丢弃锁链，自由地像钟摆那样充满稳定的节律，我们头顶的屋瓦在悲壮地长啸。

童年时代，我常常坐在用玉米柔软包叶编织的草墩上，帮着祖母烧火做饭。我用一双小手攥紧风箱的握柄，用力拉动拉杆，入风口的活板发出清脆的嘀嗒之声，宛如一座走时精确的时钟。这大约是我最初接触到的劳动，它有着音乐的节拍，并与万物的循环往复相暗合。

风箱的节奏与风的节奏是一致的，风就这样像呼吸一样把自己灌输与渗透到土灶里的火焰底部，使那明亮的火焰不断膨胀和收缩。从灶口射出的火光，把我与我坐着的草墩一齐照彻，我的影子被放大，一直投射到门槛之外，这或许是童话里巨人的原型。北方的铁锅里沸水翻腾，水汽像烟雾一样上升，并在我的头顶盘旋。我从这蒸汽里窥视祖母朦胧的脸形，那一呈现于白发下的幽暗轮廓使人想到人类最初的祖先，因为一切混沌中的都似于创世之初。

祖母说，使点劲儿，饭就要熟了。我便愈加拼力地拉动风箱。风箱的节奏变得短促而粗重，火焰发出呼呼的响声，我为此感到惊讶：一只长方体的风箱竟然能够形成一种无形的力量，世界的链环如此巧妙，让那有形的出自无形，无形的又得自有形。我的童年从一开始就坠入了这样奇特的循环：我的手连接着风箱，风箱以风的形式连接着火，火连接着锅，锅连接着水并以蒸汽连接将熟的食物，我的生命又必须接纳这些食物。我要凭借食物所提供的力量拉动风箱，并且成长。

在这循环中，成长是唯一多余的滋生物，它构成循环真正的意义，这意味着有意义的东西总是存在于那些看似多余的部分里。生命正是一个圆的光滑边缘的粗糙凸起。光滑是美的，凸起的事物才是悲壮的与不朽的。我用手中的煤铲添加着火焰，使火焰一直向我的生命累积光亮。在火焰的胀缩之间，我得到了成长所必需的韵律——对于一个回忆者来说，这是一幅黯淡的画，它的全部颜料来自黑暗的炉灰。

风本身就意味着流逝。我曾彻夜不眠地倾听屋外的风声。这是世界上最难捕捉其旋律的音乐，然而，我坚信在这样的音乐里有着更加内在的秩序。它时而低沉地呜咽，时而尖厉地啸吟，时而像野兽那样嚎叫，时而又以比小鸟还要细弱的情感喁喁而语。风声几乎概括了世界上出自生命的任何事件，因而其所含因素的复杂程序就可想而知。我们不可能真正地听懂它，我们只能去感知它，并把其中的某些音节与我们的生活对应起来，以进一步理解自己。在这样充满奥秘的风中，我又能把自己置放何处？我只能感到生命在消散之中。如果我一直生活在无边的静寂中，我又怎能知道一切生活都是走向泯灭的幻觉的一部分？风的确是一种语言，它正把世界最简单与最美的原理泄露给那些醒着的人。如果钟表能够指出人自身的律动，那么，风说，你在流逝，一切都将过去。北方的风箱会有双重的告诫之义：节奏与死是命运变奏曲的永恒依据。

我的生命就是从这里开始的：一只风箱。我如同那风本身，来自一只长方体构形的密匣。有一次，外面刮着大风，我在屋内帮着祖母拉风箱。土灶里的火舌呈橘黄色，如同剥开的蜜橘渗透着汁液般的晶亮。它从下向上喷吐着，仿佛它来自这间旧房子的神秘基础。它随着我拉动风箱的节奏而跳跃，我感到了一个控制者的欣喜。因为火焰成了我力量的间接证明，我发现了自己身上正在增长中的无形的东西。祖母凑过身子，帮我添一铲煤，欣赏着土灶里耀眼的火苗，对我说：行，比狗强啦。是啦，我已经长大了，并且仍在成长。祖母说我比狗强，那就是说我的能力已超过了某些动物，也就是说，我已从原始的动物之愚里提炼了出来，拥有了人的独特精神！人的自豪竟然从此开始，我的全部基础竟是那被风扇动的火焰所砌筑。

我要仔细看看这火焰有何奇特之处。它与野火不同，与灯烛之火也不同。它既不猛烈地向四面蔓延和扩展，也不是那样稳定又恬静地施放自己的光芒。它随着我的手臂起伏跳动，有如我小小的心的显形。然而，任何事物都有拒绝别人窥视的本性——我把脸贴近灶口，感到那种令人战栗的温暖，这时，一股猛烈的气流从烟囱倒灌进来，火焰突然扑出了灶口，舔住我稚嫩的脸庞。我听到了头发和眉毛被烧焦的吱吱声，并感到芒刺一样的疼痛。

我的脸部一直疼痛了许多日子。这是我第一次被风所伤害，一种无形的东西竟有着剧烈的毒性。你就为那所忽视的事物而疼痛吧，我原以为自己已长大了，并熟悉了一切，甚至试图知道那火焰里的隐秘之情。那里面究竟隐藏着什么？你要从中看到自己的根源吗？不，也许是随便看一看，瞬间的好奇心就要让你付出代价。祖母看着我难受的样子，安慰着我，并且诅咒着风。我的脸部渐渐感到了清凉。诅咒或许是起作用的，就像犹太人诅咒巴比伦和罗马那样。祖母的诅咒是忧伤的，她说，呸，这风啊。她说得那么简单，以至让你觉得她根本就没说什么。我只是看到她的白发在颤抖，双眼露出了愤怒。

　　长安夜半秋，
　　风前几人老。

　　古人对于风是敏感的，以至他们面对风这一自然意象时，屡吟不倦。风是悲怆的，你能在风中说些什么呢？现在想来，祖母在诅咒风时选择了最精确的语言。对于风的敌视、畏惧和极限之悲，都藏匿于不言之中。早在古时，人们便采用了这种隐晦的方式——他们把一座辉煌的帝都、昏暗的夜晚和悲愁之秋置于风前，而人的衰老又是其中最寂静无声的。正是那帝都的秋风之夜使飞檐斗拱之间鸣响着风铃，并以此衬托角落里坍塌下去的无形之形，它像枯叶一样沾在人的胡须上，并把波形的容貌投射到铜镜中。谁敢在风中注视自己？只有双眼盯着有形的酒觞时，人才能沉溺于风的颂辞里。但这显然是一种肤浅的快乐，有如瞎子凝眸自己的拄杖。

　　大风起兮云飞扬，
　　威加海内兮归故乡，
　　安得猛士兮守四方！

其中渗透着一个新兴帝王衣锦还乡时浅薄的炫耀和盲目的春风得意。飞扬跋扈、骄横和不可一世在饮酒狂欢中暴露无遗。其张狂之中隐含着虚弱，意气激扬里凝聚着堕落。从那一刻起，种子已在他内心朽烂，衰败已成定局。在他高歌这曲古代顺口溜时，风正从他身边刮过，以最轻的声音嘲笑他的愚蠢，同时又不会提前惊动他的美梦。他只想到大风起处，云翳飞扬，没想到他自己连同自己所创的丰功伟绩正在风中飘散。也未曾想到自己纵情歌唱是对自己的悲剧毫无预知，他恰好处于云翳四蔽的迷途里而得意忘形！风乃真龙所借的潜升之本，它可以使云飞扬到穹拱之顶，也可以使一个帝王吟诗，那诗原是风中所含有的，并被风声所掩埋。而作为猛士，徒然地散布四方又能够守卫什么？你能守卫正义、自尊与人性吗？你能守卫来自内心的意志吗？你能守卫一片树叶不在风中坠落吗？你能阻止一粒尘埃在空中旋转吗？显然，你不能。你只是帝王诗篇里借用的材料，你仅为诗篇而存。你守卫的仅仅是一个万古不灭的词语：流逝。你恰好守卫着某种恒定的被帝王所讳忌的——死。你只能眼巴巴地望着风不停地吹，又不能遏止它。风使整个世界动摇了，让你的脚踩不住底儿，仿佛这世界原本就是深渊，你不可能获得任何意义上的安宁，因为你本在坠落中。

风的力量太大了，李白早已看到了这一壮观景象。那是一种鲸吞一切的景象，它常常在我们中间，有时也设置在我们前面。

一风三日吹倒山，

白浪高于瓦官阁。

面对风，一个人是渺小的，一个帝王同样微不足道。他对风的颂辞是对自己的遗忘，人心正在这遗忘中枯萎。他所高歌的正是风所埋葬的，他手上的酒盏正为他点亮冥灯，他将借此走向黑暗。你要仔细倾听，将听到人的永恒悲歌，你将为此纵酒却不可为此狂欢。在风中，一位帝王与一个平民甚至一棵草，将面对同样的遭遇，这犹如一个等边三角形的三个顶点，不难证明它们将张开同样的角度来面对其虚无的中心。我们能够从一个农夫弯腰时的姿势或一个古代帝王的威严画像中看到这一点，也可以从屋瓦缝隙里延伸出的草叶的摇摆里观测到这一点，因而我们将毫不怀疑地相信承受苦难的万物必在风所赋予的形状里获得平等。风就通过这些高贵的或卑下的、强悍的或懦弱的、高尚的或低劣的形状显现自身，它使得魔鬼也成了我们生存境况的一部分。大风起兮云飞扬，风萧萧兮易水寒，风沙乔木动悲吟，数骑秋尘，一篙寒汐，苍涯绿嶂，楼外冥冥，江皋隐隐，东风睡足交枝，堪恨西风吹世换。一切竟是风的呈现，它将人世的冷漠、悲苦、虚幻与幸福纠结在自己复杂的锦绣里。它的骨骸永藏于暗处，让你在狂沙吹尽时拭目窥看血泪枯涸的荒野，又让你感到大地之下永埋着一个真理，因而草木在野火之后再度萌发，四季的循环只给平凡的事物以不朽。

只有在童年时代才会感到大自然中风的神秘特性，我们并不把它仅仅视作由于大气受热的不均匀而产生的那种河水一样的流动现象。当黑夜来临时，我就把脸贴在玻璃窗上，我感到自己的鼻子被压扁，然而只有这样的距离才能排除屋内油灯的反光，从而使一个孩子的视线投向更大的空间。院子里的两棵树分置于视野两侧，仿佛两个魔影在黑暗里晃动。这需要我的双眼分别来注视它们的举动。这时风就完全地沦为声音，它使两棵树之间发出种种呼唤，这大约是创世以来就存在着的原始语言。黑夜深处的事物并不静寂，使人感到这里分明存在着一条通向无限的长廊，它推开院墙及一切屏障，是世间一切道路的总和。

风与光是世界上两种不同的信息携带者，它们类似于上帝的天使。

如果没有这些，我敢断言，世界就根本不会存在，因为死灭就意味着信息中断。我就在夜晚来观察这样的特遣，看看它们究竟给我们带来了什么。结果，我只听到了声音，一种哑哑的近乎农夫耕作的声音，一种收割前磨砺镰刀的声音，总之，它与农事有关。祖母惊诧地发问：你在看什么？我用余光看到玻璃上反射出的灯和祖母模糊的脸孔，与镜子所映照的图像相比，祖母的头发并不是雪一样耀眼，而是灰暗一些，但是灯苗所含的层次更加细腻。祖母的眼睛深深地隐到黑洞洞的眼窝里，我依然能够从玻璃上感到那黑暗深重的光芒既温柔又严厉，那实质上就是窗外的图景，它来自一位老人长久的窥视并将那摄取的积累在目光里。面对这样让人惊惧的双眼，我回答：奶奶，我正在看你。祖母似乎明白了，她把油灯剔得更亮，我看到那火焰猛烈地跳动了一下，又沉入自己稳定的枣核形状里。这是屋子里唯一的光源，它却阻止我继续向外瞭望，因为它使我的视网膜上出现了两重以上的图像，仿佛世界本身像苍蝇眼睛那样裂变为无数细小的视线，正在不同的角度把我还原为立体，我同样被重复显现，因而眼前的夜晚竟是如此变幻莫测。

童话似乎就是在这样的状况下诞生的，眼前的一切将它所包裹着的也翻卷过来。如同一块甜点被咬开缺口。我凝视着那两棵树之间所发生的，感到有许多黑斑在其间盘旋，同时玻璃所映的灯苗又置放在中间。我明白风恰好应该在灯的位置上，正是屋内的灯取代了风的外形，这或许是一种乐器发明的开端。我有时会一阵阵惊慌，以至听到了突突的心跳。当我平静下来时，祖母苍老的面容就显示在窗户上，那完全像一块具有魔幻性质的屏幕，我听到了来自背后的询问：你在看什么？我能够怎样回答呢？先前看到的已消失于虚空，留下来的正在用带着老年皱纹的嘴向我说话，我就说——奶奶，我正在看你。

这是完全独立于风的回答，其方向却都指向屋外的风。接着，祖母用筷子搅拌着碗里的热水，劝我多喝水。她念着一首莫名其妙的古谣：东风凉，西风凉，娃娃喝了会上炕。这首与风相关的古谣多么有趣——它看到了风中的上升和堕落！我在东风与西风之凉中成长并升高到土炕之上，祖母却从我的成长中看到自己的枯萎。显然这谣曲的两端——吟诵者与聆听者把自己倾注于古谣，其每一语词都在凸出可怕的真实。东风与西风的此消彼长实际上发生于一架以古谣架设的、调整完毕的天平上。祖母渴望我迅速长大成人，又无法阻止自己向终极靠拢。我们是向两个方向发出的箭，在相遇里获得各自的悲伤。祖母平静的口气里显然深含着忧虑，她反复念叨着：东风凉，西风凉，娃娃喝了会上炕。这极似一种神圣的祈祷，她所面对的不是我，而是某种无所不在的力量。不然，我早已会上炕了，这首古谣对我已不适应，它老掉了牙。但它仍能经得起推敲和锤炼，"炕"是什么？"炕"难道就是那矩形的面积吗？是的，它是人安睡的所在。看来，在东风与西风的交替往复中，娃娃也在接近那只供安睡的地方，因而西风与东风才那样悲凉。炕——这一人世的基本设置像指北针那样灵巧地又是永久性地将其指针对准了人的目的。祖母曾给我说过：人的一辈子只是晃一晃，像影子。它让我联想到电影里的侦探故事，正是那转眼就消逝掉的内容抓紧了我。而阳光下平稳的事物并不会引起人的紧张情绪，我们也未必那样认真注意到它们的存在。

　　风中的东西的确易于枯朽，人是一株奇特的植物，从根部死朽，一直到那个命定的高度。最后的安睡从一开始就出现了，"炕"早已置放在你面前，你就在风中向那个高度攀缘吧，孩子，你看到的童话的含义是神秘地消亡。童话的至真之处在于它自身就是消亡之根。孩子，你就从童话里萌芽吧，我把祖母递给我的白水一饮而下，我的童稚的微笑很快地在碗里消逝于干涸。接着，我继续趴在窗台上看黑暗里的美景——那也许是秋天，也许是夏天，北方之夜并不柔和，当然也不是人们想象的那样凄凉。风有时是很粗犷的，带有几分野性，发出那种敲打门户的声音，它对人的行为做出逼真的模拟。这极易使人重新加入到童话里去，门窗恐怖的颤动能够有效地制止孩子的啼哭，使夜晚陷得更深，仿佛死去一般。

一次割草的遭遇使我对风加深了理解。那时，我又稍稍长大一些，在一个秋日与一个小伙伴到地里割草——这时的草已差不多干枯，庄稼已经收割掉了，农夫们都已怀着满足的心理端坐在炕头，用牙齿咬着烟嘴儿，吐纳着浓重的烟雾。旷野里显出了空洞和贫乏，高粱与玉米的根茬儿暴露到地面上，像一些被砍掉头颅的屈死之躯，不肯安眠于九泉。有一些土地已被翻耕，新土的馨香弥散在空气里，你能感到这略有苦涩的味儿是在流动中的，它们忽强忽弱，或浓或淡，正好合着你的脉搏。成群的鸟雀骤雨一般落下，当我走过时，它们又以惊人的速度散向半空。这样子颇像是大地喷发着泥浆，让人猝不及防。我们将在荒地上停下来，拾掇一些残草败叶，回去将它们晒干，给家中养的兔子备冬。我们放下箩筐，蹲下身子，用寒光闪闪的镰刀来收拾大自然的余烬。这是赐予我们食粮的土地，死朽之气冉冉升腾，一切一切，都该终止于此。

我看着自己手中的镰刀，那弯曲的月形在与草的交错中发出牙齿一样的声音。它在忍受着什么？显然，在这些时光里，许多事物忍受着某种疼痛，是的，这是一个被剥夺干净的季节，枯草的最后呻吟也将消散于空寂的人心。那时，我只知道我的筐子里将盛满衰草，但那衰草茎脉里的血液已停止流动，齿形叶边卷曲着，精美到每一叶片都不相同。草——它们曾在幼年时蠢蠢欲动，从土地的表面探出头颅，试探着世界的深度。茂盛的夏季使它们达到青春期和鼎盛之时。我曾认真地观赏过这些野草的开花，熟谙各种草的叶形与颜色，即使在同样的绿颜料里也渗入了自己朴素的个性。它们的草棍儿曾进入儿童的游戏——现在，风开始轻轻地吹，轻轻地。轻轻的风是何等残忍，因它吹拂的是秋天的大地。最残忍的莫过于轻轻的那一种，类似于抚摸，类似于爱，让你既能够忍受，又不易摆脱。

草筐很快地弄满，我却感到某种烦躁。父亲曾在夜晚用双手对着油灯，让灯光把他双手叠合的兔影投射到墙上。我曾模仿过这种把戏，但我的小手总把墙上对应的那一兔子弄得怪模怪样，它与真实的兔子几乎没有任何相似之处，而那兔子的真正图像从来都在我的心中。今天我饲养着它们，把它们置于我亲手砌筑的矮小的住所，这些可怜的甚至带有虚幻色彩的家伙，将靠我筐里的枯草度过严冬的饥饿之苦。这些草难道不是另一些影子吗？只是细弱而萎缩。我想着，兔子的吃草实际上是一些影子吃掉另一些，其动作和声响仅仅是一盏油灯的光芒，而我的手指在墙壁前变换着。

风真的刮起来了，开始是轻轻地，然后渐渐地猛烈起来。这一切都发生在一瞬间。我们的周遭如同事先设置了埋伏，呼啸之声瞬间就爆发了。你根本不知道风究竟来源于何方，反正它一下子就出现了。我抬头仰望，发现北面的天空出现可疑的黄色尘团，并向我所在的地方移动。我知道，北方松动的土壤被干燥的风卷到了半空，我的前方掀起了可怕的尘暴。大地迅速昏暗下来，日光被推到更高的处所，我紧紧抓住草筐，觉得整个身子轻轻地脱离了地面。我从未经历过这样的大风，因而在无限的恐慌中一声不吭。我眯起眼来试图继续看清熟悉的世界，然而尘土掩蔽了一切，远处的树木不见了，村庄里的全部屋顶转到尘土背后。我听到大地发出嗡嗡嗡的叫声，像绷紧的电线那样。你由此可以得知创世前的混沌景象，大地飞到看不见的地方。我与小伙伴彼此视而不见，我听到他微弱地叫喊：喂，你在哪儿？声音是朦胧的，分散地被尘埃所吸附。我意识到我们可能近在咫尺，但真正的距离肯定是不可估算的。我拉长声音回答：我在这儿，我在这儿！然而彼此的问答是如此渺茫，仿佛两者都是自己的回声。这种呼唤甚至来自风，来自风中的某些谜团。这有如沉浸于某一宗教里的虔诚信徒，你可以听到上帝的声音，可见不到那唯一的神的形体，因为它绝不可能以我们可视的任何具体形象显现，因而我们实质上是在自己可怜的声音里浮动。

你被混沌的事物包围，就会感到自己的渺小和微不足道。你的视线在四周中断和丧失，就会感到自身的空洞和孤立无依。整个童年时代的孤独会聚积起来像血液那样充满全身，我觉得自己像一只小小的土虫，试图伸出愚钝的触须，但那触须很快被风折断，那触须本身成了我所寻的目标。北方裸露的土地给风提供了极其细微的携带物，千百万吨土壤由地表升向空中，我脚下所赖以踩踏的或借以确认自己的东西，正以这样难以置信的方式飘到远方。我甚至感到，我脚下的一切迟早要被大风拿光。我的心因此不安，一种走路时不慎踏空的感受弥漫于心，有如眼前的尘土。风是虚空之物，它的声音越大，世界就越虚空并要把你推出自己的视野。风慢慢地停了下来，或者它像一个行路者已经走过了我的身边。天空依然是昏暗的，但显然在那昏暗里出现了事物的种种轮廓。我像逃脱桎梏的罪人，最终看清了我的伙伴，我们失散已久又获重逢。我们的草筐已空了，草叶一丝不剩地被刮掉了。我们惊恐未除的脸上布满尘土，仿佛刚从一场巨大的劫难中醒转。我们用力摇动头颅，就有无数细小的颗粒从头发和睫毛上掉下，好像这尘土是出自我们自身。他失望地说，回家吧。我们的村庄已经重新凸现在远处，熟悉的房屋看上去黯淡而灰黄，如同一堆废墟和古代遗址。它差点儿被一场大风彻底埋葬，这是多么惊险。尘土和风合谋使一切有形的突然消失，又让它们神秘地重现。它使你对自己的双眼，甚至深藏于肉体之内的心开始产生怀疑——这是一种预兆吗？这是一种询问吗？这是根植于宇宙的对于万物的毁灭与再生的图像模型吗？

还是整个世界施与某一个人的具体的问与答，它采纳了神奇的自言自语的方式？你只有置身于此，才深刻地感到自己是一个人，没有别人，只是你自己一个。试想，苍茫的天底什么都消失了，还会剩下什么？你是唯一的剩余者，你看到现时的混沌与巨大的不在之在，你甚至对自己都迷惑不解。你对自己说，这是什么？你的左手摸到了你的右手，这就是全部世界，就是一切。万物的澄明之景如同梦中的闪电，既消失于天空，又消失于梦中，这种双重的消失并不是那么干脆利落。

我身边空空的草筐可以做证——我的童年几乎全部在那场大风中迷失掉。那是一次模糊的、朦胧的灾难，我体会到了作为一个人的虚空与恐惧：整个人生都是这个样子吗？我提着箩筐向家中走去，沿途的树叶都蒙上了尘土，它们与我有着同样的历险过程，枯黄的和依然翠绿的部分辨不出来了，只有那美丽的波形叶边让人想到这一世界上仍有着一些不同的事实。大风过去之时，我曾抬起头来，与同伴相互看了看。那种恐怖的对视里含有什么？不得而知。脸上的尘土是一种解释，手中的箩筐是另一种。筐中的草叶被刮得不知去向，我的左手从筐梁下穿过去捏住了右手。这大概是一个小孩子的唯一所得。

> 风在雨前头，
> 屁在屎前头。

我后来从老百姓的粗俗俚语里想到风的实质是绝妙的预兆之一。万物都有预兆，它是真实事物到来之前的序曲，是无情的必然性所给予人的最后暗示。当一个人冷静地观察风时，风已将你吹彻。你看到的是一种极限状态，其上悬挂着你不得不去正视的果实。我的一位邻居——一个孤独的老太太，第一天大风刮倒了她屋顶上的烟囱，第二天她便命归黄泉。她仅仅是睡了一觉就再没有醒来。童年时代的大风一直在我的心头躁动，它始终未能在我的灵魂里固定为某种可以感知的形态，我总是以几种在我看来是不同的思路去理解它，但每一方向上都是风的同一个模糊的重影。我曾对自己说，风停在那儿，就肯定停在一个恰当的位置。但这自言自语仍类似于呓语。我时时感到自己行走在风中，哑哑的声音一点点地擦痛我，我似乎处于一种铁定的刑罚里。我因此变得格外敏感和脆弱，有时会因一粒尘埃的跌落而感动，也会轻轻地擦去我脸上的蒙垢。我的眼睛始终在注视前方，我知道这个世界总会有一些东西消失，而另一些会美妙地重现。我也会看到身边一棵大树的抖动，而一片树叶凋谢之后将永不回归树木本身，这时，我就想为童年那场震撼人心的大风而痛哭。

雨

我能做些什么呢？一盏小小的煤油灯忽闪着，仿佛凝视着我空空的双手。我可以看到油灯上的污垢，一朵纯净的火正在这样肮脏的躯体上发光。夜幕将我与祖母绕在一个核心。屋内的土炕上，我与祖母相对盘腿而坐，世界太狭小了，在时间与空间两方面都难以容纳更多的景物。祖母说，让你猜个谜。我说，我能够猜着的。祖母说："麻林林，线杆杆，一根一根顶到天。"我说，我知道，是雨。有什么东西能顶到天上呢？一种是雨，另一种是光。然而光却不呈现实在的样子，它只在别的事物上显形。雨是具体而又真实可信的，它以有形的东西沟通天地。我曾在白昼看到过暴雨之状，天地之间弥漫一片，雨充塞了整个空间。这种无比壮观的四极充实之景，让人激动，让人恐慌，你甚至不知道这个世界上究竟发生了什么。不过，最大的雨一定发生于最黑暗的夜晚，你躲在屋子里，连那弥漫之状也看不见，只听到激烈的雨声像要毁灭一切，那种气势充满了末日的力量，仿佛最后的审判马上就要开始。你会感到整个屋子，甚至整个世界被摇撼着，处于不可思议的喧哗和骚动里。即使雨不算太大，甚至很小，夜晚也会使雨变得妙不可言。它的声音细微又清晰，像牛羊反刍草秣，又如无数幽灵行进在路上，沙沙沙，沙沙沙沙，宏大又扎实，浩渺而复杂，比人类思想家的怀疑更为绝对与深广。它包含了既细微又宏大的两种旨意，常常使雨的倾听者不知所措，进而导入梦幻。你极易于在这样的雨声中丧失判断力。你听到屋顶被彻夜不眠的雨所敲击，那些自天而来的箭镞好像要把你的心彻底穿透。我曾伏于窗台前死命地想看清这些自信的万夫莫当的事物，你愈是想看清，就愈是什么都看不见。雨一直在排斥着你的视线，它试图使你的视线收敛到自己的内心。或者说，它给你一种压迫者的强力，既使你凝聚，又不使你崩溃。人处于雨中是自卑的。你会发现自己跟溅起的雨花没有什么两样，你会被某种激烈的悲痛溅起，又会在瞬间归于泯灭。你会猜到一则古老的谜语，却不会猜到这雨的边界在哪里。

大雨隔牛背——这一农谚企图告诉我们什么，然而它本身又构成另一谜语。一条拱起的牛背就可把雨隔开，可那个牛背应该置于何处？那一牛背与平常我们看到的又有何差异？牛的主人是谁？他又为何将牛牵到雨的边界上？难道是将牛作为某种侦破工具，从而摄取到雨的证据？一个更深的谜投放到沙沙沙的雨中——雨，千百年来或者以更久远的时间酝酿着一个抽象的又是无解的命题。你愈是无法辨认，它就愈是凶猛激烈，它不过是为你纯粹的激情而弹唱。它本身就是世界的激情之一。你会认识到，这一世界具有粗糙奔放的本性，它会忽视那些细腻的东西——其中包括生命，因为灵魂是细腻的。因而雨的忘形之美，使金属锈蚀，使门窗松动，使大地在无数泡沫里发出吼声，却让生命死寂于自己的内心。

在乡村的日子里，我曾在自家的街门前观看雨中奔跑的人们。平时，庄稼人慢条斯理地走着，其从容自在的步态让你想到某一几乎静止的星座，这表现了他们稳定的、自由的生活。一会儿，天边隐隐地传来雷电之声，黑云在西面或者北面翻滚，风开始转动方向，这是雨的前兆。许多人开始奔跑起来。年轻人张开衣襟像风筝贴着地面飞行一样奔跑着，脸上似乎流露出恐慌的神情。还有一些人预先把麻袋披到肩上，把自己装扮成蝙蝠模样，仿佛一场戏剧就要开演。如果这时我恰好坐在屋子里，只要听到屋后墙外传来杂沓的紧迫脚步，就会准确地猜到，天就要下雨或者已经开始下雨。一些稀疏的噼啪之响从街道上或屋子的四周生起。雨竟然能够给平稳的乡村生活注入莫名其妙的激情。人们是惊惧这种自天而降的水滴吗？仔细一看，又似乎不太像。雨能够把他们怎样呢？顶多把他们的衣服淋湿一些。好像这对一个人来说并不是什么了不得的威胁。他们中的一些人实际上早有准备，戴好草帽或撑开雨伞或披上雨衣，像古代兵士穿好甲胄，但他们仍然要奔跑，这样的奔跑几乎完全在理智之外，其真正的驱动来自某种盲目的力量。还有极其有趣的人，跑着跑着突然又停了下来，像突然想起了什么或遗忘了什么，便开始慢悠悠地走，似乎必须在这时陷入沉思。

雨中的确会有一些被浸透的东西，它给人以绝对的支配。大自然的冲动包含有人的冲动，人在自然中就会显出一些未能预料的与自身不相符合的微妙误差。雨作为一种阻隔使人与自己分开了。这一世界总有一些东西，不断地使人与自己拉开距离，雨是最形象、最直观又最显而易见的一种。

　　天街小雨润如酥，
　　草色遥看近却无。

这是两句千年以来脍炙人口的传世之诗。古代诗人是细腻的，他在雨中发现了某种怀疑的乐趣。雨带有柔润滑腻的质感，油酥一样美妙，甚至有着奇特的馨香之气。初草茸茸并蒙受细雨的恩泽，朦胧地闪耀着自己的本色，在远处显露出春草的勃勃生机与无穷魅力，绿绿的，铺开在人舒展向远方的视线里，有如人工的丝绸柔软地飘动，并试图遮掩起伏的、刚刚觉醒的春天的胴体，然而一切又似乎压抑不住的，在那草色里蠢蠢欲动。你便在这时向那美丽的景物靠近，你试图欣赏它，看得更为仔细。但是，当你真正地走近它时，它忽然消失不见！它哪里去了？它难道原本就不存在吗？不，它存在的。是你在近处无法确认它，你的生活便出现了误差。那么，你在这由远及近的过程中看到了什么？那原是历历在目的草色为何渐渐飘出了视野？你原来所看到的难道是由于幻觉造成的虚假图像？也不。恰恰是那图像太真实了，以至脱离了你的视觉。你正好在存在与消失之间，你看到的，正是流逝——一种永恒的、让你时常感到震惊的万物的原始品质。你将看到，流逝是属于个别的，存在属于整体。在远处你看到了草的全体，在近处你看到差不多不存在的个别的草。雨使个别的草和全体的草产生了区别，个体必将随那个诗人的接近而消失，整体却要随那个诗人的远离而存在。一个人会死亡，而人类将永存。远远的眺望会使人激动和乐观，而近距离的细致观察和体验会让人悲伤乃至绝望。

几乎所有的事物都有一种拒绝人接近的本性，甚至包括人自己。你只能站在远处欣赏它，感受它的无限之美。一个纯洁无辜的年轻人看到爱情的虹霓在某个方向升腾，那是一座神秘宫殿的不朽拱顶，其每一种色彩和每一个细微的图案都令他激动不已，他便想望着进入那虹霓之中以享受其不可言传的幸福和欢乐。然而他背负行囊以自己为起点向那一所在进发，他几乎为此舍弃一切，甚至自己的生命也成了那虹霓的租借品。他历尽艰辛深入到那虹霓中时，忽然发现一切不过是让人绝望的巨大虚空。许多画家和小说家曾不断面对这一事实，这一事实如同森林与田野那样不可回避。人生的每一个镜头必须对准它，它又像啤酒的泡沫那样不停地溢出杯口。一千多年前，韩愈正是在无意中把它携带到自己的诗篇里。他仅仅是在无关紧要的距离内获得童稚之趣，他未必想到，这一有趣的春草归隐之象一旦堕入生活，竟然使多少人不能承受。这大概是许多美好事物让人悲痛的缘由。

> 雨前初见花间蕊，
> 雨后全无叶底花。
> 蜂蝶纷纷过墙去，
> 却疑春色在邻家。

这是另一首关于雨的诗篇，与许多同类的与雨相关的描述相比，它们都把触角伸向雨使一个过程迅速完成的宽大背景。雨使人观察事物有了一个伤心的捷径。一丛花刚刚生出香蕊，一场疾雨之后便迅速零落为尘泥！从有到无的过程是如此迅疾，美丽的花朵突然消失，让人在心理上毫无准备。这种经雨而衰、花谢叶存的景象多么像一场噩梦！这何尝没有凝聚了诗人对于事物的悲剧想象和真实理解。古人是如此睿智，他竟然从雨前雨后的时差中看到了事物运筹的始与终。雨前是一种样子，雨后是另一种样子，一场雨使同样的某物呈现出两种形态，如同温度骤降使水凝结为坚冰。雨在时间意义上筑起一道隔离物，把一样东西从中间剖开，让人见到或获知可把握的、微妙的秘箧里的真髓。那么，花蕊既殁，以追逐花蕊为使命的蜂蝶还待在那儿干什么？纷纷逾墙而走。蜂蝶仅仅是花的客人，是花的矢志不移的恋者，甚至不惜以身体上的斑纹与美丽的叶形翅翼模拟静止中的花瓣，以使花能一眼认出它们由外形而延及内心的挚情。花是不动的，是一个以逸待劳、守株待兔的等候者，它仅仅是微露自己的花蕊，打开那密约者的精巧暗示。然而，它在一场疾雨之后违背或放弃了自己的誓约，人间常见的戏剧在即将实现某种圆满结局时出现了逆转，使等待者丧失其等待的理由，又使追逐者的命运显出噩兆——它必须在铁定的证据前溃逃。一切不过是一场雨的安排，其似乎含有不可违逆的天意，它使求爱者脱去伪装，又让那释放信号的变得尴尬不堪。这颇像是来自先知的一个警告，或来自幼童的恶作剧，把那费尽心机所筑砌的推倒，又把那些即将成就的砸碎。当花被雨击落时，蜂蝶的翅膀又有什么用处？那些精心生成的花纹和图案又有什么用处？雨将它们废弃为无用之才。它们最后的抉择是：纷纷飞往邻家。这是它们不甘失败的又一次尝试，其结果仍是绝望的复制。花的等待沦为绝望的等待，花成为绝望的标志和替代品，蜂蝶原先所看到的美原是绝望本身——美是绝望的，或者就是绝望者。它的存在不过是在雨中参与那不曾预估的欺骗，以美的外形引诱那信者，又在瞬间把它们遗弃。这种纯粹的不图功利的旨在观赏人世戏剧的诱惑，来自花的本性以及难以理喻的天道，花甚至为此付出一生的代价——它不曾想到，雨中的流逝之景竟是出乎意料地昂贵。

诗人说，却疑春色在邻家。一个"疑"字道出万物之本。蜂蝶的行为甚为可疑，这里的花既已凋残，邻家的花就开着吗？这里没有的，别处就有吗？从普遍的观点看来，蜂蝶的确有点愚不可及。它们的逾墙而过已是不可更改的明证。它们的动机被诗人的一瞥就看穿了，它只给一个冷静的观察者以怀疑之乐。蜂蝶的愚蠢之处在于其低估了雨的面积，以及施于这一面积上的均匀力量。它被一堵墙遮住视线，以为墙阻视线便也阻隔了雨，它所据以判断的只有自己视力所摄取和证实的。面对自己某种存于本性的信念丝毫不加怀疑，因而其行为才显得滑稽可笑。高贵的古人站在雨之外，实际上已将自身置于时空之外，他以一个局外人的姿态俯视雨前雨后一段关于蜂蝶与花上演的悲喜剧，审视着高潮迭起、悬念重重的世俗生活，嘴角挂着一丝不易察觉的微笑。这也许是嘲讽，也许是会心的一笑，也许是无意地翘起嘴角，总之这微笑肯定有着深意，但对于蜂蝶来说，它们只顾忙碌地飞翔，并不留心那一形似枯木、一动不动的旁观者。一千多年之后，我们仍能看到——古人已深埋地下，但那嘴角淡淡有点轻蔑意味的笑意，以一个祖先的名义上升到大地表面，就像草那样漫无边际地生长。它似乎从来就在我们中间，从来就没有须臾离开过我们的生活，它近似可怕地无处不在，让整个生活都布置在冷冷的嘲笑中。但是，蜂蝶并未因此而停止它们的忙碌，它们依旧在彼此探询：春色哪里去了呢？花儿哪里去了呢？为什么一阵暴雨便什么都不见了呢？它们开始恐慌，继而狐疑满腹，很快地这一切疑虑都已打消，便又纷纷地逾墙而走，到邻家去寻找那让他们着迷的花蕊。

这大概就是庸俗与高贵的界碑：一种是现时的、不疑的，另一种则是未来的、终极的和怀疑的。它们在现实生活中从来就有不同程度的体现。越是愚昧就越是显出自信，即使一场暴雨摧毁引诱它们的目标，也不会使那些蜂蝶变得谦卑起来。在一个秋天，我坐在一个城市的某个咖啡屋的一角，注视着这一城市所赖以喧嚣的事物。灰尘在窗外飞扬，公共汽车正驶过长街，车窗被许多模糊的脸形所分割。自行车上有一些弓着腰身的形象，他们费力地踏着脚蹬，又被十字街口的红灯所阻。就在我的邻座，几个得意忘形的暴发户从衣兜里掏出大把的纸币，彼此炫耀着金钱的数量——他们试图以此对自己的生活做出测算。他们过着一钱不值的生活，却在生活中挥金如土。世界的天平有时并不提供公允，高贵的、洁净的生活常常一贫如洗。我渐渐明白他们原是一些小商人，因为他们搂着矫揉造作、媚态十足又似乎含情脉脉的女人，在无聊、粗俗、放荡的嬉笑里各自吹嘘自己的小聪明和并不高明的骗术。愚昧与无耻斟满了酒杯，透明的酒液及其升起的泡沫并不映照肮脏的灵魂，摇荡的欢情起源于卑污的内心贫困，这与他们所拥有的金钱数量恰成反比。然而，他们在生活中竟是如此耀眼，有如蜂蝶美丽的翅膀，它们欢快地扇动着，在雨后飞过一堵墙壁又一堵墙壁。他们为每一枚硬币绞尽脑汁，又为那上面的花纹所迷醉。他们施展各种诡计和小伎俩，从一个高级酒店到另一个高级酒店，他们的欢笑与欲望充塞了每一角落——一千多年前的古人就已开始同情他们，然而欲望一直控制着他们，因而他们不可能从贪婪的噩梦中脱身。

我看到他们正将世间的一切换算为金钱，给每样东西都标上价码，包括肉体和魂灵。春色可以用钱买到，花蕊也可以。只要钱囊饱满，春色和花朵随处可以购买。我听到一个人说："只要有钱就什么都好办。"另一个说："我早已明白了这个真理。"然后在杯觥交错中生起一阵狂笑。这有什么可笑的？越是没有什么可笑的就越是笑声朗朗。他们貌似对话的声音实质上是自私者的自言自语，他们竟然忽视了这自言自语仍有一位沉默者在倾听。他们忘掉了别人，正是因为牢记着自己，而所牢记的恰好又是最缺乏的——因为自己将其完全兑换成钞票，并且大把大把地花掉了。金钱使他们的双手沾满细菌，这使他们变得肮脏。当蜂蝶把钞票糊满翅翼时，它们连邻家的墙也难以飞越，因而它们连虚幻的想象也只好丢弃掉。它们在疾雨之后便只能停留在枯枝败叶上，度着不堪卒"睹"的可怜生活——作为追逐者，它们仅仅能够呼吸沦为泥巴的花的余香，但这仍然止不住那蒙昧里的欢笑。如果夜晚降临，这欢笑便让人恐怖。

花朵自然是一种美好的生命形式，因而才有凋谢和死亡。或许暴雨的袭击是为了成就它们，因为它们因此保持了自己的纯洁，使自己美好又短促的一生不受玷污。美的事物竟显得如此脆弱，只要一阵疾雨就会零落成泥。然而那引起僵死的东西总显得不朽，它们更能刺激人的欲望，比如说世间的金钱。被玷污者易于朽萎，但玷污者是永存不衰的。蜂蝶正是看中了这一简单的事实，才咿咿呀呀地继续飞向邻家。花朵被暴雨击落因此反衬为喜剧，它把衰老与丑陋包裹到死神的黑幕里，不让我们看到，又把生机勃勃的青春显于人世，并把它作为生的全部形象置于魔鬼的试炼里。它使得生命更加完美，又使那在表面忙碌并受本能操纵的蜂蝶感到绝望，让它们丧失生活中最美好的机会。让它们失去爱与那高贵的，又为那卑贱的舍弃自己。古代诗人站在一千多年前，微微笑着，嘴角悬着几丝轻蔑，吟诵着诗句。他的耳边一直响着令人厌恶的嗡嗡嘤嘤，他便皱皱眉，继续从那嗡嗡嘤嘤里摘取诗句，直到那嗡嗡声飞过隔墙进入邻家的花园。这实际上仍不意味着终结——他只是在"疑"字上反复推敲：是我疑之疑呢，还是蜂蝶之疑而疑呢？是可疑之疑呢，还是不疑之疑呢？还是疑疑惑惑、半信半疑的朦胧之疑？最后，诗人想，去他的吧，我之疑是悲伤的，蜂蝶之疑是可笑的、滑稽的，疑就是"疑"字本身，疑就是"疑"——这又有何疑？他吟完最后一句。

他会想到自己偶得天成的诗篇能够传诵千年吗？或者他能想到我现在坐在一个咖啡屋的角隅吗？不。我却一直在想着诗人在雨后的形象。我站起身来，离开那一阴暗的角落来到大街上，人流荡漾之中，我看到了我所居住的城市的蜥蜴之状。阳光刺眼地照耀，使我感到血液上涌，浑身不适。到处都有那种让人听不清内容但又分明声音高昂的喧哗，这是城市的一个重要特征：每个人都是匿名者，每个人又都想显露自身，众声又将个人的种种努力贬抑为徒劳。一个钉鞋匠在街角冷漠地注视着从他身前踏过的一双又一双脚，职业的本性使他懒于关注超过鞋子高度的一切，他的眼睛却不厌其烦地考虑世界上最微不足道的破绽。两个骑自行车的人不慎相撞，引发了粗俗的对骂。外地人开设的小酒店里传出猜拳之声，影院前的广告栏前聚集了一些好奇的观赏者，他们双眼紧盯着半裸女人的图片。一个孩子在母亲的骂声里痛哭不止——显然，人间布满生机。我想，如果现在下一点雨呢？会怎么样？要是突然有倾盆大雨从天而降，又会怎样？恐怕一切都会做出相应的调整和改变。雨是一种微妙的约束生活的力量，它使人重归某种秩序——飞鸟将归巢。蚊蚋与苍蝇躲入屋内，让人心烦意乱，你几乎不可能完全消灭它们，相反，它们越来越多。窗外的一切会模糊起来。人声将被大雨淹没。你会看到那曾在日光里扭曲的又都还原为原始的蒙昧之景，它将你所领悟的全部展现为地上的泡影。尤其你独自在屋子里时，一种无所倚凭的隔绝之感冉冉升起，让你仅仅谛听钟表的不朽韵律，它意味着你只与时间为伴，你是置身于时间外面。雨是多么美啊，它洗刷着什么，使该存在的继续存在，而该消隐的归于消隐，它颇似不可复制的古奥历史，而生活又像魔术那样既变幻无穷又万变不离其宗。你同时想到，自己原是出乎意料地简单。

我曾在童年时羡慕暴风雨中岿然不动的形象。那时，我多少次想发疯地跳到雨中，站在暴雨的中央，但由于祖母的阻拦未能如愿。我的幼稚的渴望被爱所扼杀。有一次，我终于在省城的一家商店前避雨时看到了这一幕：一个人站在暴雨里，经受着暴雨的狂击。无边的雨水从天宇的顶部倾倒，他仰首接受这一痛快淋漓的洗涤。雨雾漫过他的全身，使他模糊的背影变得高大。他仿佛是在大海里抵抗着巨鲸的吞噬，又同巨大的虚无搏斗。我明确无误地知道，他是一个醉汉，刚才他哼着歌从我身前走过时，我闻到了浓烈的酒气。雨在哗哗地下着，我仍为这个人的某种东西所感动，他走路时尚摇摇晃晃，但在雨中却稳如磐石。我的视线试图穿越那个黑黑的背影，我好像看到地下埋葬着的祖先在遥远年代的一次虔诚祈祷，他们杀死自己并把易朽的肉体献上祭台，他们看重的只有那并不依附肉体的魂灵，他们以舍弃来获得。我躲避在屋檐下，看到暴雨里的人所怀的等待激情。雨最终要停下来，然而人们并不会缅怀它。值得缅怀的是那些死去的事物，因为它一直处于生活的中心。

雾

我在 16 岁或 17 岁时曾遇到一场大雾。那一年，我跟着一辆马车盘旋在大山之间的迷雾里。马车载着煤块沿着盘山公路就像鹰隼一样向下盘旋，大雾差不多完全遮住了视线。我只能从手间所需的力量里感到道路的坡度，并且意识到悬崖每时每刻都在身边。这肯定是一次历险。我不过是一个配角，而真正驾驭这辆双轮马车的是一位老车夫，他尽管端坐在前辕，但迷雾已使他沦为瞎子。他与我一样，只看到白茫茫的一片，整个世界都是白茫茫的。是的，你在迷雾里能够看到什么？他说，马是能看清路的，它知道怎样走。我们便把自己的全部赌注押在拉着马车在大雾里依旧从容不迫的四匹马上。这些马我是如此熟悉它们，知道它们蹄上的杂毛与头颅顶部的玉斑，而唯独不理解其神性。

> 岂有四蹄疾于鸟，
> 不与八骏俱先鸣。
> 时俗造次那得致，
> 云雾晦冥方降精。

看来还是唐朝时的杜甫对马匹有更深的了解。他知道，马是可以穿透迷雾看到路的尽头的。他同时注意到那疾如飞鸟的四蹄与声震四极的啸鸣，马匹在云雾晦冥之时精神倍增，一个诗人只能以极其吝惜的几句话来记录自己的观察。然而，马总在观察属于它自己的世界，也许它超常的视力已经穿越人世的表层。就在前几日，同样是一辆马车沿着这条山路行走，一切都是谨慎的，车闸发出刺耳的声音，那种木与铁的摩擦让人浑身发麻。突然，马惊叫起来。马为什么惊叫？一定是看到了什么不祥之兆。马惊叫着，继而惊慌地奔跑起来，驭手已丧失了驾驭的力量，只好乘着马车向那不可知之处疾驰。一切都失去控制，马匹被隐形于人的视线之外的神秘恫吓所驱使，一直带着那辆马车坠下悬崖。马究竟看到了什么？也许什么也没有，或者马看到了"没有"本身？那的确是恐惧的，它居然要以一辆马车来塞满它的真空。人们在大雾散尽之后，从悬崖上俯瞰，发现了人与马的尸体以及马车的碎片——这是一种玄奥的悲剧：人迷失在马匹的视线里。

显然动物比人能够更有效地看穿一座神奇复杂的迷宫，人却必须在动物的视线里亲自去勘察那穿越的捷径。这条捷径太短了，而且你只能勘察这唯一的一次，因为你的生命只有一次。你随着马匹的恐惧，倾听着车轮与轴发出的承受重量的吱嘎之声，你同时感受着自人类发明马车以来就存在着的颠簸——这是和谐的，如同古老的沙漏将时间从无形之中挖掘出来。在尖利的悬崖边缘，你连同自己所驾驭的马车一起被提升起来，越过自然的弧度。这里存在着一条细微的边界，其宽度比人间所有量度都微小，或许只有马的视力可以窥视。这就是你找到的那条捷径的距离。你就从这里坠落吧，马指引着你，把你领到黑夜的春草地。这是神所安排的一场会见，让你看到你以及你所驾驭的——你热爱的马车不过是一些碎片，道路已升到你看不见的高度——一个车夫就意味着马车本身，是一些木头碎片的人工组合，这就是你珍视的宝贵生涯。一切复归到形成之前的样式，那是亘古未变的沉寂，群山之间的雾霭在马的视线里指明了深渊的位置——它显出蒸腾暧昧的状态，原是为了在背后隐藏一个诡秘的宿营地，而且要为你配置一匹识途之马，拉着你驰骋在盘山公路上。

现在我又进入这样的迷雾。我跟在这辆马车的后面，用一条结实的皮带拉紧车闸，吱吱扭扭的尖厉声音刺得我双耳发痛。正是这样的令人厌恶的马车下山的木闸之声让我和车夫感到自己的存在，觉得自己凭借这马车的声音仍未消失于迷雾里。它给我们的孤独内心带来安慰，就像一只苍蝇的嗡嗡声给一个处于极度孤独的监狱里的死囚所带来的宽慰那样。四匹马迈着近乎一致的步伐，铁蹄与路面的叩击形成完美的节奏，的确，在这样的险境里，你才会为马蹄那无懈可击的节律着迷。它既傲慢又慎重无比，既紧凑又从容不迫，既明确无误又自由飘逸。你觉得其中藏着稳操胜券的信心和把握，又有着坚定不移的力量和耐性。你的紧张的心就会踏实下来。我用力拉紧车闸，身体向后仰着，这样马车将拽着我的全部重量。这样我与马车的垂直位置总是保持大约 30° 的倾角，其中饱含着人与马车的距离与情感。大雾塞满了这一张开的空隙，却不能隔断我与马车的联系。我看到车轮在扎实地滚动，两个完全相同的圆托着一个平面，这种具有几何性质的骨骼呈现出无比美丽的视觉图像，它无须我们论证与求解，只需要把它熔铸到我们的生命里。即使道路有点不平并使得马车颠簸，那图像的整体仍保持着其永恒的一致性。我还看到两条平行的辕木借用拱形的挽靷之具搭放在马匹的鞍鞯上，辕马负轭前行，另外三匹骖马的头部已隐没于大雾。我只看到那摇摆着的尾巴，并偶尔听到它们吐噜吐噜的响鼻。这是它们吐纳方式的一种，或许含有自我揭示的意图。我们不知道在这盘山路上行进了多少时辰，只知道我们是在一架巨大的旋梯上下降，我们甚至不能预设那个隐于白雾里的深度极限。

是的，我们似乎也不必知道，在这里，任何预设都没有意义，因为车前的马匹一直窥视着前面可能出现的一切。老车夫悠悠地晃动着长鞭，一会儿鞭子搭到左边，一会儿又转向右侧，其中丝毫不含有对马匹的针对性威胁，这只是车夫在长途里孤独的习惯之一，其姿势既悠闲又冷漠，有如一个沉于机械控制的木偶，脸上木然的表情与鞭子定时的摆动相配置，形成一出招式呆滞的无聊戏剧。他放下鞭子，双手卷一支烟，回过头来大声说："咳，有火吗？"他的火柴被雾打湿，我看到他连划几根都没有划着，他索性连火柴盒也丢弃了。我一边拉着车闸，一边从贴身的衣兜里摸出火柴盒，扔给他。他的手稳稳地接住划过一条弧线的火柴盒，如同一条毒蛇在捕获猎物，他的捏紧的拳头停在空中——我知道，他在迷雾里抓住了唯一的火种。他询问的声音在雾里久久回荡，很久仍留有柔和的尾音。这是因为群山在我们周围，它们有意挽留任何一个微不足道的事件。我的那盒火柴一直存放在最靠近身体的部位，人体的热气使它保持干燥。我看到车夫稳坐在前辕，把手捂成一个圆圈，火柴嗤的一下在那指头的缝隙之间透露出光芒，那的确类似于灯笼的形状。这诱发了我的烟瘾。我用绞棒将车闸旋紧，便跳到车上，开始与车夫一起抽烟。四匹马儿在我眼前清晰起来，因为我接近了它们，因而看到了它们对一切表示冷漠的眼睛。雾，轻松地把这近似于诅咒的表情放大了。我们口鼻里吐出的烟雾是微不足道的，它甚至没有升起来就被淹没了，仿佛我们根本没有抽烟，而是嘴边衔着一个空洞的纸卷。能够证明不曾熄灭的，是两个一闪一闪的火点儿，在迷雾里，这闪耀着的是如此珍贵。

在一个拐弯处，我们看到一辆汽车与一辆拖拉机相撞之后的惨状。汽车的尾部半悬到山崖上，差一点就要掉下去。路上隐隐显示出血迹——这一切都被遗弃在路边。我们的马车并没有在这一不祥之地停留，马蹄嗒嗒地从一道夹缝里穿越，那是一起惨祸的夹缝，完全与我们无关。我们却因此而出现了长久的沉默。雾，好像永不散去，它在如此漫长的时间里一直把我们裹在它的怀抱里！这颇似一场毫无结果的爱情。爱太博大了，差不多让人窒息而死。车祸、不幸、悲剧、仇恨及其他一切，都会纳于双臂之内。古老的马车还原为一些木片，车夫握着鞭子在山崖下沉睡不醒，这一切都在雾中。我仔细看我身边的车夫：花白的头颅已被雾所包裹，他也许正在回忆往事。他曾在年轻时走过这条路，那时的道路是坎坷的，他想：那时我赶着一头驴子驮炭，现在却坐在马车的前辕。这两者究竟有什么不同？时间像雾一样弥漫着，仿佛永不消散，它只是为了验证人类的愚钝天性。

我们干脆将马车停在路边，因为自己的行进已在迷雾里变得可疑。马匹的鬃毛上结满水珠，有如把花丛移满全身。我在车轮下支好有着四面棱角的堰石，它把车固定在道路的斜面上。我们由行进变为等待，大雾散尽时，我们再由这里出发。我想，这空旷的宇宙为什么仅仅赋予时光以方向？在童年时，我曾用高粱的秸秆编织过马车，那马车是逼真的。这不仅是缩制的马车，因为它是从我的内心生长起来的活的物事。只有让一些可怜的昆虫来替代骏马，它们同样能够使车轮转动。它们能够使童年的好奇心得以满足——我曾以一个车夫的名义驾驭着小小的马车在方形的院子里奔驰，我根本没有想到，有一天我会坐在真实的马车上！现实的真实与内心的真实是如此不同，它们在时间的轴线上呈现出宽阔的距离，就像马车的两轮所显示的美丽对称。仿佛一切都发生于迷雾深处，马车在成长，昆虫落在骏马的影子里，而人们似乎一直停留在原处。

然而，我们现在的确是停下来了，因为马蹄与地面叩击的声音停住了。我与车夫坐在石头上抽烟，而马匹的颈项向下弯曲，那优雅的弧度是为路边的野草而设——这些都作为时间静止的形态而存在。事实上，我们即使在行进中也不能找到行进的依据，因为大雾使一切参照物消失在视野之外，我们在这盘山公路上始终在面对一个没有证据的世界。没有证据，你怎能知道自己在行进还是停息呢？人的判断力隐入混沌，使行与止的界限隐匿在人心里——人生没有证据，万物都不能用来证实自己。这大概就是迷雾试图告诉我们的一个真理。我们坐在路边，以烟雾来加深迷雾的浓度，我们等待着某个时刻来为世界做证：那就是云开雾散之时。那时，山间的村庄会渐渐露出其火柴盒一样排列着的秩序，岩石会以各不相同的形象指示自己的位置，太阳会挣脱镣铐并射出强光。山顶的树木会升腾而起，枝杈交错如同人间曲折离奇的故事再现。天宇因此而澄清，让人看到天地初创之状。我们耐心地等待着那一刻，那将是上帝显现的一刻。那一刻实质上不在别处，正是以完全虚幻的方式充满了我们以特定姿势所构成的等待，因而等待在迷雾里才显得如此实在和真实。实际上，这一切都是古老的。早在中国的商朝或春秋战国时代，马车就已停放在雾里，身穿甲胄的武士就在旁边等着卑微人性的搏杀。

骷髅

在公元十六世纪，归有光的妻子有一名叫寒花的媵婢早夭，时年二十岁。归有光为她撰写一篇墓志：婢，魏孺人媵也。嘉靖丁酉五月四日死，葬虚丘。事我而不卒，命也夫。归有光感叹命运如此不测，她怎么这么年轻就死掉了呢？人世肯定存在着一个劫数。归有光回忆着寒花的往事：寒花初陪嫁到归家时，年方十岁，垂着美丽的发髻，身着深绿粗布衣裙，仿佛整个身体都在轻盈地随风飘动。然而她的出生已决定了她做一个媵婢，从很小的年纪开始服侍他人。有一天，气候尤为寒冷，这正是寒花开放的日子——她在灶上煮熟荸荠并且放满瓦盆。

当归有光要伸手取食荸荠时，寒花拒绝了。归有光的贪馋当然被自己的妻子所讥笑，然而他从寒花的拒绝里发现了一种童稚之美。这一举动让他终生难忘。一个卑贱者因年幼而未将卑贱的概念纳入内心，因而才敢于拒绝被服侍者的要求——归大人从中看出某种闪光的人性。他之所以将一件小事写入寒花的墓志，是因为他在那一瞬间被纯洁的童心所感染，归大人已感到自己的衰老。那件小事之所以值得怀恋，还因为它已随着寒花之死一去不返。寒花是这样易于枯萎，美的人事都有一种速朽的力量。归大人还回忆到寒花倚在几旁吃饭的情景。寒花是滕婢，因而不可与他们同桌共餐。他看到寒花在旁边吃饭时，总是目眄冉冉，纯洁地闪烁。

一切注定了寒花的早夭。我们即使在她的名字里也可窥视到寒花之死的深度。真正的花是在严酷的环境里开放的——独凌寒气发，不逐众花开。然而这不合时宜的花开意味着什么呢？必然是夭折。因为那花儿太稚嫩了，怎能抵御寒流的摧残。那花儿又太柔弱了，怎能敌过坚冰与积雪。只有她的纯洁与冰雪般配，也只有她的纯洁与死亡般配。这又意味着，在她神秘的名字里，已预言了整个过程。其中含有她的不吉之数，又含有她的劫难的极限。世界仿佛早已赋予她一个密码并置于她人生的秘箧里，她的存在只不过是为了一点点打开它，拼接它，又以最后的死识读它。时间只给她二十个叶瓣，然后又一个个摘掉。这就是一朵寒花的经历。寒花并不常开，她实际上把全部开放的力量一开始就凝聚在凋谢里。

归有光在四百多年前就从一朵花里感到了苦涩，人性中不朽的良知使他发现了在寒花生前不曾注意的——这朵寒花毕竟是在他的家庭里生长着，其短促的人生全部压在他的内心，可他曾给过她什么？回思是时，奄忽便已十年。他只能吁然一声，感到含于寒花之死里的时光之悲。何止那关于寒花的一件小事一晃十年，在这十年之间，寒花死了，他也看到了自己的寿限。他为什么想到十年前的事情？归大人伸出十根手指，这一数目正好是圆满之数。归大人的悲哀变得抽象起来，几乎达至神秘。然而寒花的死是那样具体——她来到归大人家里仅仅十年便永离人世，而且被掩埋于荒丘。她的坟冢布满野草，在她隐没的时候郁郁葱葱，又在寒冷时节竞相枯萎并以这样的方式反衬寒花的开放。现在她完全沉于墟丘，她的开放更其隐秘，更不易被人发现，因为死亡遮住了她。野草可以替代她生长，却不能替代她开放。归有光只好把一篇墓志刻在冰冷的石头上，让寒花在抽象的文字里均匀地呼吸，一如她生活于自己美丽而不幸的名字里。

多少个世纪之后，有一位年轻人重温死亡的命题。他热爱美术，把一具骷髅摆在桌子的一角。这便于他选择一个恰当的角度描绘它。他是我一位朋友的弟弟。这位年轻人反复观察着这件生命的遗物，似乎发现了什么，但他仍对自己的发现一无所知。他看到了恐怖的奇特外形，看到光的反射与折射，看到棱角与阴影，也看到了孕育眼睛和微笑的地方竟被黑暗所充填。他试图临摹这遗物，但怎么也画不像，因为那眼洞里的黑暗一直在注视着他，使他的心一直发慌。他一直梦想考取一个美术院校，但作为画家的美梦竟是从一具令人毛骨悚然的骷髅开始，这让他始料未及。

他知道自己的想法不错，他又一直为此付出努力，一个人的一生是必须做一些什么的。因而他最先选择了这样写实的样物——其中含有人生的皈依，又秘密地酝酿着某种不祥之兆。为这具骷髅，他托了许多人才很不易地找到。骷髅在某种意义上是干净的，它曾被泥土吸收了多余的东西，又被福尔马林溶液浸泡，经过特殊的医学处理，然而它依然是曾经活过的一个人的最后证据，这一点毋庸置疑。证据本身并不一定肮脏，你能说一柄洗去血污的匕首是肮脏的吗？这一点连罪证也不例外，它意味着罪恶，但它本身又不是罪恶。那么，这骷髅意味着什么？年轻人不想这些，但它所是的肯定不是它所意味的。

有一点是肯定的，即骷髅是人的结果。他开始用碳素笔描摹这一结果。为了使自己的摹写准确和达至理想状况，他一遍遍地练习，并从各个侧面观察和揣度。渐渐地，他有点害怕了——他不能想象，人的肉体深处竟然埋藏着如此丑陋和不可思议的骨质形象！正是这样丑陋的事物支撑着活泼完美的生命！他看到了生命内部的可怕构造。他几次都不想画下去了，但他的意志仍让他坚持。必须了解人体，在解剖学意义上理解生命的完满性，一个未来的画家必须首先正视骷髅所代表的伟大不幸。当然，在更多的时候，他不知道自己正在注视这一不幸，也不太明白自己所做的事情含有的更为深沉的意义。

等他明白过来时，为时已晚。一具骷髅或许正是一件不祥之物，它在冥冥之中仍然有着不可低估的力量。一种必要的美术训练有时能够引发和复制若干年前的悲剧。那骷髅里并不是完全空洞的，它的内部分明有着某种让人惧怕的暗影，生命并未死灭干净，它仍以更为深刻的方式隐藏着。一条河流、一滴雨或一块石头，或任何一个人，都有一些永不消散的东西，这大概就是魂灵，就是永生和不朽。请你仔细地看一看，一棵草难道没有一具骷髅吗？有的。这也许就在生长的律动里，就在那随风飘动的弧度里，像那四百多年前的寒花的裙裾一样，那用粗布制作的深绿颜料，正描绘着一具灰白色的骷髅，愈是茂盛的便描绘得愈加准确和理想。也许这正是一个未来的画家所向往的，凝聚了人与生俱来的激情。

终于有一天，年轻人对自己所反复描摹的产生了厌倦。这也符合人的本性，你不断地重复做同一件事，就必然会厌倦的。骷髅是不变的，似乎是一种永恒的形态，你不管选择哪一个侧面，也不管你曾将它画过多少次，但似乎都画不大像。那种独特的、内在的死亡气质，对于一个生气勃勃的人来说，永远是陌生的。骷髅总是凝结着一种寒气，一种汲取了大地深处的精髓形成的寒气，就像始终存在于寒花的名字里的那一种，总是袅袅上升并接近你的心灵。你能把这些一齐画出吗？显然不可能。

年轻人终于把这具洁净的骷髅扔到床下，以便让灰尘将其覆盖。当然，骷髅不同于一块石头或人工烧制的陶器，因而灰尘实际上蒙不住它，它也绝不陷入人的遗忘之境。不，骷髅是曾经活过的东西，它又经历了死，生与死的烙印全部被它接纳到自己的杯子里。它只不过是沉默着，但它曾经喧哗过，像草那样摇曳或像一条河流发出过绝望的呼喊。这就是死的全部含义。你把一具骷髅扔到视线之外，然而它并不从你的灵魂里消失掉。你把想要忘掉的东西投放到遗忘之所，那自然是一种更为深沉的铭记。总之，一具骷髅是永不使人安宁的，它只要在一个地方存在过，就必在那一地方落地生根。即使它仅仅成为淡淡的影子，它同样是一种独立的存在，影子并不一定非要依赖某物而存，它还可以分离出来，孤零零地一直待在那儿——这才真正让人心悸。

你把骷髅严肃地摆放在桌子中央，它就会像一盏灯那样照耀你。那来自另一世界的光芒照耀一切，秘密地指引迷途的羔羊。它也可使人掉过头去陷入黑暗。仍然仔细注视它，就发现自己原是被那幽暗的光所遮盖的。那位年轻人试图以目光去笼罩它，相反成为骷髅所捕获的笼中之物。有一天，他二十岁，与四百多年前的寒花同龄，这是一个易于夭折的门槛，他已做出推门的姿势，然而他仍怀着一个画家的美梦，背上书包到一个同学家里复习功课，为考取美术学院做准备。他时刻准备拥抱美好的将来，他对自己的前途怀有信心与好奇心。他根本没有想到，在冬天的日子里，炉火暖昧，他竟在那个同学家中死于煤气中毒。他的同学经过抢救恢复了生气勃勃的青春，但他却永远地进入完全的黑暗。他根本没有想到，他会与他反复地精心描摹过的事物相联系——他还很年轻啊，怎么会与桌子上的，不，已经扔到床下的那具骷髅的距离这样近！他竟然伸出手来就拿起了它！他原以为那样东西已被弃掷于阴暗之处，已经完全地被灰尘蒙盖，它又怎么会突然出现！

年轻人的生命结束了，他早先摹写的画片从各个侧面拼接起来，把一个完整的图像赐予了他。他是无辜的，只有青春与梦想，难道这就是罪孽吗？他以年轻的生命接受了这份无缘无故地让人百思不得其解的礼品。那一躲在床下的骷髅发出古怪的微笑——它似乎以这种恶的方式拒绝人们描绘它。它也许怀有生前的某种仇恨，选择了这个无辜的年轻人以施展其复仇的手段。人啊，千万不要忽视那看不见的或在视线里泯灭了的。

我想到在我幼小时候发生的一些事。那时，我有时会惹得母亲生气，她会骂我乡村里常见的一些话。祖母便上前阻止，并告诫她有一些不吉利的话是不能骂人的，尤其是自己的孩子。祖母一生善良和怀有爱，忌讳任何伤害人的语言。她相信人是脆弱的，有时一句话就能将人击碎。邻村的一个妇人与丈夫在早晨生了气，说：你今天就会死掉！结果她的丈夫竟在当日因车祸身亡。妇人获知噩耗之后伏在地上痛哭失声，总觉得自己是真正的杀人元凶。沉重的悔恨让她痛不欲生，从此患了严重的精神病。一种暗藏着的东西竟然经由语言的途径使人遭殃。有些被偶然点明，有些仍潜伏于暗处，可又有谁能知道？这些事物总是通过人的口述出现在世间。也许在极其久远的史前，人类有着预知未来的天性，但这肯定让人痛心。因为人要在自己的预见里等待验证，而可以预知又使验证失去意义，人生就失去意义。先知与预言家或是人类早期的孑遗，他们已把未来稔熟于心又无法遗忘，因而他们几乎都是忧郁的——许多天才这样，因而便总是早夭。佛陀与耶稣也是这样，因而他们从容面对死亡，因为一切都在预料之中。

河流也是如此。有一年秋天，我与几位朋友来到黄河边。两岸峭壁斑驳，露出纤夫踏过的古老石坎，那么沉重的河流，金属一样闪着独特的光芒。这里深含有无数劫难和苦痛，不然大地为何塌陷得那么深，如同一道长长的裂口包裹着曲折的水流。它依旧几千年、几万年甚至百万年地、缓慢地流动着。我们经过一个古渡口，看到几只蠕动的木船。这是一些树叶的仿制品，它包含着自然的伟大激情。过去的桨橹已被突突生烟的柴油机所取代，那种与号子节奏相对应的桨的摆动消失了，使大河增添了几分沉默者的力量。一个当地人告诉我，前几年秋天，农民们把草捆搬放到木船上，要渡到河的对岸，但船到中流时突然翻了，河流的力量将人的驾驭力颠覆了，一些不太熟悉水性的人抱着草捆在挣扎，当草捆被水浸透，人便与草捆一齐慢慢地沉下去了。我想，这河流事实上是一直在我们身边流淌着的，你要仔细地谛听，才能听到那细小的声音。你一旦听清了，那声音便顷刻宏大起来，世间的万物原是不可思议的。

幽火或结尾

我有时会萌发一些奇特的想象，这可能是我的身上仍有儿童时代的某些天性。比如说，我曾想过一些基于科学思想的推测：一个人站在距我们一千光年或两千光年的地方向我们瞭望，假如他的视力完全可以抵达这里，他将看到什么？他看到的肯定不是我们，而是我们的祖先。因为只有一千年前或两千年前的景象被光传输到那观察者的视线里。当他看到古人的铠甲干戈与战马长啸，看到皇帝的龙椅与庶民百姓在贫困中的挣扎呼喊，实际上一千年或两千年后的今天，我们的生活已经发生并且继续向前延伸。我们或许乘着火车或汽车到另一个地方，或许打开电视机注视着某一则世界新闻，然而，那观察者在远处看不到。他只能看到昨日，但对我们来说，昨日已飞逝到身后，我们把昨日作为死灭的事物看待。

那么，一件事是无所谓发生和不发生的，这只取决于观察者与事件之间的距离。我们现在站在哪里？你能找到怎样有力的铁证来证实自己必定站在时间之箭的尖端？也许，我们与自己的生活之间同样存在着巨大的距离——这意味着，我们所看到或感到的未必是正在发生的，正像那一遥远的观察者所看到的。我们的生活也许早已发生了，我们又只有以蒙昧的人生将那发生过的一点点地重现。或者说，我们的生活中为什么总是涵纳着某些宿命的事实？因为我们的种种努力和挣扎都是某些既定事件的一连串验证，因而就构成了宿命的一部分。黑暗里自有罗盘指引，面前的道路也许真的早已形成？我们有时不得不对诸事产生怀疑。

我们不可能俯视自己的道路，也不能获得一张详细的人生地图。因而面对每一次选择，我们只能依凭自己的想象来推测和判断——这极似是一种用意深处的安排。

> 只在此山中，
> 云深不知处。

我们听到古代一个松下童子的饱含哲思的回答。你就站在苍松之下眺望云雾缭绕的群山中：生活的每一细节皆在其中。有时会偶尔出现一些预兆，但由于我们的愚钝对那将要出现的放弃了理解的可能。所以我们的生活好像既没有提示，也没有疑问。我们总是怀着黑暗里的希望把生活推迟到现在——从来不去注意一片草叶上的饱满的露珠或一块有着特殊形状的石头，也不留心挂在枝头的圆形的浆果，其中可能含有时间的特性以及我们自身的命运。我们仅仅像耕牛一样缓慢地蠕动于垄亩，或如树木一样以狂风的力量发出呼啸之声，或者像果实那样在静穆中以浑圆之形体现旋转的时间，就像制陶人的双手在旋转中捏制圆形的陶器。然而，我们仍在蒙昧里。

　　但是，我们在自己的生活里发现了人的耐心，这是生命意义的唯一保障，因为我们不仅现在活着，而且仍要顽强地活下去。我们要在风中成长，又要接受雨的滋养。我常常想到那场山间的大雾，我与马车在盘山路上行进或停顿下来一直等待。这里既有着期望，又怀有侥幸之心。当然，有时你又不得不对着一件事长久地沉默，那个年轻人的桌角置放着骷髅，你完全可以看到那两个黑洞里闪耀着的磷火，正像你在一次夜行中在野外看到的让你恐惧的幽光。你就发现生活是这样连贯，我们原是存在于一连串的独特意象里——我们只要细心地连接那些看上去离散的甚至是毫无规律的若隐若现的点，就会勾勒出自己的或世界的模糊画像。只是这作品如同那个年轻人的静物写生，既真实可信又太让人感伤。

　　有一次，我在深夜醒来，陈旧的格状木窗透入一些暧昧月光。我披衣坐起，默默地抽烟，看到自己指缝里的火球一闪一闪，宛如多少年前一个乡间的夜晚。生活永远是陈旧的，就像这木窗的方格之状，就像这黯淡的月光。那时乡村是静谧的，我就像现在这样坐起身来，抽着一支手工卷制的旱烟卷。烟火闪烁着，颇似某种幻觉，使得夜晚更加幽深。我的身边是一些劳累了一天的农民，他们舒坦地躺在长长的土炕上酣睡。他们有时发出呼噜声，一会儿高亢，一会儿低沉，总之不太均匀，很像一种语言，在另一时空里如泣如诉。我好像听懂了一点，又好像什么都没有听懂，反正我被这种超越世俗世界的语言所感动。白天我与他们拉着平车搬运土石，修筑水坝，晚上就回到这个简陋的工棚，有如六千年前的巢穴之居。我们的劳动几乎单纯到极点，只有借助这工棚里的睡眠才能使烦躁的心得到抚慰。工棚搭设于群山之间，并不显眼，还有点凄凉。但只要归入其中，毕竟是获得自己的一个开始。正像童年时代的屋子与雾里的马车，正像四百多年前寒花的某个夜晚，正像那朴素的流芳百世的墓铭。当然也像那置放骷髅的方形桌子。外面的月亮一点都不明亮，大概被一些薄薄的云翳所掩，只把灰蒙蒙的一部分赐予我们，它从工棚的缝隙里隐隐约约地落入我的视线，很像是被风刮入的一些灰尘。

我还听到山间树林晃动的声音，大地上总有一部分在不停摇摆，就像我们的周围充满亡灵。但在事物的根部，从来都很平静。我在烟火闪烁之间，渐渐平息了青春的激情。只有远处施工的马达轰轰响动，仿佛是空旷的宇宙隐隐作痛。

流　水

　　古代的道路都是缘水而生的。河流能够确定人的行进方向。谁愿意盲目地行路呢？我们沿着一条河流，一直走向海洋。海洋是生命的发祥地，又是最终归宿。正是河流使世间有了道路。整个大地被人的双脚衔接起来，成为一个坚固的整体。人类就在一条河流的边缘上确立了自己的起始点，然后形成河流一样的滚滚向前的伟大历史。河流是大地真正的经纬，是历史的坐标，是人的缔造者。人只有站在河边才感到自己的完全性。大地因河流的存在而充满生机。江河流荡，大气蒸腾，草木丛生，森林浩渺。多少人站在河畔面对奔腾的流水无言以对，因为河流把一个渺小的影子冲刷着，直到把它冲刷干净，融于澄明之境。

　　我想到了童年时代那条小河边的路。它总是那么潮湿，那么松软。我与同伴们走在上面如同走在一张大大的酥饼上。周围是广阔的玉米地。每当夏季到来，玉米的花穗总要放出一种略带苦涩的芳香——这很像我们的生活。到了黄昏，蛙鸣开始了，整个大地有了响亮的节奏——

仿佛布满了乐器。我们坐在小河边的草地上，静静地等待夜晚垂下帷幕。一台戏不是在这时谢幕，而是在黑暗中更加深邃地展开。草虫们开始活跃起来，在地下埋藏着的无数发音板露出了地面，世界顿时显得那么复杂、那么广袤，一下子会超出人们多少年精心准备的想象。你仿佛一下子置身于一个神秘莫测的音乐盒里，在那里，黑暗笼罩了你，同时把最伟大的音乐送到你的内心。从你的内心出发，有什么地方不能到达呢——哪怕一直到海洋？

　　一个人一生从未跟一条河流一起生活过，那是遗憾的。如果没有与一座山相处过，也是遗憾的。我在童年时代生活在一个平原上。然而我的身边有流水，每日都能看到大山的影子包围在我的四周。我只要从屋子里跑到院子里，山的影子就显现在天边。它是比天空更深邃的一种蓝色，仿佛是天后边的布景。直到很久以后，我才见到真实的山，其实它离我的家乡只有几十华里路程。我把它想象得太遥远了。它原是一些石头和野草以及树木构成，只不过比平地高出许多，就像一个人躺得久了，突然站起来那样。我忽然想到，山是死去的东西，因而才有不朽的骨架——我们只要待在山中，就能感到四处都飘荡着灵魂，它使一座平平常常的山一下子变得幽深起来。而河流却是活着的，有时忧郁，有时愤怒。山林的呼啸和河流的咆哮是两回事。前者让你想到死亡的恐惧和灵魂的幽邃，后者则带着生命的真实激情。大山以沉重的力量把人压缩到自己的心中，河流则把大地分割开来，分别赐予人类——就像人们的一个生日蛋糕一样，你必须用小刀切开，一块块送到口里。

　　我第一次到云冈石窟，是在七岁或者八岁那年。时间已近秋天了，我的父亲带着我上了火车。那是我第一次坐火车。尽管离我的村子不远处就有一个火车站。尽管我站在自家的街门口就可以看到火车冒着黑烟从村边经过。我在五岁的时候已经能够画出火车的大致样子，可我还是没有乘坐火车的机会。我和小伙伴们曾经把一枚枚硬币放在铁轨上，等那轰隆隆的火车驶过之后，铁轨上留下了银光闪闪的一个圆斑。童年就那样像那些镍币一样被碾轧到记忆之中，发着金属之光。我也曾经把耳朵贴到轨道上，听到即将到来的、尚未显现于视线内的火车。我们怀着好奇心，想不通声音为什么会通过钢铁传得这么远，以至比人的视线还要长远。现在，我终于登上了列车。每一个座椅都是木制的，我坐在这样的椅子上就可以到达另一个地方。然而，更加使我惊异的，是我看到了云冈石窟。一座山被人镂空了，里面充满了奇异的人像——后来才知道那是佛像，当然我还看不到佛和人的真正区别——不过好像耳朵的确是比人大了些。我想，佛可能听觉比人灵敏得多。可是，佛能听到的，大约我把耳朵贴着铁轨也能听到吧。至于说，一座大山被镂空，搞出这么多花样来，未必就是奇迹。一只虫子或者一窝蚂蚁不是也可以蛀空什么吗？我曾掘开过一个蚂蚁窝，那也是一个地下宫殿啊——在我看来，那更像一个真正的宫殿呢。那种曲折变化，无论如何是超出人类的想象的。如果我们有一天，会把一个迷宫一样的蚁穴放大，设置在人间，我们居住在其中，人间将会因此而美妙起来。那时，我们将远离属于我们现在的烦恼，远离不幸的时光，进入单纯的、清澈的童话。那么，云冈并不属于已经消逝的历史，而是把我们导向未来童话王国的罗盘。我们如果仔细观察，就会发现那铭刻在石头上的具有非凡意义的刻度。

我知道了，那座山叫武州山，那座山的脚下有一条河流，叫武州川。一座山和一条河流这样紧密地靠在一起，如同生与死的并存。生也死之徒，死也生之始。生寄死归。大自然是豁达的，它容纳一切。自然造化和人工斧凿奇妙地结合起来——佛作为人们膜拜的神明，它原是隐藏在石头中的。它早已等待着人们的雕凿，在人们雕凿之前，它已存在其中。人的力量不过是为了让佛来显形——现在我们终于看到了那石头里的东西，它原本也是人啊。如果它的确是人所创造，那么人的创造力太有限了，他不能创造出他之外的事物。如果它根本就不是人所创造，而是人之外的存在，那么，万物不过是人的化身。我相信《西游记》中的石头变为孙悟空的事，也相信《红楼梦》中石头变为人的事，我相信西方的一句神学格言：信其不可能者。否则，我们怎能相信世间会存在像云冈石窟这样巨大的构筑呢？我们相信了我们所亲见的，事实上已相信了别的。

我第一次到这个巨大的奇迹面前，立即感到了已逝的事物是伟大的。一个儿童首先看到了比自己大许多倍的石像，看到了洞窟之中远离自己头顶的巨大拱顶。父亲说，这是一千几百年前建造的——这有点儿太遥远了。我还没有足够的能力想象那时的事情。然而，那时的事物在今天存在，这几乎是不可思议的。洞窟中的石壁是粗糙的，坑坑凹凹，父亲说，那也原是一尊尊的石佛，时间久了，就风化掉了。时间的力量，把那时的精确的事物磨损掉一部分，给我们留下了粗略的毛坯。我们还能从其中看到什么？时间。它肯定不同于人们手腕上戴着的金属手表上所指示的那一种，而是另一种。那是一种无所不在的力量，它悄悄地从万物之中离开。它原是存在于万物中的，但它在一点点地离去。它到了哪里？万物的变形是它离去的见证，然而它的归处却永无痕迹。我们可以看到它的剩余，却不可能跟踪它，看到它所离去的。

我看到许多人在洞窟前观看。他们看到了什么？人太多了，许多人在照相留念。他们想把自己观察的那一刻固定在一张胶片上。他们似乎从未想过在那观察的一刻，在想些什么？也许有那么一些闪念。也许思绪连绵。也许大脑中一片空白。总之，眼前是一些石头里的灯，他们站在灯前能够看到自己的影子吗？或许在一盏灯前隐没了自己。因为那灯太亮了，它来自遥远的古代。你在一盏太耀眼的灯前能够看到什么？和你在黑暗中看到的一样，那就是什么也看不见。

可我依然看到一批又一批的人站在这巨大的古迹旁观看。是的，一批又一批。人太多了，太多了。那么，这其中必有其深意所在。孩子们高兴地跳着，口中嚼着甜甜的糖块。女人们摆出那些酷似洞顶飞天的姿态，似乎也要飞到石头上。人来人往。云冈石窟看似还是那个样子。佛依旧高踞其上，向世间的众生微微一笑，是一种蔑视，是一种宽容，是一种悟透一切的姿态，是一种对生命的残忍的吸纳。真理就在那儿——那是一千几百年前的工匠所雕刻的，那时真理就已显形，人们就已从石头之中挖出了世界的核心。可是事物一经从隐秘之处挖掘出来，它就消失不见，如同你把一撮盐投入水中。

因为这一切坐落在水边。云冈石窟曾经把它的全部景象倒映在波影重叠的武州川。那是多少年前的事了。现在，水势越来越小，武州川——这条一直奔腾不息的河流渐渐远离了那些人造的佛，它知道，把不朽的事物重复一遍是没有意义的，况且从本质上说，不朽的东西是不可复制的。一条河流是精通宇宙的奥义的。它一直流淌，能够穿越一切，直达大海黑暗的深渊，就是它的明证。一条河和一座山有着相同的姓氏——武州，却怀有各自的设计。一个以永存为不朽，一个以不倦为不朽。永存和不倦是一对孪生兄弟，它们的诞生意味着分离，各自不同的努力又为了更深刻的重合——它们所展示的不同的魅力都为人而存在，仿佛孔雀在游人面前开屏。人啊，睁大你的眼睛！

古碑文载：峰峦后拥，龛室前开，广者容三千人，高者至三十丈。三十二瑞相，巍乎当阳；千百亿化身，森然在目。烟霞供宝座之色，日月助玉毫之辉；神龙夭矫以飞动，灵兽雍容而助武。色楯连延，则天皇弥勒之宫；层檐竦峙，则地通多宝之塔。以至八部之眷属，诸经之因地，妙笔不能同其变，辩口不能谈其目，巧力不能计其数。况若神游于鹫岭，如身诣于耆阇。

我们可以看出云冈石窟当年的雄姿。那是一种华丽的雄姿。华丽属于人工。然而，我们现在所见的，已经脱去它华丽的衣裳，一千几百年的时光已经让它更接近自然的浑朴了。这就等于，在人工的基础之上，大自然又以它的雄健之手继续建造了一千几百年。因而，现在的雄姿虽说不如过去那么华美，却承载了岁月的无限庄严。它的真正价值不在于人工的开凿，而在于岁月的重塑——大自然中摧毁一切的意图已贯穿其间，一切美好事物之中都深藏美的实质：毁灭。世界不是人的乐园，而是万物的祭坛。

为什么人们在这里流连忘返？人们千里迢迢地来到这里，仅仅是为了看这些石像吗？这些石头中的秘密似乎更为重要。我与父亲坐着蒸汽机车拖着的木座来到这里，并没有去想我们来到这里的真实含义。我们想的是玩。我们事先已把这游览当作玩——与一场有趣的游戏差不了许多。或许更有趣。我们从一个洞窟出来又到另一个洞窟中去。我们从没想到会在其间迷失了自己。人们总是乐于欣赏那些已经消灭了的事物。当人们站在洞窟之前，根本不是看那些依旧留存的东西，而是默默地回味那些消失了的、磨蚀掉的。那才是耐人咀嚼的呢。因为留存下来的是有限，失去的才是无限。无限的东西你永远捉摸不透，观看不尽，奥秘无穷。这里永远隐匿着某种残酷的激情：人的真正价值是从被消灭了事物废墟中挖掘出来的。

古人窥透了人的残酷习性，因而他们以巨大的人工营造了这一伟大建构。他们以这样的不同寻常的设计，给多少年之后的人类规定了一条复杂的路径。他们以伟大的智慧，设计了一个阴谋，让我们从这里走到那里，从这一处走到另一处，让我们看了又看，而且要从遥远的异地不辞辛劳地赶来。这些非凡的祖先虽然死掉了，可他们从古老的坟墓中把手伸到现在，控制着我们的活动，从而证明他们并没有真的死去，而是依旧活着。这是他们不甘心自己死去而创造的了不起的怪物，它摄走了我们的灵魂。我们是多么可悲，我们是多么渺小。因此我们开始怀念我们躺在地下的祖先，因为他们并未如我们所想的那样长眠九泉。我们是最缺乏力量的后裔，因为我们早已被历史所征服——从我们来到云冈石窟的那一刻开始，或者起始于我们心里偶然的一闪念。这样想来，我们祖先是卑鄙的。他们太贪婪了，以至想把他的后人们永远地笼罩在自己的阴影之下，让我们难以见到自己的那个太阳。总之，我们的命运已被注定：我们被控制在千年之后。

两个孩子的对话：

——瞧，这人有这么高！

——这不是人，是神，爸爸告诉我的。

——神是石头做的人。

——不是，神在天上，不在地上，这是地上的人弄成的神的样子。

——你见过真的神吗？

——没有。

——那你怎么知道神在天上？

——爸爸说的。

——你是不是第一次来云冈？

——是第二次，第一次是跟妈妈来的。

——你妈妈怎么说？

——她说，这是一些石匠雕刻的东西。

——他们为什么弄出这么一些东西来？挺吓唬人的。你敢不敢一个人进来？

——不敢。我跟妈妈进来时，我吓得直缩脖子。

——那你为什么还进去？

——妈妈要带我进去。

——妈妈为什么要进？

——她说里面有一座大佛像。

——那么是大佛像把你们引到里面？

——是的，可我再也不想看它了，还是那副老样子。

——石头是不会变的。

——一千年有多长？我想一千年前也许不是这样子呢？

——古时候人们弄这些玩意儿干什么？

——让我们来这儿看。

——要是我们硬是不看呢？

——总要有人看的。

——要是没有人看呢？

——那古人就没办法了。

　　两个孩子站在云冈石窟前，随便地交谈。这场交谈似乎很平常，但他们的谈话中已经包含了几缕光线，尘土在那光线里显出了光芒。我说，一个孩子就是一个黑暗的刺客，两个孩子合谋，这个世界就会变样。我曾很久以前给一个孩子变一个简单的魔术，我说，瞧，这个火柴盒，现在在这儿，看，又到这儿了。孩子没有听懂我的语言，他只盯着我的手。他很快就戳穿了我的把戏，从我脖子后面的衣领里找到了火柴盒的真正下落。几年后，我依然给他表演这个小把戏，他却被我骗了。因为他懂得了我的话的含义。我明白了，一个人会被自己的语言所欺骗，却不会被世界所蒙蔽。孩子们是单纯的。面对单纯的世界，他们更易于找到世界的秘密。那么，人们出生，直到长大，是不是可以这样说，唯一的目的是让自己的历程越来越深入到自设的陷阱之中。直到那陷阱上面的土掉下来，埋住人的一生。这就是坟墓的真义。历史是不是这样？如果真有相似之处，那么它必有一个终结。所谓"最后审判"的基督教义或是可信的。末日所等候的，也许是篇完整的由儿童书写的祭文，那才是人类的伟大诗篇。是的，一个孩子就是一个黑暗的刺客，他所持的匕首是一无所有，是纯净，是由光线交织而成的澄明。是人类最初的没有任何杂质的想象。

与其相信历史，不如相信自己的想象。固然，事实胜于雄辩，但想象可以把事实粉碎，让人看到事实的粉末。事实仅仅是为确定人的内心那个先验的真理而存在——我们能够从自己的内心推出整个世界，而未必能从一个事实推出另一个事实。事实之间的关联可能与我们所设想的那种关联方式吻合，却未必真是那样——真的那样是永藏于世界背后的——我们不必问它是什么，因为那不可追问。我们只知道自己的某种关联，这关联完全可以视作世界的关联。或者说，它就是。世界真的像牛顿定律那样运动吗？世界真是爱因斯坦所想的那样吗？世界真的如历史典籍所描绘的那样吗？云冈石窟是怎样建造的？一切都给我们留下怀疑——然而每一个疑问都来自我们的心灵，答案也只能从疑问生发之处寻找。一条河流从哪里生发，它的最终根源就在哪里。

我想，云冈石窟如此规模巨大的宏构起源于一个人的内心。它是对个人意志的逼真描绘。它起源于一个皇帝的灵感。一千几百年前，一个年轻的民族带着满身野性向南迁徙，他们的杀气弥漫着寒冷的北方。北魏王朝的皇帝纵马奔腾，沿着一条河流，来到武州山下。杀伐之声和鲜血使他充满倦意。平城已是自己的都城了。他缅怀着自己曾经通过的狭隘之路。崇山峻岭，早已由自己的马鞭打到了身后，多少人被他的马蹄踏成齑粉——他立即意识到百年之后，他与他所率领的军队连同自己的坐骑皆为尘土。一个人以及他所创立的丰功伟绩都将沦为虚空。先王的事业，一个民族血腥的生存史，将在何处终结？这位帝王勒住了战马，屹立于武州山下。石壁刀削似的高耸着——这时，他发现了一个奇迹：他的影子投到武州川里，河流用细腻的波纹试图改变他的形象，或者说，已经改变了。他胯下铁骑，站在水边陷入忧伤的沉思，水为什么能够改变一个人？人在水中看到的，是不是真实的自己？那么，人在哪里能够看到自己呢？难道是在历史的尘土之下？这种形而上的疑惑里，凝聚了人类的血泪。

突然，他在回首之间，看到了更加巨大的奇迹。一个人原本有着多重的影子！太阳把影子铺平在大地，他的影子坠落在水的流波里，如同一片树叶。武州川宽阔的水面又把他的身躯折射到武州山光滑的峭壁上！那峭壁如同屏幕，他的身影是如此巨大——这是真正的自己！这绝不是幻影，而是水光仰望的结果。他正站在流淌不息的武州川之上，借助水的光芒发现了自己高于水面的巨大存在。他要把这一刻之间的发现铭刻下来，让自己不要被无情的流水冲走，他要永驻自己这一刻所显现的巨影里，这影子的力量超过了人类，因为它拥有强大的石头之躯。他要把自己的想象和力量深入到石头之中，成为石头的一部分，或者和石头紧密地结合起来，融为一体——因为石头是世界上最耐久的事物，它有足够的力量抵御时间。在一个皇帝眼中，万物皆朽，只有石头是不朽的，因而他要重返石头——如果他没有忘记的话，他的鲜卑族祖先们曾起源于石头。他们在石头组成的洞穴中诞生，石头又收留了他们的骨殖——他们的永存之谜由武州山巨大的石头揭示出来，由武州川的流水呈现在一个皇帝的眼前。那时，他已看到了多少年之后由工匠们开凿的云冈石窟。因为那石窟事实上已经存在，已经诞生，在一个皇帝的心灵。用不着事实来验证，他的心已验证了今后的事实。它如同佛像那样，先存在于石头，然后在工匠们的斧凿之下一点点显现。

一个宏大的工程开始了。在武州塞地，四十万人，六十年，充填到一个皇帝的影子里。从北魏文成帝和平初年到孝明帝正光年间，成批成批的工匠被聚集到一块巨大的石头上。仿佛是一群蝼蚁汇聚于一块骨头。那石头内早已存在着的内核像磁铁一样把人们吸附在上面。一些人死掉了。一些人又出生了。武州川把这些工匠的影子同样投射到石壁上，可那影子太稠密了、太渺小了，因为他们的六十年不过是皇帝的一刻钟的写照。他们把自己的生命一点点地注入石头，斧头和铁凿不过是输送他们生命的导管。石头开始苏醒了，借助人的血肉，开始复活一个皇帝的灵魂。

我们看到了佛的巨大的手。其实，那是千万个亡人的手落到了上面。它是工匠们的手叠加而成，不然怎么会那么巨大？人们朝拜那样的手，谁曾仔细地看过自己的手？谁看到了人手与佛手的差异？难道它们之间的联系仅仅是放大与缩小的比例关系？我看不太像。我们将看到佛的火焰与人的灰烬。我们会想到一千几百年前的了不起的工匠们，原是为一块石头而生活？是的，这是他们出生的目的。生命只为物质而存在。生命全浸泡在物质之中。他的想象是物质的想象，他的力量是石头的力量，他雕凿石头，石头却像沙漠那样吸引了人——那是一滴微不足道的水。沙漠并不会因此改变，沙漠还是沙漠，石头还是石头。

当我又一次来到云冈之时，我开始看出了这座大山所凝聚的不朽的人类悲剧。与其说它是举世罕见的巨大石构，不如说它是由人自己铭写的悲怆史诗。它是叙事的。它的故事太有力，以至陷入石头里。它的故事太深奥了，以至隐没在黯淡的光线里。黄昏时分，你会看到整个夜晚会在这儿降落。它的故事绵延得太久，以至需要整条河流映照它。它的背景太广阔了，以至需要整个北方、整个天空衬托它。它的个性太突出了，以至需要从大地广袤的平面上站立起来。它的命运太悲惨了，以至需要一座山峦张大嘴巴无声地喊叫一千几百年之久。是的，它叙述了一千多年前人们从以往漫长的体验中获得的全部绝望——正是这绝望的激情凿空了整整一座大山。如果你看到一个绝望的人一拳把墙壁砸出一个坑，看到一个悲伤过度的人一脚踩碎了一块土坷垃，你就不会惊讶云冈的存在了。云冈石窟根本不需要你目睹，你就可以这样轻易地推测出来。它甚至不需要建造，你推测它，它就成立了。你稍微地往深里想一想，它就出现了。

现在，我已经是一个成年人了。我学会了仔细谛听这块巨石的声音。这以我青春的流逝为代价。面对曾经见到过的事物，我感到自己的观察和想象一下子昂贵起来。汽车在平坦的柏油公路上行驶，阳光是那么充足，穿透了车窗，直达我的胸部。在寒冷的塞北，拥有一块阳光是幸福的——我透过挡风窗，很快看到了云冈高耸的山门。我将从那里走进去，穿过童年的记忆，向历史的黑暗中进发。那不是一座普通的山门，而是历史筑起的壁垒。历史是不愿让我们接近它的，或者说，它本身就意味着排斥性。武州川已经变迁了，现在的河道已经偏离了古河道。岁月如同木楔一样揳入一座山和一条河流之间，将二者劈开。我们似乎获得了一条更加开阔的通道。流逝的业已流逝，未曾开口说话的依旧缄默不语。一个人所要谛听的，总是不属于现实。它那么渺远，那么苍茫。它显然只属于过去的时光。要把过去的时光推移到今天，是不可能的。可一个人非要这么做不可，历史就必须从某一处被切断血脉。在过去与未来之间，并不存在我们所想象的渡桥。因这两岸都是未知的冥睹区域。我们似乎知道的熟悉的现实世界，挖断了桥基。现实就像深渊那样让我们隐入到不可知处。我们想叩响山门时，就会面临古代诗人"推"与"敲"的窘境。只有深渊的吸力是无穷的，是恐慌和畏惧使我们纵身一跳——在我们思想的边缘上，有着永恒的指北针。

我看到了洞窟顶部的飞天。这些飞天是一些能够飞翔的舞女。可我并不把她们当作神话的一部分。因为她们太生动了，仿佛依然活在人间。我始终把这石窟里的美人们当作历史的真实，尽管她们有着佛教传说的根源。我站在石佛之下，仰望她们的美丽姿势，仿佛仰望夜晚的群星。我固执地想，在一千几百年前，她们的确生活过，而且必定生活在豪华的王宫。她们容颜娇美，皮肤细腻，四肢柔软——在皇帝面前翩翩起舞。来自草原、来自荒漠、来自庙宇、来自中原的各种音乐清脆悦耳。可她们没有爱情，没有欢乐。这些人间最珍贵的东西都因她们的美丽而被剥夺。美丽就像恶魔，使别人欢心，使自己悲痛。她们没有什么就必须去歌唱什么，她们的一切姿态不过是一种仪式，是为了在她们青春饱满的时辰祭奠自己所没有的——她们的一切需求消失于别人的需求之中。端坐着的皇帝在饮酒，他的尊严和欢乐是因为践踏了你们——直到有一天，你们凋谢了，被风暴刮到半空——这是飞天，你们就这样成了飞天。飞天，飞天。这就是天，飞天们看到了。云冈石窟的工匠们把这些可怜的曾经生气勃勃的美女显现于石头的拱顶之上，活生生的东西凝固了。生命被镌刻于石头。生命是廉价的，因为石头并不高贵。生命是短促的，因为石头近于永恒。这些飞天一直飞翔了一千多年，她们飞行了多少距离？事实上她们只能留在这儿，因为她们是携带着巨大的石头飞翔的。她们不会飞得很高很远，却能飞得很久。幸福不在于飞翔，而在于凝固。北方寒冷的气候不会使凝固了很久的事物融化。武州川的流水声比宫中的乐器还要纯净——一千多年来，她们飞翔的方向一直是由河流来确定的，河流曾确定过古代原始道路。道路早已被野草覆盖，河流依然涓涓鸣佩。

在云冈弥勒洞主像的石佛脚面上有一块黑石子。这块黑石嵌入其中，仿佛是一个精心炮制的谜语。然而，它的谜底是北魏文成帝。

这尊佛像原是照着一个皇帝的样子所造。因为皇帝的脚上有一黑痣，佛像就必须成为那个样子。皇帝与佛之间就这样有了联系。弥勒佛在佛教中为未来佛。看来，皇帝与佛的冥同，是现在与未来的一致性。皇帝并不是一个此时的存在，而是作为一个永久的征兆直接延绵到未来的。这块黑石之谜似乎是一个永恒的预言，它意味着一直沿着既定方向行进的某种秩序。这样的预言不过是借助工匠之手安置在上面，历史永不说话，它却借助自然或人工的事物说出自己的奥秘。痣是表示福分的。这福分的秘密是以别人之手安排好一切，并把这一切镶嵌在隐蔽之处——比如说，一只脚上。佛是这么做的。皇帝是这么做的。佛端坐于莲花上。皇帝坐于宝座上。世间四极固定，万物蕃息。皇帝生来就有痣，痣成了他福分的象征。死后将借助一块黑石在佛像上找到归宿——一块黑石沟通了神与人的界限，皇帝的威权以此达到永恒的延伸。这近似于一场喜剧，却在肃杀悲凉的季节拉开序幕。因而，人间的全部悲凉在于人神之间的相互游戏。

我们想一想当年的工匠是如何镶嵌这块黑石子的。这完全可以演化为一篇小说。我们不妨想象，这位高明的工匠就出生在附近。他的母亲从武州川捞到了一块黑石，不久就有了他。这块黑石被河水冲刷得浑圆、黑亮，他出生之后就已将它视为自己生命的根本。长大之后，他当了这里的工匠。他用斧凿雕刻了许多佛像，他以此作为向自己祝福的依据。然而，伴随着他的依然是冰冷的铁器和从洞窟中开凿出来的多余的碎石。他把黑石一直珍藏在身，等待一个不朽的机会。弥勒佛已经凿成。他受命照皇帝龙体的样子，镶嵌一粒黑痣。这黑痣在巨大的佛脚上。这痣居然给皇帝带来如此巨大的福分。他得知了命运的某种秘密。福痣。都这么说。痣本身并没有福，它只意味着皇帝的福。他便把那珍藏着的象征着自己生命的源流的黑石嵌在佛足上——皇帝脚面上。他的这一冒险，不过是对自己孤注一掷的祝愿，不想恰好准确地描写了自己的人生，这就是说，他的生命只是别人的福分，别人的福分就是他的生命之根源。他的唯一的意义，就是作为一颗痣，作为表示别人福分的痣，永远地停留在那只大大的脚上。事实上，黑石之谜是一种曲折复杂的生存之谜，它铸造于昨日，显示于今日。一块黑石一旦嵌于佛脚，神便以这样的方式宣谕了宇宙笼罩之下的宏观人生。

武州川依然在流淌。平静、自然、舒展。一如既往。我曾在一个正午目睹了它河面上闪耀着刺眼的光芒。河边的树木跟别处的树木没什么两样，只是多了一个幽暗的潜入水中的映像。它们太年轻了，如果是千年以前，河流并不在这儿。我坐在河边，想到了那个以五千言而不朽的老子。他的《道德经》一定是在水边酝酿而成。道可道，非常道。上善若水。他在两千几百年前也许正像我这样坐在水边，看着一条河流两眼发直。他也一定看到了水面上的光芒。是天上的太阳被水所折射，使他眯起双眼。他看到整个宇宙投射在水中，水在那一瞬间显出了宇宙的意志。他开始把一部水的颂歌刻上竹简。他以最简洁的语言描述了世界的终极——这是不朽的启示录。要是老子依然坐着，并且坐在武州川的河畔，他会想些什么呢？云冈石窟宏伟的石构曾清晰地倒映于河水，人们的膜拜和祈祷都悬浮在水上。排列在山崖上的洞窟如同瞎掉的眼睛，从黑暗深处射出幽邃的光，他将感到自己的脊背一阵阵发冷。他也许突然想到，人们是用这些洞窟来比喻世界的。河流以自己的活力来映照这个不同寻常的比喻已经没有意义，便一点点地、在漫长的时光中逐渐疏离这座山头——因为它已属于了人，属于了历史，就得从自己柔软的怀抱中分离出去。河道便从古代移动到一个更加寂寞、更加孤独的地带。

云冈石窟开凿之时，武州川畔肯定布满了工匠们的陋舍。也许他们已经干了几十年，但由于对神的敬畏，他们不敢厌倦自己的生活。他们每日在武州川的流水中淘米，日暮时分，河的两岸升起了连绵不绝的晚炊烟，如同一片突然成长起来的森林。他们在河边蘸着河水磨利自己的工具，是为了使自己心目中的神明现出自己神秘的面孔。他们中的多数人，并没有看到这神明在石头上显形，他们已经被过度的劳动剥夺了生命的权利。他们在茅草和木板搭成的陋舍中睡觉，终日的劳倦使他们连做梦的自由都没有了。大半是来不及做梦的，随便一躺便懵懵懂懂地到了天亮。要么梦做到一半左右，鸡已司晨。新的一天来得太快了，又结束得太慢。要使神明的一只眼睛明亮起来，需要他们耗费多少生命？况且，那眼睛的明亮并不意味着神看到了他们的辛苦，从而拯救他们的生活——相反，是让他们看到神的眼睛一点点明亮起来，让他们对那冷漠的目光生出畏惧来，从而自己被这偶像所操纵，丧失自己仅剩的一点自由意志。人们为什么要制造一个怪物来操纵自己？人是注定要被奴役的吗？工匠们从他们开始这项艰巨的工作开始，他们的生命便消失于冷漠的武州塞石。因为这石头中早已藏好了他们生存的符咒。他们雕凿出那咒语，他们的生命便早已应验了一切。

六十年。两代人。在这儿有一代人死去，一代人出生。生与死在武州川畔交替出现，如同昼夜。云冈石窟中的佛像在白日露出微笑，在夜晚堕入阴暗。春夏秋冬，四季变换。我们可设想冬天的塞北，大雪压塌了多少茅舍，婴儿在啼哭，直到天明。孩子们在父亲们的斧凿声中成长，就像柔软的小草那样一点点长大，然后衰老，然后被石头所践踏。两代人已经可以延伸出自己的推理了。两点可以连接为一条直线，因而两点便可确定未来的方向。一座精心雕琢的山把两代人衔接起来，并且确定了两代人之后的事情。当然，这必须假定我们是生活在一条直线上——至少是围绕着一条直线。事实上，我们的生活不管到哪里，都要不断回到人类痛苦的起点。这有点像价值规律。经济学意义上的价值与人类生存的基本价值有着相似的东西，只是两者不可综合。我们只要来到武州古塞，看到大河奔流、烟寺耸峙，看到洞窟中隐匿着的千古谜团，看到四季更迭，看到人们在这里停留并且漠然地观看，就了解了过去以及我们的现实。我们不能准确地评估自己的幸福，却能从这被时间剥蚀的佛像上看到微笑着的一切深重罪孽。幸福是永被罪孽所包藏着的，可是谁能把罪孽的坚硬外壳砸碎，挖出深埋其内的核心呢？它似乎成了我们无法探求到的东西。

那么，工匠们的苦心终成徒劳。他们的斧凿是尖锐的，可他们凿开了什么，又找到了什么？时间在向前奔腾，逝者如斯夫。他们只能从他们的工具旁一步步离开，最终被掩埋在尘土之下。工具倒比人的寿命更持久。他们所凿开的命运缺口也比他们的生命持久。我们沿着那缺口把我们的斧凿再深入一点就困难了。一代人的事业虽然可以继承，那事业本身却永远停留在终点之外。一代人劳累而死，另一代人却没有把自己的步履收敛于一个既成的点上，那个点在自己的内心深处是不能够触及的。河水改道，山丘变化，沧海桑田，人类于其间繁衍生息，历史从不做出任何承诺。人又如此脆弱，有如草茎，这样易于被铲除，又易于重新生长。当妇女们坐在武州川畔洗衣时，杵声早已把她们带到别处。她们不可能真正地停留，有如河水本身。当孩子们凝眸于一朵野菊，看到花萼上沾满泥渍时，他们并未停留此处，那美好的停留，只存于内心。他们将长大，谁能阻止一个孩子的成长？他们将重新变为父亲，上一代人是他们的模型。这都预先铸造好了。当工匠们停住手中的活儿，看着一个佛指的样子时，那指头已把他指引向一个幽冥之所。人的生活总是绕过现在。

在云冈一个洞窟窟门的西壁上，有一段所谓柔然题铭。铭文已漫漶不清，只剩下十几字似可辨认——大茹茹……可敦……何……以……谷浑……方妙……这一窟是北魏和平年间最早开凿的五窟之一。如果我们将这十余字衔接起来："大茹茹可敦何以谷浑方妙。"简直是一句神秘的咒语。时光的意义是把最精确、最具体的东西涂掉，剩下那些抽象的神秘的内核。柔然、蠕蠕、蝚蠕、芮芮、茹茹，都是柔然古族的汉字异译。大茹茹看来是这个古族的自称。"可敦"是柔然可汗的正室，相当于皇后。那么这位皇后要说什么？只剩下一个似乎是带有疑惑的问句了。柔然是中国漠北一个古代民族，公元402年在漠北建立政权，555年亡于突厥。整个民族早已消亡，只有这些题铭的残余留在这草庐状的石窟洞壁。这个民族曾是那么强大，曾与北魏王朝对峙。我们能够想象这个强悍的游牧民族是怎样生活的。他们纵马扬鞭，在亚洲寂静的大草原上驰骋。他们把自己的尸骨撒遍了欧亚大陆。在欧洲人的历史著作里，他们被称作阿瓦尔人，他们对中国北方和中亚的历史有过重大影响。希腊人曾叙述他们在公元461年至465年的踪迹：阿瓦尔人曾向西迁徙，压迫Savirs族向中亚奔逃。Savirs族又逼迫邻近东罗马帝国的三个民族逃离本土。从此，他们曾在一百年间杳无声息。百年之后，欧洲的历史文献中又出现了他们的杀伐之声。大约是被突厥击败的柔然残部出现在今多瑙河中游匈牙利平原上。他们经常侵入东罗马帝国和斯拉夫人的土地。就这样，他们为了自己的生存而与欧洲一次次发生冲突，直到最后消失于公元九世纪。不管史学家是否认为这都是真的，我相信，这个历史上记载很少的古老民族肯定有着比这些事实更为曲折的经历。不然，他们怎么会在云冈石窟留下一句莫名其妙的话呢？不然，时间为什么要把那些具体的东西抽走呢？这句莫名其妙的话是什么意思呢？"大茹茹可敦何以谷浑方妙。"他们肯定是用一个民族的盛衰史质问这石窟中的神。他们铲去了石壁上的千佛，铭刻上自己的语言。他们是以这洞窟作为自己的墓志吗？或者说，柔然的皇后已经看清了洞窟中的一切吗？总之，他们留下的整整一段代表着自己的文字，在岁月中一点点变成了一句神秘的咒语。与其说这段文字是这个古代民族所铭刻，不如说这是时间和整个历史的精心策划。一个民族消亡了，留下了一句莫名其妙的话，深深地镌刻在草庐状的石窟之中——这是人类最后的家乡，供人们好好瞻仰。人们啊，请怀念你们的家乡！

初秋，我在云冈石窟前漫步，仿佛踏上漫长的历史走廊。叶片在我的周遭遗落，如同千年往事在慢慢地朽腐。人群从我身边分开，我就像置身于一条河流，我的桨板一次次溅起思想之浪花。我曾几次来过这里？我记不大清了。人不可能记起同一事情被经历两次以上的数目，因为两次就足以可以推演至无穷了。不时地又有几片树叶掉下来，轻轻地落在我的身上、头发上。一个不平凡的季节总是这样一次又一次地提醒人，它不使用比温柔更加残酷的手段，因而只使用抚摸这一种。这恰是它的严厉之处。面前的石窟一处处从眼前徐徐飘过，深藏其中的神轻微地变化一下姿势，依然如故地微笑。这才是真正的实在的树叶，它成长于虚无，盛开于历史之深渊，它悬挂在枝头的最高处，秋天触及不到它的迷惘的叶脉。尘土只在它下面飞扬。它有自己独特的坠落方式，那就是绕过一切光明和人心，飘荡到世界之外。这样的秋天是无法寻觅的，因为我们的一切活动超不出自己的心灵。

是的，初秋。我在云冈石窟前漫步。历史是这样曲折，这样漫长！它的一切鲜血都已凝结，谁也不可能辨认出它来。我们谈论一场悲壮的血战和果子一样坠落的头颅，如同谈论我们自己杜撰的故事和果子本身，谁也未必把它认定是确曾发生过的真实。当拓跋鲜卑武装南迁，途经武州塞地时发生了什么？在古平城的遗址里除了埋藏着一些银器和瓷器之外，还埋藏着什么？是什么东西把这座武州山凿空的？难道仅仅是铁器的利刃和人的力量？在这些之外就一点儿都不存在别的什么了吗？的确，这曾是北魏王朝祈福的神山。为什么它成了神山，而北方无数的群山则没有神灵？神为什么唯独选中了这样一座荒山？这座山为什么可以赐福于一个异族王朝？它并不高大，并不险要，却是一条平城与更北方交通的必经之地。这座山的原初目的是不是要掐断这条道路？血已经沾满了这条道路。拓跋鲜卑的战马踏过了一片片尸骨，这尸骨已与北中国漫天的大雪合为一体，染白了茫茫的草原和风暴回荡的神山。大自然总是要掩埋一切的。雪的意义不仅是让人们备感寒冷，它是让人欣赏：死亡是美丽的、广阔的。寒冷仅仅是为了刺激你，让你仰起头来，极目远眺。它是一种自然的意志，不过是以这种方式传递给你。

可是，大自然收藏不了这么多。北方的四季已经竭尽了自己的力量。以荒凉的方式，以绿叶的方式，以凋谢的方式，以大雪的方式，一个事物变换了四种样式。人还是不断地看到自己的遗迹。这需要一个最终的隐藏之地。神山打开自己巨大的石门，把中国的北方收留在这儿。把一切都压在神的座位之下。人们可以悠闲地谈论一切了。我身边的游人谈论着云冈石窟。

——啊，这么大的佛像！

——中国的文明真了不起！

——那佛脚上能坐几个人？

——听说一个耳朵里就可以容下四个人呢。

——古人真是不简单。

——这洞窟有多少啊？

——很多。

——你说这一个洞里有多少佛像？

——很多很多。

——这洞壁上原来都是佛像呢。

——现在看不清了。

照相机的咔嚓声。人们的脚步声。谈论的话题从这石窟的周围弥散开去。每一个人都在欣赏已逝的昔日，因为他们从过去而来。没有一棵草会从中间长出来。然而，过去究竟是什么样子？我们总是把过去与现在割断了看问题。谁也没有认真地从过去向现在推理，也没有人以今天的生活逻辑去推想昨日的历史之真——真正的历史不是已经消逝的属于昨日的时间泡影，不是那些古人用过的坛坛罐罐所能证实的，而是作为活着的事物永驻今日。它从本质上不会像烟雾那样消散。

在这儿，我发现了一种有趣的小小飞虫。它呈黑色，在我们面前飞着。当地人把它们叫作"苟虫"，它的寿命太短了。它落在人的衣服上，你只要轻轻一抖，它就掉在地上，死掉了。世界上竟然有着这么短暂的生命。重要的是，我只在云冈石窟前见过这种卑微的生命。这种生命生于须臾，结束于刹那。它们不断地落到游人的衣衫上，不断被人的手所抖落，不断地死掉。这太像一个寓言了。在这样横亘千年的古代奇迹面前，就显得更加意味深长，仿佛是人间真实戏剧的重演。它以如此短促的生死之差，与这近乎永恒的石头形成对比。它以不断的死亡引起人的注意。它以自身无限的卑微证实着某种真理。它仿佛飞翔在镜子里，既映照自身，又映照自身之外的事物。它是沙子，又是活着的。它活着，却又瞬息死掉。如果它在这么短暂的时间里还没有感觉到自身的存在，那么永存的东西就能感觉到吗？它之所以死于蒙昧，是一切都来不及思想。永存的东西之所以永存，是它原本就是死亡。时间太久和时间太短获得的只能是同样的意义。同样的，大与小、高贵与卑微、永恒与短暂。苟虫之所以飞翔于云冈石窟之前，似乎是一种有意的自我安排。它以自己的方式确证一座大山的倒塌是过去，是在建成的那一刻，而不是我们所想的未来。未来从根本上是不存在的——苟虫从人的衣裳上掉下来就是明证。苟虫在云冈飞翔就是明证。苟虫太小了，它飞翔之时甚至让我们见不到翅膀——如同一个黑衣游僧，由于其更加渺小而更加神秘。苟虫以其奇特的生存形态证实着绝对。因为世间没有一种生命像苟虫那样活着，却又没有哪样东西逃脱苟虫以自身的死亡释放出来的那种透彻的窥视。这样的窥视仅仅是反证着某种价值。这种价值似乎是永存于石头里的那一种，它似乎专为细心的历史所观看，让站立于粗糙的武州山下的人们惊异于强烈阳光下的暗影。人们不要专心致志地观看外部的时间所留存的，必须谨慎地对待那些来自内心的侵扰——不要忽视那些小小的飞虫、小小的悲哀。这里是不是含有某种来自历史深处的生动的告诫？

据载，云冈的每一石窟前存有规制宏大的木构。可现在似乎看不到了。那些巧夺天工的飞檐斗拱呢？那些斑斓辉煌的色彩呢？都消匿于历史暗处。或毁于兵燹，或废于自朽。曾经因岩结构的山堂水殿，落尽枝叶，剩下了原有的石头。烟寺晨钟散尽了，留下了最耐久的山窟模样。我们在千年之后站在这里暗自思忖：历史究竟要淘汰掉什么？又想留下些什么？生命显然是整个世界的对立面。树木曾经是生命的种类，它曾经出生和成长。正因为如此，它已给自己带来致命的一击。那正好是在自己最脆弱的太阳穴上。最光明的太阳给予它名字的根源，这就是：一样事物只要有过生命，哪怕是最短促的生命，那么连同它所遗弃的，都成了最易于朽腐的东西。

在一个洞窟的后壁浮雕讲述着佛所讲述的故事。佛在回忆着：舍卫国有五百商客下海采宝，商主将他们带到藏宝的地方，告诫大家不要太贪婪，以免失掉性命。五百商客不听劝诫，贪得无厌，商船由于重载将沉沦。商主说：将你们身上的珠宝卸去一些。商客们回答，我们愿与珠宝共存亡。商主只好将船上自己所有的珍宝投入水中。海神见商主为了五百商客毅然抛弃了自己的珍宝，深为感动。船一靠岸，便将商主所弃珍宝如数归还。商主又将这些珍宝等分了五百商客。佛对听他讲述者说：那个商主是我身，五百商客就是你们。这是一个不错的宗教故事，是一个美好的童话。然而，那商主与商客就在那雕刻之处吗？如果在，那他们所乘的采宝之船是不会沉没的。如果不在，大海和船只又会在哪里显现呢？这一故事的残忍之处在于，佛悉知人的天性，知道人对宝物的珍爱，便把他们引入采宝之处。这原本是为了引导他们沉入深渊的。如果这样，那么这船的沉没将把佛一起引入黑暗——于是，商主抛弃了自己的全部珍宝。最后，商主看到了珍宝可以使人毁灭的力量——不管在哪里。于是当海神把他所抛弃的全部还给他时，他便把这些珍宝加倍地给予蒙昧的商客们，这将给予人以堕落的力量，使他们在世界更加迅速地沉入大海的冥所。石壁上的沉重烙印原是这座神山强加给世界的。世界又以自己无所不在的东西揳入人心之中。我们来重新聆听千古童话——它如同巨大的磁石，把我们吸引在一个多少年前遗留的血污上。

我们看到了石壁上的坑凹。那原是无数的小佛龛。当我们从外面迈入石窟，光线一下子稀少了，仿佛有人给我们的眼睛蒙上了黑布。我在童年时代，曾在磨房里给驴子蒙上这种东西，使它围绕着石磨一直转下去。它转了一上午或者一整天，以为自己早已拉着沉重的东西到了世界的边缘，然而我们把蒙布从它的眼上摘去之后，它便发现世界依旧是原样的。是的，石窟中的一切将吸引我们仔细观察和思考，却是为了留下原样的世界。这时，我感到了阴郁的石头之中，有着某种穿透人的寒意。大佛、小佛、佛、佛龛、石头、石头以及石头，这都是无数的。这是一的结果。一个巨大的石像，并不是一个而是无数。正是由于时间的磨砺，许多许多隐去了真貌，无数得到实现。否则，不管它有多少佛龛，我们依然能够数得清。哪怕它布满了我们的周遭，我们依旧会找到它们之间仍有的不能充填的空隙。有限消失于时光，无限正好对准我们的双眼。我们之所以触抚它，是因为它有着真实的一面。我们可以触摸或者捕捉到七样东西，然而七本身是奇异的东西。它可以从一物转移到他物——这幽暗的洞窟因为丧失掉具体的、可见的，剩下了模糊不清的坑凹。因而，它如果真的转移到我们的生活中来，那是多么可怕。世界虽然仍是原样，可我们已经改变了，不是因衰老而变得丑陋，而是因为我们被逼得一直后退，从而变得畸形。

外面却阳光明媚。远处的山影显出神话一样纯真的轮廓。我想到自己曾经居住过的村庄。母亲下地干活儿去了，我们留在家里玩泥巴。村边的寺院被毁掉了，盖了一座小小的简陋的井房。庙里的和尚不再守着青灯和神像，而是在官道边上居住在凡尘里，为过往的行人剃头。在我们看来，这个神秘的老头儿已是被毁掉的神像替身，神秘，肃穆，可怕。手中总有一把寒光闪闪的剃刀，刀锋总是看准人的头颅。我们打开街门，有时来到大街上——这街道不是很像一条河流吗？总是会有几个老年人带着满脸的褶皱，坐在小板凳上晒太阳。那呆滞的表情才是世界的真面目。漠然地，把他们的皱巴巴的脸朝向墙壁。他们永远不注视远处宽旷的世界，他们之所以一直盯住剥落的土墙，是因为那土墙恰好能够遮挡视线。到阳光暗淡下来，他们便拍打一下身上的尘土，回到自己栖身的土房子。那里有点酷似这山崖上的古石窟，在那里入眠，世界就会真正地抻开类似于蝙蝠的翅膀，人生将出于黄昏，消失于光亮。土墙就会遍地耸立，人将收缩到自己的怀抱。这样，温暖将不再借助于太阳，而是借助于世界赋予人的幻想。

在塞北。一个隆冬。我走入了农家的窑洞。外面大雪纷飞，透过窗上的玻璃可以窥到外面的苍茫世界。泥炉子冒着淡紫色的火焰，仿佛是我童年看到的远处的山峦——这里已经被缩小了，仅仅在炉口之上跳跃。透明，活泼，纯真。粗瓷碗里盛着冒着热气的白开水，它很解渴，也有点驱寒的意思。我说，这个冬天太冷，主人说，每年一样。窑洞里弥漫着炊烟、兰花烟和煳饭味儿混合在一起的那种生活气息。土炕上铺着秸秆皮编织的席子，粗糙，简单，没有什么花样。他们祖辈在这里生息。他们没想过改变一下日子，换一种样子试试。我从他们的眼睛中看出：他们从来不这样想。这样想是异想天开，是愚蠢的。你会很快发现，从这里不难深入历史，因为历史并不是在研究室里、在发黄的典籍里，而是在平凡的生活中。就像草蜢不是在标本馆，而是跳跃在草丛之中。这些人或许是真正把握了历史本质的，那就是永恒性。历史通过持久的时光把自己的本性暴露出来，你只要把产于清代乾隆年间的瓷碗翻转过来就知道了。你就知道：这是一千几百年前拓跋鲜卑曾经占据过的地方，就在不远处，有着北魏王朝统治者的幽灵。它们升腾于废墟之上，你须仔细谛听古老民族的吐纳之声。这个民族曾把它的范围伸向广大的中国北部，北逾阴山，西至西域，东接高丽，南临江汉，可他们曾是从这类似的洞穴中发源，把自己的力量辐射到旷大的四极。

洞窟是人类早期的试管，人类的胚胎就是在这里发育的。如果早期人类没有它温暖的庇护是不可思议的。在这样的襁褓之中，人类才没有被严寒铲除了生存权利，威扫四合的北魏王朝，原也是来自洞窟。古人的洞窟与我们今天的窑洞衔接起来，历史如同黑暗中的闪电连通了天宇。拓跋鲜卑的祖先原是居住在大兴安岭北部的丛山密林之中——那里有着他们曾经居住过的洞窟。于是，他们的后代成了皇帝，并且在云冈仿造了自己的家园。他们用四十万人的血肉和灵魂把这仿制的祖屋雕刻得万象生辉。那里与其说是供奉着来自异域的佛，倒不如说那里端坐着自己的祖先，是他们的死亡把后代指引到这里。然而，一个显赫的王朝不可能如它所曾居住过的石头那样永恒，一千几百年之后，我们观看一堆嵌入石头的灰烬。这里的雕像不过是他们死亡的见证——连同他们所创的业绩，都死于石头铭刻的寓言。不仅祖先的居所不可复制，就是他们自身的灭绝也不可用别的东西复制。世界不存在模拟自身的材料。拓跋鲜卑的兵刃锈蚀了。宫殿坍圮了。只有祖先的居所尚存，仿佛是唯一活着的东西，是由一千几百年前他们的死亡，滋养了无生命的物质：你住在哪里，必归于哪里。这个了不起的巨大石窟，从它诞生之日起就不断向人间显示自己的灵魂，它的深居于石头中的秘密只有一个，那就是石头本身。

这些石头不仅为把自己的影投入武州川，而且一直以自己深邃的眼睛注视着河水的流逝。影子与它之间形成直角，天地都在俯仰之间。我就在这直角上散步，似乎在量度着古代算术中勾三股四弦五的法则。历史能否计算？时间的尺度与我们内心的尺度是否一致？一个洞窟的空间是否与它的物质空间相等？武州川的流水映照的是否就是真实的存在物？一个直角究竟能够张开多大的时空？我感到了秋时的落叶之悲，可那美丽的叶脉是否因叶子朽腐而铭刻进泥土？我用怀疑的目光关注着周遭的事物，我用心灵来谛听来自远处的各种声息。我知道，谁也不能记住所有的。记忆并不可靠，一切都要从记忆中消逝，就像众神的影子从武州川的流水中分离出去。证据既不在昨天，也不在现在，似乎在将来。可将来对于永存于现在的人类来说，是永不发生的。那就意味着，这个世界的全部证词存在于想象之中，只有想象是可靠的。历史可以借助人类的想象还原自己。没有人的想象，历史是一连串永远死去的事实，那是说，它未必存在，更像是时间中生发的幻觉。如果是这样，那就太可怕了，人的身后会是一片空旷的死寂，你又怎能确证自身的存在呢？没有一个明确的坐标，又怎能制定自己的位置呢？就像这流淌的武州川，我确切地看到了它的流水，因而我知道已经站在了历史的彼岸。彼岸已经在望，可我还须蹚过这河水。就像这武州古塞，我确切地看到了云冈石窟，因而我知道自己正站在证明一切皆朽的不朽铁证之前。石窟并不开口说话，它只让我再靠前一点，进一步领悟它沉默的意义。这沉默具有一千多年的深度。它比声音更加强烈，以至是一种震耳欲聋的轰鸣——充满我们所拥有的时空。它把一千多年堆砌在一起，它的力量不仅把我们推到它的门户之外，而且推开了一条宽大的河流。

我想到了埃及的金字塔、玛雅人的弃城、被消灭的阿兹特克帝国和古印加帝国的不朽遗址，古巴比伦的空中花园，浸泡在火山岩浆里的庞贝城，特洛伊城的藏金，阿伽门农的陵墓，梯林斯古堡，克里特岛上的迷宫，木乃伊，古埃及法老的诅咒，幼发拉底河和底格里斯河之间平原上的神秘丘陵。贝都因人在这里休息，骆驼啃啮着山下的野草，谁知道最贫瘠的土地之下埋藏着什么？古老的亚述王国，美索不达米亚的沙漠，尤卡坦的荒野故事，楔形文字，峭壁上的岩画，山石上的波斯王石像，汉穆拉比法典，早已倾圮的巴别塔，中美洲密林里的古城，马楚·比楚高山上的祭坛，复活节岛上的神秘雕像。这一切的一切，既让人神往，又让人恐惧。这些人为什么建造这些古老的奇迹？这些了不起的建造者又到了哪里？它们与武州川一样流动着，让我们永远不能数得清它的沉沙。人类居然有如此巨大的能量来毁灭自身，大自然让万物以建造自己的方式来获取自我毁灭的激情，毁灭的本意并不是绝望，而是对"毁灭"的质询。

我只要坐在这武州川前，就该想起故乡的水磨了。这仿佛是自然而然的事。那水磨有一巨大的木制水轮，悬于一个古城池旁边的北桥河上。水流击打着轮子，发出阵阵清脆声响，犹如敲打着瓷器。我每当进城时踏上一座石桥，就会看到旋转的水轮，缓慢地，如同生活。北桥河水的流动与这武州川的流动没有什么两样，只是没有巨大的云冈石窟倒映在水中。然而紧挨着的城墙却可以倒映于水中。云冈石窟在武州川的倒影是千年之前的故事了，而在十几年前我还看到过古城墙在北桥河中的影子。世间万物有相似之处。那么，人是多么易于溶化于万物之中！水轮缓慢地旋转，如同武州古塞的岿然不动。这让人想到古希腊哲人芝诺提出的悖论：飞翔着的箭是不动的。这个悖论看似荒谬，却让多少哲学家困惑了多少世纪。这飞矢不动的问题指向了某种更为神秘的事物——不管现代的数学用怎样的方式澄清了它，它的魅力仍然存在于人心之内。因为我们在探索人的最幽暗的角落时，总是徘徊于这一悖论的周围。那就是，我站在岿然不动的武州山前，看到了流动的河水。而我站在流淌的武州川前，又看到了沉默千年的云冈石窟。这是否是一回事儿？历史一方面站立着，一方面又在流动着，是恒者也是逝者。或者说，它站着已经流逝，它流逝了仍然站立着。这就是故乡的北桥河上的水磨，这就是那个悠悠转动的水轮，这就是一切的一切。我在童年时代曾对一只美丽的蝴蝶说：我过来后你怎么不见了？蝴蝶不会停留于花儿上，是那花儿一直停留着。

崞阳镇

残破的城垣，残留的雉堞，高高的、拱形的城门，以及长长的石头路。无数的脚步，从上面踏过，将多余的东西带走，剩下了光洁的、镜子一样明亮的、失去了棱角的石头，它的被藏起来的花纹，以及内在的品质，暴露出来了。

小镇是供人们生活的，不是为了朝拜。然而，生活中的一切饱含了朝拜的内容。为什么那么多人来到小镇？为什么人们一次次走过同一条街道？为什么这里有着如此庄严的构筑？一层层的城墙，一层层由低到高的石头路，以及通向中心的轴线？它一定有一个让我们心魂颤抖的秘密，一定有着支配我们精神的某些内容，一定存在着一个隐匿的神。

我们只能看到小镇的面孔。外在的，一眼可望的，由那些灰色的瓦片、枯干朽腐的木料以及石头组成的面孔，看上去并没有什么，甚至连一点艳丽的色彩都没有。枯燥的表面，远远触及不到意义。

我曾经在地方志中，看到过家乡小镇的完整平面图。这几乎可以称作是完美的设计，古代的城池设计者，采用了非凡的智慧。与其说这一设计的目的在于军事防御体系上的完整和无懈可击，不如说这是一个绝顶聪明的、将军事用途和诗意栖居结合起来的典范之作。两条河流逶迤而来，从城池的前后绕过，汇入汹涌澎湃的滹沱河。外城和内城形成两个部分叠加的矩形，很像我们现在几何学中的习题。河流的一部分被引入外城，几座小桥飞越，像连续的跳跃，轻盈、欢快、优雅。城中有着几乎所有的生活与精神资源，从普通的街道到安静的院落，从挂满招牌的店铺到自由散漫、充满喧哗的街肆，从高峻的城垣到拱形的城门，从威严的县衙到神圣的庙宇。

小镇的记忆是久远的，我的记忆却从几十年前开始，大约在20世纪60到70年代的某一天？总之，它发生于我的童年。从我生活的村庄，沿着一条弯曲的土路，向西南方向，越过长长的铁路线，以及米黄色的、带着尖顶的德式车站，然后是一段被牛车不断碾轧的道路，两道深深的车辙，覆满了厚厚的尘土。一道长长的坡道，然后地形急转直下，道路嵌入到两座土崖之间。土崖的尽头豁然开朗，流水声清晰地传来，城墙上残缺的雉堞出现了。

崞阳镇——这是我认识的第一城市，实际上，它的规模，它的繁华，以及它的人口数量，还有它的等级，仅仅是一个小镇。它在我的眼中，已经足够大了；它的威严，已经足够引起我的敬畏。宽阔的护城河，湍急的流水，布满了密集的芦苇。岸上的杨柳树，向河流的中心倾斜，以便将自己的影子放在激荡的波澜里，放入一个个布满了记忆的大脑沟回，让每一片叶子成为其一部分。石头砌筑的南桥，巨大的石拱，优雅的弧线，反照于河水之中。两边的桥栏，夹住起伏的石头桥面，其中的每一块石头，已经被车轮和脚步打磨得光滑发亮，就像镶嵌的玉石。

南桥的尽头，高大的城门，深邃的城门，很像一个曾经居住过巨人的废弃的窑洞。从一头看过去，一个半圆形的拱顶包围着一片亮光，并将其收缩于自己的洞穴深处。阴凉的风从一边吹到另一边，要是到了冬天，北风显得格外寒冷，仿佛古代武力高强的刺客发射细小的暗器，无数芒刺在空中飞舞，每一个路经此处的人都会瑟瑟发抖。

小镇没有笔直的中轴线，它的第一个转弯处，是昔日的县衙，后来成为范亭中学的校址。那个年代，学校集中了很多具有复杂背景的老师，右派、地主、富农或者资本家的后代，国民党时代的政府职员……总之，他们携带着白色原罪。他们本来应该生活在大城市，过着优越的生活，但由于父辈们的选择，或者，由于自己的不慎选择，不得不来到偏僻的小镇，开始赎罪的生涯。

小镇渐渐就露出了不同于村庄的真相。丰富性一点点开始占上风。石头路面变得更加不平，它储存了至少几十个年代的信息，只是无人能够破译。这里每一个时刻的嘈杂，每一道车轮轧过的辙印，骄傲的、矫健的、春风得意的和饥饿乏力的脚步，都铭刻于光滑的石头花纹里。

另一个城门从路面的中心线上展开，和我们走过的城门一样，坚固、浑厚、庄严肃穆，灰色的城砖垒砌的拱形，坐落于一个更为坚实的石头底座上。由于风的侵蚀，门洞中的砖石呈现出斑驳的蚀痕，尤其是它们之间的缝隙，砖石的棱角大部分已显残缺。这个城门可能有一个文雅的、古色古香的称呼，笨拙的人们为了方便，众口一词，称它为中南门。中南门是一道分界线，从这个门洞迈进去，一道光芒就会笔直地射向你。

两旁的老式房屋整齐地排开，屋檐几乎要探到街道的中间，一下子使得街道拥挤而狭窄，来自天上的光线几乎像峡谷中的溪流一样，从两侧烟火熏黑的屋檐倾泻，让人感到晃眼。仔细观察，发现这些老房子歪歪斜斜，差不多就要垮掉了。但是它们一间接着一间，彼此借助了相邻房屋的力量，保持屹立不倒。第一间店铺是杂货铺，所售的货物，都是农家使用的东西。比如说，有用来点灯的煤油，各种农业工具——锄头、镢头、铁耙、镰刀、铁锹……当然，少不了农民们经常使用的麻绳、马灯、粗笨的大瓮等粗瓷器。这是看上去最不起眼的一间店铺，房间幽暗，柜台破旧，货物也属于比较粗糙的一类。售货员一般是一个老头儿，坐在门口的一条长凳上，使劲儿抽烟。要是有人来买货，才懒洋洋地起身。他的鼻梁上架一副旧式眼镜，看起来很像电影中的账房先生。在那个敏感的年代，这样的形象带着剥削阶级的深沉烙印。

紧接着是一间黑铁铺。门前完全敞开，里面也没有设置柜台，而是堆满了各种铁料。几个人在门前的一条凳子上敲打着一块铁皮，慢慢地，铁皮卷了起来，形成了农家冬天取暖使用的烟筒。他们到底要卷多少烟筒？不知道。人们每一次进城，几乎都会看到他们重复着一样工作，用铁锤不断在一张铁皮上敲打，很难理解他们为什么会对这些铁皮情有独钟。

然后是一间铁匠铺，铁匠炉中的火光，一直映射到店铺前的拴马桩上。一般地，这里会有一匹马，踢踏着，流露出躁动不安的情绪。它的光滑的皮毛，不断地被里面喷射出来的火光照亮，就像一个发亮的、模糊的影子。它的主人在一旁耐心地等待。一会儿，铁匠会出来，细心地打量着马匹，然后俯下身来，轻轻地将马蹄抬起，用一把铁钳将蹄上残留的马掌钉拔掉，然后再用一把锋利的铲子将马掌铲平，最后，将刚刚打制的、从水中捞出淬过火的崭新铁掌钉在马蹄上。这是一个细心的活儿，否则可能被桀骜不驯的烈马踢伤。铁匠师傅的胸前围着帆布缝制的、脏乎乎的工作围裙，就像婴儿挂着的肚兜。他总是仔细地把马蹄抱在怀里，就像刚刚从庄稼地回家，抱着一个粗大的萝卜。

这几间店铺仅仅是整个小镇的序幕。它一开始就透露出手工时代的原形。是的，一个小镇不应该被机械充满，它本来就是手工的代名词——一切都是手工的，每一个物件、每一块石头，都是手的奇迹。它不允许其他异类的力量玷污手的纯洁性。真正的繁荣体现于街道的丁字路口——这是小镇的中心，它汇集了三个方向的人流，激起雄浑的旋涡。吸引人们的是位于街角的百货商店和对面的副食品店。这是整个小镇的高潮。许多商品需要特殊的证券，这些短缺物资，正好是人们日常生活的重要资源。女人们在柜台前停留，手中紧紧捏着布票和钱，选择着布匹的花色。

街道转弯之后向西，更多的小铺展开了。还有一些地上的小摊，叫卖着生产队里分配的农产品。比如说，大葱、萝卜、土豆、杂粮等等。这是真正的带有原始性质的交换，农民们仅仅是用生活的剩余部分，换取很少的一点钱，以便购买油盐酱醋等必需品，或者为家中上学的孩子买一块简单的写字板。小镇上没有奢侈品，人们也不需要多余的东西。买卖双方都知道这些农产品十分廉价，所以不必讨价还价。那时的人们，几乎穿着颜色相近的衣装，蓝的，或者是黑的。他们嘈杂而混乱，毫无秩序感，就像一群乌鸦毫无目的地簇拥在一起，汇集在秋天荒凉的树枝上。

要是你沿着正街一直向南，则是另一番景象。不远处是岱山庙，耸起的屋脊，高大的后墙，精心雕琢的螭吻，龙的儿子，端坐在殿宇的两个顶角。庙宇中的神像已经毁掉了，这里已经成为人民公社的办公所在地。

再往前一点，就可以看到一堵残破的砖墙，一个拱形的门顶上残留着"基督教堂"几个字。这是西方宗教曾经存在的证据之一。它的对面，是这个镇上唯一的邮电所。这个机构的建筑一律涂成绿色，和从这个大门中出来的工作人员的制服一样。这是一种比喻。一种从颜料盒里取出来的比喻。它不是树木和庄稼的绿，也不是花草叶子的绿，从大自然中几乎寻找不到这样的颜色。这意味着，一切都是精心调配的、具有人工性质的比喻。邮递员骑着飞鸽自行车，也是这样的颜色，搭在车座后面的邮袋，模仿了从前长途贩运货物的商人肩上的褡裢。让人神秘的是，临街的房子是一间发报室。你只要走近这间房子，就可以听到莫尔斯发报机嘀嘀嗒嗒的声音。在那个充满警惕的年代，很容易让人想到电影中美丽的女特务。究竟是什么东西能够将一句话、一封信传送到遥远的地方？一个小小的按钮，里面隐藏着一个无形的、能够很快飞往另一个地方的邮差？

人们来到小镇，很多时候并不是一定要购买什么，而是为了某种内心的需求。可以说，这里一定存在着一些无形的精神内容。常年在庄稼地里干活的农夫和在自己的家门口聊天的女人，能够在人群熙攘的小镇上，扫除漫长日子里枯燥无味的灰尘。一个五光十色的世界，和自己几乎是一片空白的寂寞生活，形成了鲜明的对比。

农历六月十三，这里是古庙会。

我们已经不知道这一天的来历，也不知道为什么人们达成了如此浪漫的约定。历史保留了足够的谜，让人们猜。

这一天，正是夏季最热的时候。奇怪的是，这一天，一般都会有一场雨降临，为了一个盛大的节日，洗去人间的酷暑。这样的雨，一般不会很大，不会是雷声隆隆中的暴雨，它温和、散漫、自然，甚至是静悄悄的。它压住了通往小镇的乡间小路上的尘土，让参加庙会的人们呼吸通畅、浑身舒坦。几十年来，甚至更久远的时间里，都是如此。人们说：六月十三，道儿不干。儿歌般的谚语，彼此传诵。一个民间的节日，必定存在着某种魔力，它不仅是人间的约定，更重要的，乃是人们与大自然的永恒约定之一。

高亢的唢呐，一支带孔木管伸向锃亮的喇叭口，其声音高亢、嘹亮，带着刺耳的颤音，通过黄铜敞口，传送出去。这是金鸡独立的主调，凌驾于众声之上。接着是忧郁的板胡、二胡，它们挂在演奏者的腰间，弓弦飞动，灵巧的指尖轮番按压着颤动的弦，声音带着哀婉的韵律，沿着弓弦飞扬。还有深沉的笙，簧片乐器的鼻祖，中国古老的乐器，铜的底座，铜的吹口，长短交织的竹管插在圆形笙斗里，被坚固的金属固定于低沉的乐调。一声沙哑的铜锣，在演奏的音符中隆起，形成高峰。

这是一支简陋的乐队。充满了激情、力量的乐队。唢呐乐手和笙乐手扭动身体，头部随着音乐的节奏晃动，将自己肺部的全部气息灌注到所吹奏的曲调里。这些天生的乐手，完全是为了人间的节日而生。他们的样子很像爬出池沼的青蛙，不断吹起自己额下的气囊。走在他们前面的是鼓手，他的腰间挎着一面大鼓，他的双手不停地敲击着鼓面，激越的鼓点，夹杂于多种乐器合成的乐曲中。鼓手，一般是一个有着丰富阅历的长者，他深知整个乐队该在什么时候显得从容冷静，又该在什么时刻抵达无与伦比的高潮。鼓是整个乐队的中心，是节奏的发起者，引导着音乐，一会儿徐缓，一会儿快捷，一会儿风云激荡、万箭齐发。

乐队处于队伍的最前端。后面是表演者。他们踩着高跷，穿着古装，脖子上搭着一根长长的丝带，两手攥着两边，不断地随着音乐的节奏挥动。看起来，他们无比鲜艳，仿佛是儿童画中蜡笔涂写的人物。这些平时质朴、憨厚的农夫，充满了幽默感，不断调整着脸上的表情，使其表演达到最佳效果，不断引发拥挤的观众们的一阵阵哄笑。他们扮演着一些古老的人物，大约都有出处，只是更多的人已经不知道这些怪模怪样的人物的来历了。当然，还有一些戏剧中的人物，喜欢戏剧的人们熟悉每一个角色的脸谱，在黑、白、红三种颜色组合的图案里，寻找人物的性格和历史含义。

高跷队伍的后面一般为船灯或车队——表演者主要为各个村庄的漂亮姑娘们，她们化装成新娘般的形象，"驾"着轻盈的小船。实际上，船形的道具不过是固定在身上，下面的彩绸就像飘动的水波，同时遮住了小船的真正动力——她们的双腿。随着船夫——一般为一个经验丰富的老者——一声长长的号子，船儿开始飘荡。船夫是号令的发布者，也是队形变化的指挥，他手中的长桨舞动，实际上是船儿起伏波动、起承转合、阵形变换的指令。

　　农历六月十三，是一个恰当的日子，它处于一年时光的正中间，将生活均分成对称的两半，一边意味着过去，一边意味着将来。这是一种对人世的理解，对时间的理解。给一个节日打上隐喻的记号，它既有哀愁，也有希望，既有流逝，也有等待。

　　我相信，城墙以及类似的形式，是最纯粹、最抽象的建筑，它们最初的功能和意义，已经放在了它的底座中，被一层层坚实的泥土和笨重的城砖压在了下面。设计者处心积虑的安排、殚思竭虑的思考，已经被遗忘。

　　它们至少属于5个世纪前的建筑，其品格能够不时展现一个朝代质朴的光辉。它在历史时光中留下了各种瘢痕，但我们已经难以辨认。它记载了无数人间的历程，我们已经不可能有足够的智慧阅读它详尽的文字。它是一部无法复制的天书，每一个细小的历史事件都收入其中，却显出了一片苍茫的景观。然而，它是有力量的。不论在过去还是在现在。过去，或者遥远的古代，它面对嘶叫的战马、丛林般的刀剑以及密雨般的箭矢，从容镇定、历经战火的烘烤和试炼。现在，它用厚厚的躯体，埋藏了时间的秘密，收集了生活中悲惨的证据，人的恶行和善行、表演的悲剧和喜剧、深藏的罪愆和显露的光明、从未被识破的阴谋以及从未泄露的阴鸷，都在其视野之中、记忆的褶皱之中。但它却从来不说一句话，几百年来一直保持着不朽的沉默。

　　我熟悉这个小镇上的几乎每一座房屋。我曾在不同的时刻路过这些房屋，并仔细地打量过它们。它们所用的材质是平凡的，木头、土、砖和瓦。关键是，它们的尺度完全按照人的比例设计和建造。它们的空间，体现了人的高度和活动半径，既没有干涉人的自由，又没有丝毫的浪费。这些房屋只有三四米高，每一所房屋几乎都采用了同样的标准，它高出了人的身躯，预留了可供躯体动作展开的空间。相比于大城市的现代建筑，看起来，这些建筑毫无特点，既不崇高，也不雄伟，没有傲慢的庞大体量，但它的一切依据来源于它的居住者和使用者，处处含有尊贵的人性。而那些夸张的直插云霄的摩天大楼，那些体形膨胀的巨大建筑，违背了生活质朴的原则，显现了现代生活的虚伪、虚荣、技术和金钱的炫耀以及毫无节制的暴发户的哲学狂妄。

　　从宏观上看，无论是其规模，还是内在的气度，都足以视作一个低调、质朴、谦逊的皇宫。它没有琉璃瓦的光辉，没有雕梁画栋的艳丽，没有戒备森严的紧张气息，也没有高高的台阶和巨大的基座，更没有高居宝座的威权和噤若寒蝉、小心翼翼的臣仆和奴隶。从这一意义上，它超过了皇帝的宫殿，它融合了形式、本质和被构想的空间，赋予生活以本真的美学含义。

　　几十年后，我重返小镇。一次精心设计的巧遇，或者一次出差顺道的重逢，远远地，我看到了小镇的城墙。

　　我看到的一切，已经和记忆完全不同。过去大片大片的庄稼地，已经盖起了一幢幢丑陋的水泥建筑。它们基本上没有造型，也没有个性，看上去都是简单的方块建筑，就像孩童时代玩耍的积木的随意堆积。各种各样的小摊和商店，沿着公路排开，地上扔着各种垃圾、烟盒、废弃的塑料袋，在微风中飘动。忙碌的小商贩不停地叫卖。这些场景实际上已经从古城分离出去，市场经济的离心机，将能够赚钱的一切，泥浆一样甩到了城池之外。繁荣的外观覆盖了荒凉中的寂静，也击破了内心的安宁。到处是一片躁动。从西门入城，经济的气息无处不在，弥漫于每一立方厘米的空气中——空气中夹杂着烟草味儿、烤羊肉串的呛鼻的油烟、小饭店和各种农产品散发出来的混合气味。我很难分辨出其中含有什么成分。可能什么都有。总之，它不是过去的那种带有木质腐朽、年代久远的气息，像被虫蛀了的古书卷的气息。

意义源于一切不可逆转。这是一种时间指示的趋势，一个体现于经济学图景上的红色箭头，生活正沿着这个箭头飞速向前。一夜暴富神话、投机理念和推崇挥金如土的消费观，已经成为生活美学的新经典。在繁荣的喧嚣中，隐藏在小镇角落的旧时代遗迹，脚印寥落，荒草丛生。一块镶嵌在石头墙壁间的石碑，上面隐约可见"文星台"三个字，差不多被野草和苔藓遮蔽。这意味着，围墙里面还有什么更为隐秘的遗迹。一串平房之后，一个宏伟的殿宇出现了。十几棵气势非凡的古柏平地升起，它们高大、笔直，却凝结了人间沧桑，汇聚了风雨冰雪，一并编织、扭结到虬劲自尊的肌理中。其枝条盘旋、婉转、古朴而有力的韵律，就像金石家用锋利的刻刀，将一个个抽象、意味深长的象形字雕刻于湛蓝的天上。我们从这些古柏的形象上，看到了神的影子。

在对面的街道上，围墙掩盖不了具有高大尖顶的天主教堂。一度，它已经无人料理、风雨飘摇。教堂已经成为生产队的仓库，农具和生产用具堆满了每一个角落。来自异国他乡的神，被清除了。信徒们悔过自新。彼岸的许诺，被现实的生活取代，虚幻的上帝转化为眼中的物质和自然，以夜以继日的劳作取代了朝拜。现在，教徒们返回了教堂，它的外表粉刷一新。人们重新发现，灵魂仍需拯救。

山水长调

为了证明你从很远的地方赶来，苍茫的细雨压住了尘土，镜子一样光亮的黑石板路照见每一个人的身影，两旁的屋檐压低了帽子，这让我感到你乃是怀着某种秘密使命匆匆赶路。石板路，黑色的石板路，被时间踩踏，被时间打磨，失去了棱角峥嵘，却转化为固态的流水，凝结了无数命运的流水，带着遥远的宋代的呼吸，来到我的面前。

我仔细端详，你的面容乃是从前的，你的步态是从前的，你的苍老也是从前的。我不曾见过你的过去，但从你现在的脸上看见了你的过去。发黑的木质支撑着从前到现在，屋顶的黑色瓦片，配得上你的每一扇窗户。因为这些窗户也是发黑的，都有着相似的遭遇，那些屋顶下的人，曾经从这些窗户向外眺望，他们看见的仍然是对面的窗户。酒肆的幡旗、客栈的招牌、商铺琳琅满目的各种货物、杂货铺以及各种街头摊贩、商幌飘动、游客摩肩接踵……似乎一切都停留在过去，因为过去你有着繁荣和喧哗，现在你在汹涌不息的另一光阴里重现。

黄姚古镇不是一天建成的，你经历了一代又一代，你的身上有着一个个世代的光芒，这光芒不是那么明亮，而是幽深、深邃、久远和充满了岁月的暗光，它比表面的闪光更明亮，就像你的石板路，你被擦洗了无数遍，被细雨擦洗，被刀与火擦洗，被一代代苦难擦洗，被一双双脚擦洗，也被生活和历史的力量不断擦洗。因而你这样干净，甚至是圣洁的！

你的每一处景观不仅仅属于你。它还属于我，属于历史，属于昨日和今日，属于这里的生生不息的栖息者，属于无数人、无数代人的生活，属于每一棵树以及树上的鸟、飞翔的鸿雁、路经此地背负沉重生活的过客，属于这里的山与水，属于水中神奇的倒影，属于坐在时光里饮茶的老人，也属于奔跑的孩子……它属于低调的繁华，属于未来。因为你不仅是从前的见证者，也将是现在和未来的见证者，你的身体乃是由变化与时间充填，你属于变化与时间。时间是沉重的，生活是沉重的，你不仅有着砖瓦和石头，有着木质的构造，有着独特的形制和空间，有着沉重的外形。重要的是，你的本质是沉重的。

天空是浅灰色的，给水塘里的山影确定了背景基调。四周的峰丛从基座上隆起，还有一座座孤山遗世独立，它们在遥远的地质年代经过沧海桑田的演化和痛苦的孕育——地火在奔突，板块在漂移、碰撞、断裂，大地在起伏、波动，雷电在咆哮，海潮在怒吼，洪水在肆虐，乌云在翻滚，暴雨在无名的高山大川扫荡、切割、溶蚀，终于形成了这样美妙绝伦的大地景观。这是经典的岩溶地貌，精美、惊险、惊艳，典型而珍稀，发育完美，倾注了大自然苦心孤诣的巧妙安排和美学构思，这是世界上最优雅、最壮观的形态组合，代表了中国南方喀斯特演化历史的最后阶段，冲突、矛盾、对抗、悬念和揭示，一个梦幻般的地质演化的惊心动魄的戏剧完成了激情上演。最后一切平息了，大自然自身的多重要素取得了彼此和解、平衡、和谐，崛起和陷落被定格，凸起的峰丛环绕着黄姚古镇，选择了对这个千年古镇的热烈拥抱。

或者说，是黄姚古镇在一千多年前的奋力一跃，选择投入这奇景飞扬的自然怀抱。

酒壶山、真武山、鸡公山、叠螺山、隔江山、天马山、天堂山、牛岩山、关刀山……向古镇聚拢。群山被赋予名字，寄寓我们的想象和对世界的理解。山峰映入水中，这些山峰是一些历经几万年、几十万年、几百万年的漫长时光里的修行者，它们坐在水边，舒卷万劫，呼吸云烟，聚合苍生。这里一定有什么巨大的不可抵御的诱惑，让它们一动不动地在修行中等待。我走在古镇的石板路上，走在每一个店铺前，走到每一座祠堂边，走到水边的石拱桥上，都能感受到群峰无所不在的注视。它们不是注视我，而是注视这个古镇，注视这里的每一个行路者，注视这里的每一个生活细节，注视这里的每一次衰落和繁荣。

在这样的目光中，这里的一切都是短暂的，它似乎一切刚刚出生。一千年，仅仅是一瞬间。可对我们来说，这是多么漫长的时光啊。在这狭窄曲折的悠长古街上，一切都是古老的，时间让所有的色彩变深，深到看不见底部的幽黑。脚下的石头是幽深的黑，屋顶的瓦片是幽深的黑，祠堂里粗壮的木柱和精巧的木构是幽深的黑，各种店铺的屋檐是幽深的黑，古戏台上的立柱是幽深的黑……唯有晦暗才是幽深的，晦暗里有着悠长的忧伤，有着不断增殖的希望，有着生活苦痛的底色，也有着深邃洞穴口的耀眼光亮。

街巷两侧岭南色调的房舍是不同的，就像很多人排列的仪仗队，在举行盛大的庆典。它们高矮不同，剥落的墙体留下了岁月的折磨。有的是砖墙，有的是土墙，标志着不同的身份。它们意味着不同等级的混合，意味着无论什么人都必须加入生存的列队，不论你是谁，都是生活仪式的神圣参与者。你必须在参与中等待，耐心地等待，然而这是一个永未完成的仪式。等待意味着期待，意味着希望，意味着永恒的仪典序列。大自然有着循环的四季，岂不是一次次庆典？它以循环暗示着永恒的进行，人生怎能有例外？天上的星辰既然有规则和秩序，人间岂可失去遵循？

在古井旁，我看见了人们饮水的源泉，多少代人在这里取水，炊烟从小镇的上空升起，飞向天上的蓝。它叫仙人古井，这样的命名将人与仙人联系在一起。这是日常生活的见证，也包含了人的理想和想象。因为仙人是不朽的，也是潇洒和自由的，但他不同于神明，他缥缈幽隐于山水之间，又经常出现在人间，但人们却不能辨认出他的真容。是啊，古井的水映照过仙人，也映照过人，它有着平静的镜面，多少面影从它黝黑的水面一闪而过，消失于历史，还有一些人在另一些人的想象中获得永生。一个个宗祠前，我看着那些被雨水熄灭的香火，多少人在其中拜会自己的先祖，他们虔诚地朝着先祖的牌位，献上自己虔敬之心。在我们心中，先祖虽然逝去，他们却是永生者。他们在幽冥之中指点着我们的未来，也告诉我们来自何方以及逝去的光阴。因为这些宗祠的存在，每一个人都知道自己的来路，知道自己的从前，知道自己的血脉，并缅怀自己生命向后延伸的部分。这样，自己不是从出生之日开始，而是从很早很早的从前就开始了。

历史将一代又一代人推到时间的波澜之中，每一个人都是泅渡者。在古井中取水，在古井旁洗衣，仅仅是生活的表象。一切都在为未来做预备，但未来不在眼前，现在却已经包含了未来，就像姚江的船一经出发，已经包含了目的地。在黄姚奔腾的流水边，在葱茏的山脚，既有考究的宗祠、香烟飘荡的古庙，也有显赫的官宅，文人雅士吟诗作赋、欣赏绝美山水的亭台，仙境中有俗世，奇迹中有平庸。但仙人古井做证，总的来说，这里依然属于平民百姓，依然属于庸碌而艰苦的生存。

睡仙榕躺在水边，几百年的树龄见证了这里发生的一切，它是场景的塑造者，也是古镇境遇的见证者。小河在眼前流淌，时间穿过它庞大的树荫，各种交叉发生的戏剧一幕幕转换，一幕幕开合，各种角色都要登场，但从没有结束。它的枝条从半空开始分割天空的平面，天空变为镶嵌的图案，向每一个方向扩展。它不仅为了反衬白云的高翔，还为了观察每一个白天和夜晚。它粗大的枝干看起来像在睡眠之中，实际上它的姿势更像是展翅欲飞，充满了对高空和远方的渴望。

古戏台，寂寞的古戏台，踩着高高的石头基座，失去了众人簇拥的荣耀，失去了锣鼓喧天的烦嚣，失去了婉转曲折的古韵，留下了令人惊叹的古旧而孤独的身形。一幕幕戏剧曾在这里上演，多少人扮演着剧中的角色，远古的遗韵穿透时空，穿透脆弱的人心和夺眶而出的泪水，盘旋环绕于古镇的街道上。它既有英雄豪杰的传说，也有爱的悲痛的倾诉。既有不能平复的冤仇遗恨和荒谬境遇，也有峰回路转的惊险反转和圆满团聚。悲愤和冤屈冲上浮云，盘绕险绝的孤峰，狂喜和安慰降落飞驰的溪流，一路狂奔到激情飞扬的姚江，和悠扬的船歌混合在一起，构成了真实与梦幻交织在一起的曲水流觞。在这古戏台上演出的，不仅是惊心动魄、悲欣交集、气韵跌宕的虚构，也是对人间纷繁镜像和人性复杂的浓缩，以及对其本质的奋起一击。

看戏的人们不仅是戏剧的观赏者，也是自我的观赏者。他们看别人也是看自己。他们看历史也是看历史中的自己。这里有着自我发现的悲痛和惊喜。这是真实和虚幻的不断转换，是场景与场景的重叠相融，也是人与自我的重逢。1944 年 4 月，抗战进入关键时刻，也是最艰苦的时刻——日军为挽救失败的命运，发动豫湘桂战役，广西危在旦夕。何香凝、梁漱溟、千家驹、徐寅初、高士其、欧阳予倩等爱国人士转移到黄姚古镇，画家、文化学者、戏剧学家、科普作家云集于此，千年古镇看见了外面的光芒。

在这个古戏台上，出现了新式演剧，古代的帝王将相从戏台的灯光中退场，来自异邦的戏剧形式，转化为中国的新火。欧阳予倩执导的《放下你的鞭子》《铁蹄下的歌女》等新剧开始登场，平常人的对话和动作替代了高亢的传统曲调和锣鼓渲染，舞台上的场景转换和现实人生的激烈冲突激发了观赏者压抑已久的质朴情愫，人们从戏台上的人物交织看见了平凡生活中所含有的压迫和苦闷，重新思考自身生活中深藏的未来悬念。

远来的客人还带来了不曾见过的电影，古戏台上放映《八百壮士同守上海》和《铁蹄下的人们》等影片，燃烧着樟木油的小型发电机发出了沉闷的声响，人们看到了无形的电力带来的奇迹，一束电光从置放于观众之间的放映机射出，戏台上悬挂的白色银幕上出现了真实的人物和事件。民众的悲苦、被践踏的生活、侵略者的暴行和残酷而英勇的抗争，栩栩如生地在眼前呈现，中国人的生活景象从来没有这样真切，人们从来没有这样切近地看见自己的生活，世代被折磨的、麻木了的灵魂感到了剧痛，悲愤的激情冲开了堤坝，环绕古镇的三条河流加入了合奏，发电机的声息被淹没了，古镇失去了往日的平静……

现在，你，黄姚古镇，8 条黑石板铺筑的古街道，盘绕回旋 10 公里，匠心独运的明清建筑 300 余幢，方圆 3.6 平方公里的面积，群峰怀抱，绿水绕行，挽留了年代久远的遗迹，也用砖瓦和木质的房屋储存了一千年摇撼人心的记忆。我走进晦暗陈旧的欧阳予倩的寓所，从门与窗导入的光线是微弱的、暗淡的，但这曾是古镇现代史上的大光芒。街道上仍然细雨霏霏，一座座山峰上雨雾蒙蒙，三条河流——姚江、小珠江和兴宁河，交汇环绕于古镇，一起讲述往昔的奇遇，寻找神奇的变化。这似乎是一种刻骨铭心的哲学信仰——既然世界无时无刻不在变化之中，那么一切变化都有可能。你想吧，那些近 80 年前在古镇的暂居者，创办教育、开办讲座、举办美术展览、合作生产、演出戏剧和放映电影、传播新思想，将新灵魂安放于古镇古旧的形体里，并以巨大的文化热情、思考、希望和力量，重塑了古镇的精神骨骼和深邃目光，埋设了今日繁荣和文化复兴的千里伏脉。

橘灯照亮家园

夜晚的橘园，沉浸于梦幻。我的脚步踩着梦幻从橘树中穿过。一条长长的栈道带着两侧的灯光，构成梦幻的骨架，而四周大片大片的橘树林是梦幻的翅膀。这翅膀不是静止的，而是在夜晚缓缓扇动，我感到被挟带着不断上升。我看见橘树上还有残留的白色橘花，小小的，五个花瓣，纽扣一样缀在树叶之间，整个橘树被绿衣裳包裹。栈道旁边的橘形灯发出橘黄的光，散射到橘树上，由近及远，从真实到暗淡，显出光的层次感，这让橘树林此起彼伏，每一棵树都是一个波浪，波浪连着波浪，汹涌飞扬。

橘花的香气淡淡的，融入了呼吸。每一个地方都有自己的香气，而橘花的香气、淡淡的香气、独特的香气，属于这个橘园，属于未来的果实，属于黄岩。黄岩不仅在高楼大厦之间，不仅在一条条车流汹涌的道路之间，不仅在美好的山水之间，它还在明月中，在橘花的香气中。黄岩不仅供我们生活，还供我们观看、感受、思考和在香气中呼吸。这是最好的香气，它孕育最好的橘子、最好的果实。这是最富诗意的橘园，也是最富生命意蕴的橘园。青蛙的叫声响成一片，充满了激情和生命的欲望，充满了童真、纯洁和想象力。

它让我们想起自己的童年，想起故乡的小河，想起白云漂浮于微澜里的纯粹和阳光灿烂的白日，想起河边专注于洗衣的母亲和她映照于水中的面影。飞鸟从头顶掠过，停留在不远处的树枝上，蝴蝶翩翩而飞，与花朵为伴。青草地上晾晒的衣裳沾满了大自然的芬芳。云彩遮住阳光的时候，天色暗淡的时候，雨后的夜晚，明月的夜晚，青蛙爬上了河岸，鼓起了气囊，发出了一阵阵震撼的蛙声。它们似乎在一夜之间出现，天地之间充盈着它们的呼喊。这是它们的语言、大自然的生命语言、万物繁衍生息的语言、儿童们熟悉的童真的语言，它包含了地上生活的奥秘和启示录。

每一只青蛙的叫声都有着自己的节律，而那么多的青蛙合奏的时候，节律被打破了，沦为鼓噪和喧嚣。就像城市的高分贝噪声一样，它的鼓噪和喧嚣证明大自然的生命能量。是的，这是一片高能量的土地，橘园暗示着繁荣的无穷可能性。这不是预言，也不是寓意，而是这里布满了心脏，激烈跳动的、强有力的心脏，土地的心脏。长长的木构栈道，是我们感受这强大心脏的最好位置。它的猛烈的跳动和我们的心脏同步。我从自己的心脏跳动中感受时代心脏的跳动，感受漫长往事的节奏。一条栈道通往每一个人的童年，让童年的时光复活，也让每一个游览者沿着长长的时间看见往事中隐藏的悬念。

一座廊桥跨过了一条溪流。溪流里漂满了橘灯。明月、橘灯、星空和船以及廊桥上的灯光，构成了诗与远方。这是时空的共在，是从过去到现在以及未来的光阴的总和，是乡村的幻影，也是诗意生活的寓言。从前看过冰心著名的散文《小橘灯》——"炉火的微光，渐渐地暗了下去，外面更黑了"……小女孩将一盏小橘灯递给我说："天黑了，路滑，这盏小橘灯照你上山吧！"……"我提着这灵巧的小橘灯，慢慢地在黑暗潮湿的山路上走着"——一个感人的关于希望的故事，一个关于小橘灯的往事，橘灯因为这样的美文拥有了另一种寓意：朦胧的、并不十分明亮的橘灯，却穿破了黑暗，照亮了潮湿的山路。

黄岩的橘园小镇，是一个乡村美好故事的讲述者。它的语言是橘树林，是花朵和香气，是橘形灯，是橘灯，是溪流和船，是土地和蛙声，是明月的夜晚以及挽留每一个人记忆的朦胧的夜空。它的语言经过了纯洁的筛选，它使用了诗的意象，再造了诗的律典。山水和乡愁的精粹在泥土里得以提炼。它采用了大自然的原始语言，却是每一个人可以意会的语言。它的文字用泥土书写，而风声、蛙声和树声是最好的朗读者。我们可以体验它的美好，却不能复述和背诵。它是幸福？不，它也曾经历过风雨沧桑，经历过苦难和忧伤。它是苦难和忧伤？不，它也是快乐的、乐观的、豁达的。它是顺从和驯服？不，它从不屈服于命运的安排，它有着自己挣脱束缚的意志，它有着创造美好未来的背叛者的力量。它仅仅是从前？不，它也是现在和未来，因为从前仅仅是迈向将来的踏脚石。它是某种幻觉？某种抛弃了实相的幻象？不，它不是魔术师的表演，而是实在的象征，是从记忆中爆发出来的改变现实的创造性激情和对生活的不朽想象。

从橘园返回现实，黄岩城区被新一天的太阳照亮，橘园温柔的空气还在肺部循环，生活的新陈代谢在富有活力的车流中展开。人们奔赴自己的工作岗位。黄岩是模具之都，是各种现代模具的生产地。模具生产不仅是现代工业制造不可缺少的程序，其产品还极具象征含义。它塑造着各种工业产品，也塑造着人和生活。勤奋的、向上的、充满了朝气的工作者，在车间和办公室从事平凡而又有着各种奇迹的创造活动。生活是这样迷人。美丽的九峰公园——它被九座山峰包围，长满了樟树、枫树、直而高的龙柏和枝干虬劲的苍松，它们直穿云霄，向地面投下了巨大的阴凉。方形井口的千年古井旁，一些人从古井里提水。据说这是宋代凿建的古井，来此提水的人从未间断。临近水井的地方，老年人在树下饮茶。广场上，舞姿翩翩。

在60多年前的艰苦时代，黄岩就修建了这样美丽的公园！显然，黄岩有着深邃的未来眼光。人们不仅想着怎样创造，还想着怎样去实现诗意栖息愿景。公园里分布着瑞隆感应塔、黄岩在活力四射的光阴里奔赴未来。但现实不是对历史的否定，而是历史的继续，是历史场景的不断转换，是从历史中汲取了力量和养分的新果。

五洞桥是黄岩历史的见证者。它是历史的珍藏者，它本身就是历史。五洞桥，黄岩西江两岸的连接交通，还是时空的跨越和融合。石栏精巧的雕刻，厚重坚实的拱石墩台，桥洞拱圈的优美弧线，它的外形壮观，它的形制独特而优雅，每一个桥洞采用五道拱圈，用无铰拱石砌筑，半拱部用长条石纵联。古代的能工巧匠用木匠的榫卯连接了每一块石头，使其在整体性上获得了牢固的组合。它不是来自现在，而是来自八百年前。桥边站立着它的建造者——赵匡胤的七世孙赵伯澐——一座铜像，他有着似乎历尽沧桑的面容。是的，从那时起，已经八百年的风雨侵蚀，他应该已经十分苍老。

这个建桥人用满含深情的目光注视着这座桥。他曾为这座桥的筑造呕心沥血，他所看的乃是自己的形象，是的，桥的形象，也是自己的形象。也许是太热了，黄岩的空气潮湿而闷热，他的手里拿着一把折扇，随时为自己取得一点清凉。他迈开脚步，俯身察看每一天的进展，五洞桥就这样形成了。现在他迈开脚步，是为了重新审视自己的杰作，从桥的这一边走向另一边。他出身皇族，有着天然的高雅气质，但在这样的气质中却注入了几分忧伤。这是一条河流的忧伤，一座桥的忧伤，一个没落王朝的忧伤。

也许他还拿不准这座美丽的桥能否经得起巨浪的袭击？能否经得起时间的考验？因为，此前，这里的县令张孝友就曾率众在这里垒筑石桥，黄岩百姓为了铭记他的功绩，将石桥命名为孝友桥。那座桥同样是坚固的，同样用石头砌筑。可是不到百年就被巨大的风浪击垮。这座桥和上一座桥会不会遭遇相似的命运？赵伯澐撩起铜质的衣袍，对未来的担忧以及台风和激流，凝聚于眉宇之间。但他被凝固在八百年前的一瞬，一个黑色的花岗岩台基将他托起，过往的人们经常端详他的身姿，凝望他的表情，走过他的五洞桥。八百年，万卷诗书，无限诗情，无数激流，无数过往身影和面孔，都收藏于五个桥洞并被流水辉映。

也许他停留在时间中，更多的是为了看见现在的黄岩。黄岩重新塑造了他的形象，挽留住他深情的目光。夜幕降临。金色主调的灯光辉映五洞桥，也辉映泛起微澜的西江河。五迭起伏的桥面，就像骤然掀起的五个波浪，横渡两岸。它暗喻了历史一浪浪向前推进的力量，暗喻了黄岩自我更新和不断追求创造的激情。这座桥曾是黄岩西乡人进城的必经之路，它既意味着出发，也意味着归途。它讲述过去，也讲述未来。现在，黄岩人茶余饭后在这里休闲观景，五洞桥已经成为黄岩人的乡愁记忆和城市标志。古桥上被光阴踩踏得坑洼不平的石板路，两侧略有残缺的覆莲望柱和质朴的栏板，让人看见历史的不平和现实的非凡。历史和现实的彼此呼应，桥下流水的不断流逝，唤醒了一座城市的诗与远方。

五洞桥的西岸，是基本保留了旧貌和原布局的桥上街。这是五洞桥的姊妹篇。在漫长的时光里，这里是黄岩最繁华的地方。地处水陆要津，酒肆林立、商号遍布、百货纷呈、商贸繁荣，各地商客和游客人头攒动、川流不息。一直到民国时期，仍然是商铺一个连着一个，百货铺、铁匠铺、箍桶铺……各种传统手工艺各显神通。占卜算命、丧葬祭祀用品等都摆摊设位。工业时代的商品优势和工具的改变，很多传统手工艺已经消失，街道的集市功能已经被更繁华的现代商厦取代，留下了意味深长的历史余韵。一些老人坐在街道上，悠闲地看着过往的游客。沿街的廊檐遮蔽着风雨，为街道施以阴凉。这条古街道上，曾是黄岩通往永嘉的陆路捷径的起点，现在街道上的一切建筑、建筑上发黑的屋瓦以及剥蚀的砖砌墙壁，以及旧门窗，都用它们的目光、暗藏的大脑和心脏，追思朦胧前世的喧哗。

一个城市、一个区域的繁荣兴盛的密码储存在乡土之中。黄岩宁溪西北角苍山余脉山麓，乌岩头村。黄岩到仙居的古驿道穿过村庄，乌岩头村曾设古驿站，也是私盐贩运古道的歇脚点。这个山村的村民大多为陈姓，他们共同的先祖为清朝中期的陈朝。据传陈朝在村边的一块大石头上休憩，望着四周的群山，村前有一条山涧奔流，这是多么好的地方啊，不仅充满了诗意的寂静，还有着极好的景观和茂密的山林，四季将能够看见不同的景色，乃是稀有的修身极境。于是他居家迁移到这里繁衍生息，一个村庄就以陈朝坐过的黑石头命名。

走过村口的古石桥，长满了青苔和蕨草的山溪边的石头，一块黑色的大石头从岸边突出，周围各种野草和树木盖住了望向溪流远处的视线。桥面的石头已经被无数的脚踩踏打磨，光滑闪亮，仿佛这些经历几百年的石头暗藏着光芒。村庄里的人们大多搬迁到了别处，乌岩头古村落更为安静平和。现在，乌岩头村和同济大学合作，致力于复原古村落的原貌。原本失去了的，得以恢复；原本残缺的，变得更为完整。溪涧两侧绿树成荫，山涧水流诉说着一个村庄的过去，曾经每天几百挑夫肩挑盐担走过石板路，把他们劳作的汗水汇入溪流，洗净了石头上的灰尘。

这个中等大小的山村已经成为许多游客的观光地。一百多间老宅，多为明清时期的建筑，几个大的四合院十分精美，是经典的南方民居建筑畲斗楼营造法式。村中最大的四合院，晚清陈家宅院，成为一个民俗博物馆，陈列着当地从前的民用家具和各种具有南方特色的老物什。这让我们了解黄岩乡村从前的生活状态。这是一些美丽的民居，它们顺应自然地形地貌，有着蜿蜒曲折、宽窄不一的乡村街道，在峰回路转之中实现了最优的栖居诗意。苍翠的山峦、飞扬的树木、幽静的小路、古朴的石桥和精美的民居形成最好的匹配。这里是同济大学美丽乡村规划的教学基地，暑期的大学生来此实习，他们的青春、才华和激情在这个古村落中得以展现。一座座彼此相连的老房子，青砖或者石头砌筑，白灰的勾缝呈现了材料的本性，各种不规则形状的石头在匠心独运之中获得精密对接，老砖以剥蚀的外表显现自己的年龄，让我们看见一个被重新注入生机和活力的乡村。

很多住户已经搬迁，留下往事继续居住。乌岩头村是一个名人辈出的村庄，有清代咸丰年间的优等贡生，有民国年代以第一名考取水师学堂的陈广斌，还有毕业于黄埔军校为国捐躯的兄弟烈士……乌岩头，一个充满了传奇的村庄。一个蓝天白云下的仙境。一个古韵悠悠、三面青山合抱的村庄。一条山涧用奔腾不息的流水歌唱的村庄。这个古村落的修复、保护和开发，让这里的故事和一座座古房子、一个个古院落、一个个曾经居住于这里的人联系在一起。这是一个会讲故事的村庄，它用石头、青砖、瓦片、窗户、四围的青草、树木和鲜花、青山和流水讲述家园里发生的一切……让我们来这里仔细倾听吧。

它仅仅是黄岩的一部分，但它讲述的不仅仅是自己。它所讲述的是这块土地旺盛的生命力，它本身就是对乡土家园的礼赞。这块土地是有耐力的、有智慧的。元末明初的文学家陶宗仪在黄岩耕读，他在田间休息的时候，总是坐在大树下的田埂上读书，并随时将自己的思想记录在树叶上。他阅读中获得的灵感、耳闻目睹的要事，都用随身所备的笔墨写在了叶片上，又将这些树叶放在树下小心地晾干。做完农活之后就把这些写满了字迹的叶片带回家，储放在瓦罐里。瓦罐储满之后就埋在屋后的树根下。到了晚年，陶宗仪让他的学生把十几年间集满了树叶的瓦罐从树下掘取出来，分门别类地进行了整理抄录，竟然编成了长达三十卷的《南村辍耕录》。是啊，这是多么富含诗意、浪漫而坚持不懈的积叶成书的励志佳话，一片片树叶，连缀了漫长的光阴，汲取了生命的能量，结满了思想者的硕果。

这块土地是有意志的，顽强的意志，不屈的意志，坚韧不拔的意志。明代高僧宗泐幼年出家为僧，深研佛经，精通奥义，先后在杭州中天竺寺、径山寺和天界寺任住持。明太祖朱元璋曾征召江南十位高僧，宗泐位列首位，已为佛教界领袖。洪武十一年，朱元璋认为现存的汉译佛经逸散残缺，就命宗泐率领僧众出使西域搜求佛经，以使佛经更为完备。宗泐奉诏西出阳关，沿着新疆、青海曲折古道，又南折穿越青藏高原，从西南边陲阿里抵达尼泊尔和北天竺，求得《庄严宝王》和《文殊》等佛家经卷。宗泐在取经路上历尽风雨、穿越沙漠、翻越高山、渡过河流，不知经历了怎样的艰辛磨难，终于完成使命，成为明代西天取经的玄奘。他在途中曾写下了《陇头水》——

　　　　陇树苍苍陇坂长
　　　　征人陇上回望乡
　　　　停车立马不能去
　　　　况复陇水惊断肠
　　　　谁言此水源无极
　　　　尽是征人流泪积
　　　　拔剑斫断令不流
　　　　莫教惹动征人愁
　　　　水声不断愁还起
　　　　泪下还滴东流水
　　　　封书和泪付东流
　　　　为我殷勤达乡里

这首诗生动地描绘了宗泐在陇水岸边的思乡之情。面对陇水东流的波光，长途跋涉的一幕幕惊险之境在心头奔涌，陇水的惊澜不断掀起，令人深感惊惧。但这怎能动摇取经人的意志和决心？回望故乡，已经在遥远的不可目及的地方，荒凉、尘土、大坂、山峦和陇树遮住了望眼。他的乡愁随着流水起伏，泪水滴在了流水里，并随着流水归于大海。归途之中，他曾在卡日曲夜宿，窥望黄河的源头，写下了《望河源》一诗——

积雪覆崇冈

冬夏常一色

群峰让独雄

神君所栖宅

传闻嶰谷篁

造律谐金石

草木尚不生

竹卢疑非的

汉使穷河源

要领殊未得

遂令西戎子

千古笑中国

老客此经过

望之长太息

立马北风寒

回首孤云白

宗泐驻停卡日曲，望着黄河的源头，想到了上古黄帝曾派遣使者前往大夏，使者抵达昆仑山北面，在嶰谷砍下竹子吹奏确定了黄钟的音律。他望着荒凉的群山，开始怀疑古人的讲述。这里草木不生，哪里会有嶰谷的竹子？黄帝的使者究竟来过这里吗？他根本没有获得寻找河源的要领，又从哪里获得竹音？他在怀疑中面对历史和群山发出长长的叹息，在寒冷的北风中，回头看见的是一片孤云。历史不会给他答案，他内心的谜团随着一片孤云在宇宙间飘荡。宗泐为求真经，历经五年岁月，往返行程十四万里，克服无穷险阻，终于完成大业。而他在陇水边的歌吟和黄河源头的思古疑古之歌，成为一个人非凡的意志、思乡之情、孤独的忧伤和胸臆辽远的绝唱。

这是善于思考和富有认知力和创造力的土地。黄岩人清浚，也是元末明初僧人，曾被朱元璋封为天下十大高僧。他还是中国少数掌握了以直角坐标系绘图的制图学家。他以一方格折抵百里土地面积，建立矩形网格坐标，用不同的颜色标注地名，绘制出了《广轮疆里图》。这一舆图在明代初期已经名闻天下，那时清浚才三十多岁。清浚之所以能够取得这样非凡的成就，得益于黄岩一带元明之际东西方交通发达、商贸繁荣，而清浚交友广泛、博闻强记、视野开阔以及具有广博的地理知识。关键是他善于思考，能够将自己所掌握的知识投入创造之中。2022年11月，南非立法首都开普敦千年地图展中，中国政府提供的《大明混一图》复制件引发轰动，同时展出的还有来自日本的《混一疆理历代国都之图》复制件，这一地图原是朝鲜人于1402年绘制，后由日本人描摹。这一图上有朝鲜人的题跋，说明地图部分来源于清浚绘制的《混一疆理图》，即清浚的原图乃是朝鲜人绘制的《混一疆理历代国都之图》的母本之一。

这也是富有激情和理性的土地。黄岩也产生思想家。哲学家黄绾曾是著名思想家王阳明心学的信徒，后对王阳明的学说进行了继承和批判，提出了艮止之学，在理学发展史上添加了属于自己的思想燃料。他和王阳明、湛若水是终身学友，为学术问题不断探讨交流，在辩驳和反诘中将思想引向深入，不断突破程朱理学的束缚，形成明代最有影响的以王阳明心学为主体的哲学思想，中年之后各自授徒讲学弘扬心即是理、知行合一的阳明学说。黄绾晚年辞官回乡，居住于永宁江北的翠屏山底，继续立院授徒，著书立说，对以往的学术思想不断反思深研，批判和揭示空谈性理的宋明理学流弊，主张经世务实和积极入世的进取精神，用知止把握心体，使心体"常静而常明"，这样才能实现"行止皆当"的自然中道和行为理性——阳明心学在黄绾的反思中获得了新的涌泉。

是的，黄岩是富有魅力的土地，是创造者的土地，是神奇的土地，它丰富的源泉滋养了一代又一代人。近代以来，这里产生了大量杰出人士。既有辛亥革命的志士，也有"五四运动"和红色革命先驱，既有抗日名将和空战英雄，也有开罗会议的见证者和爱国高僧，既有一身正气的名儒大家，也有满纸云烟见性真、名扬四海的书画家，有怀抱科学救国思想的化学家王琎，也有中国植物生理学的奠基人罗宗洛以及两弹一星的功勋科学家陈芳允。黄岩只有60万人口，却产生了10位中国两院院士和外籍院士。

这是橘香遍野的地方，是橘灯照耀的地方，它凝聚了历史的光芒，也是南方中国乡土的缩影。它魅力无限的山水吸引了历代无数诗人，留下了无数优美诗篇。它孕育了无数智者和英雄，它的苍翠的群山和汹涌的河流以及身旁的无边大海，本身就包含了一方水土的创造密码。我们观看黄岩、研读黄岩、认识黄岩、理解黄岩、思考黄岩，就是观看、研读、认识、理解和思考自己，就是重新观看、研读、认识、理解和思考自己的精神家园。

水　上

　　这是水上的城，到处都是湖，满眼都是波纹，都是波纹上的反光。整座城市漂浮在水上，高楼大厦的倒影，岸上各种树木的倒影，让我们看见一座充满了光芒和暗影的城。它既在水面上晃动，也在时间中晃动，它的魅力不仅来自神奇的水波的涌动，也来自光阴从幽暗的树林中散发出来的奥秘。一切在光线中变得明媚，一切在波动中有着神秘的动感，即使那些从来不移动的建筑物，也都在与水光的对话中获得了高贵典雅的灵魂。这是创造奇迹的一座城：夜晚来临，月亮和整个星空都落在怀抱。

　　现代化的街道，汽车在疾驶，游人的脚步匆匆，既安静又喧嚣，既充满活力又暗含沉思，既有着向前的姿态，又有着向后的观望……这片土地上，不仅有着我们的脚印，也有着无数前人的脚印，我们的脚印叠加在无数前人的脚印上。我们的每一步不仅踏在了现在，也踏在了已逝的时间洪流中。过去的一切似乎消失了，实际上它仍然留在这里。

一千六百多年前，东晋高僧慧远大师和他的弟子们来到这里，驻锡于庐山龙泉精舍。他在这里看见了山水佛性，以东林作为自己的道场，修身弘佛和著书立说，使东林寺成为佛教名刹和南方佛教中心。是的，这是慧远的九江。一代田园山水诗人谢灵运曾来到九江，漫游于山水之间，在庐山写下了千古绝唱。他没有被别人征服，却被这大美的九江山水折服。是的，这是东晋才子谢灵运的九江。

　　这也是陶渊明的九江，他曾是彭泽令，后解印辞官，归隐田园。他亲自躬耕于田亩，无意之中看见南山的菊花，聆听飞鸟的鸣啭。他在自己的故土寻找到了美丽的桃花源，寻找到了内心的极境，获得了自由、散淡和随心所欲的宁静。在陶渊明的故居，今人试图重建他的自由自在的生活环境，无数荷叶在夏天铺展于水面，火焰一样的荷花在绿色中燃烧，这乃是自由的火焰，是摆脱了尘世束缚的火焰，是自己内心中激情的见证。他写下了淡淡的诗篇，他的《归去来兮辞》和《归园田居》一直作为经典传诵。是的，这是陶渊明的九江。

　　一千二百多年前，白居易被贬谪到这里，在浔阳江头，写下了流传千古的《琵琶行》。在夜晚的浔阳江边，枫叶和荻花在秋风中飘动，发出了沙沙的声响。他和自己的朋友下马来到了船上，举起了酒盏却没有音乐相伴，只有江水浩瀚的波声，盖过了内心的烦闷。明月漂浮在水面上，月光在江波之中变换着渺茫的光影。忽然从这水波上飘来了琵琶声。主人和客人都因着这琵琶的婉转弹奏而忘记了时间，仿佛置身于幻境。这琵琶声多么美妙，尤其是江声伴随着弹奏，忽而高亢忽而低沉，似乎和波浪的节奏完全一致，却又有着人间细腻的哀怨。白居易和他的朋友想见到那个琵琶的弹奏者，究竟是谁能弹奏出如此美妙的乐曲？

　　他们乘坐的船向着琵琶声靠近，那是另一只船上有人弹拨着琴弦。《琵琶行》用绝美的诗讲述了白居易浔阳江送客的经历，一次意外的与琵琶演奏的相逢。琵琶女所弹奏的不仅是《霓裳》和《六幺》，不仅是为了客人而演奏，而是用琴声诉说着自己的经历。她讲述，她用抽象的、婉转的、凄凉的语言讲述，用另一种语言讲述，其中既有自己所看见的，也有自己所感受的，既有无限的伤心，又有无边的激情。她的身世已经都含在了这琴声之中。人生的一幕又一幕，一个个快乐和痛苦的场景，都在琴弦上颤动。内心的惆怅、悲愤、离别的哀伤和被抛弃的绝望，就像人世间混乱中的杀伐、战马嘶鸣之中火星迸射的刀枪交接、死亡与重生，以及无数不可抗拒的宿命。

这是让诗人白居易眼泪夺眶而出的九江。他在这里迎送过多少客人？在这里写下了多少诗篇？他曾在庐山脚下建起草堂，和僧人郊游，和自己的弟弟白行简相聚，和山顶的明月相聚，和江水中的明月相聚，和自己的命运相聚。在这里，他有着欢乐的时刻，有着忘我的时刻，有着平凡的时刻，也有着悲伤的时刻和寂寞的时刻。这一切都留在了九江。是的，这是诗人白居易的九江。

这也是陆游的九江，黄庭坚的九江，苏轼的九江，朱熹的九江。陆游曾夜宿东林寺，在慧远的影子里留下自己的影子。他与老僧聊天，在夜深人静的时候倾听野碓夜春。黄庭坚曾在这里成长，夜空中似乎还浮动着他的读书声，星空中还留着他幼年时代的灯。他望着骑牛的牧童悠然自得地走过前村，听着隔岸的笛声随风飘来，和朋友谈古论今，送朋友远去赶考，也在闲暇中挥毫疾书。一代才子苏轼，和黄庭坚结交，饮酒作赋，结伴郊游，九江的山承接他们的脚印，九江的水映照他们的面影。群山环绕的白鹿洞，李渤曾在这里隐居读书，并有一只白鹿相伴。多少年之后，著名理学家朱熹来到这里讲学，并修复和重建书院，远近书生追随朱熹而来，聆听一个思想家的沉思。是的，这是他们的九江。他们共享同一轮圆月的照耀，共对同样的群山吟哦。

群雄争战的元末，朱元璋和陈友谅在九江旁的鄱阳湖展开争夺天下的决死水战。陈友谅的巨舰和战船冲破了激浪，他的骄傲、勇气、皇帝梦和胜利者的幻象在朱元璋大军的火攻之中化为灰烬。在这鄱阳湖开阔的水面上写下的血的文字，又在湖风中飘散。历史留下了他们的争夺、计谋、勇气以及无数死者的绝望和挣扎，水底的淤泥接住了他们的沉船、箭镞和残缺的刀枪。湖面上的大火最终熄灭于黑暗的历史深渊。是的，这也是智慧和阴谋、血泪与痛苦、野心和死亡沉淀于历史的九江。

这是高僧、大儒和名士的九江，是文人雅士的九江，是归隐者的九江，是军事家和帝王的九江，兵家逐鹿的九江。刘邦的铁骑，周瑜的东吴水师，陈友谅的巨舰，岳飞戍守江州的勇士……他们的影子仍然倒映在天穹，他们的微笑、悲伤和梦想仍然写满了白云。是匡庐奇秀的九江，是人类最美好的居住地，是候鸟越冬广阔的栖息地，冬春之际会有几百种鹤类珍禽在这里集聚，是一个长满了翅膀的地方，是历史的记录者，是人文景观的富集地，是不朽的山水家园。在中国古代，它曾是四大米市之一，是三大茶地之一，是水陆交通的枢纽，江湖环绕的九江，诗的九江。

我来到了著名的姑塘海关。姑塘镇是江西四大古镇之一。它扼守鄱阳湖和长江的黄金水道，是重要的通商口岸和商品集散地。从明代景泰年间九江开始设立钞关，明清两朝始终为收税关卡的选址问题困扰，由于九江码头距离鄱阳湖口上游三十公里，而长江下游进出江西内河的船只经鄱阳湖口即可往返，不需要到九江税关缴税。1723年，清政府决定在大姑塘设立分关，江西巡抚选任贤能官员驻守关口，遗算关税的难题得以解决。九江海关在1861年设立，是全国较早推行税务司制的海关，对往来于水上的满载盐、茶、木、竹等各种商船予以课税。

20世纪初，丧权辱国的《辛丑条约》订立之后，海关的税收主要支出用于庚子赔款和支付列强的借款，姑塘海关的管理权也落入了英国人之手。姑塘海关旧址似乎守护的不是自己，而是曾经的姑塘盛景——日有千人作揖，夜有万盏灯明。船帆樯橹遮蔽了江面，人来人往繁忙，货物装卸搬运。南来北往的洋人与国人聚集于这里，各种宗教场所挤满了朝拜者，道教庙观，佛寺耸立，基督教的教堂尖顶直指云端，青石路和麻石街道弯弯曲曲，两侧布满了鱼行、肉铺、陶瓷店、会馆、茶楼、客栈、豆腐坊、烟酒铺以及美孚洋行……商贾云集，挑夫奔走，而雄视江面的炮台上，一排大铁炮威震开阔的波涛。

这一切，随着 1938 年侵华日军的狂轰滥炸飞灰湮灭，200 年古镇成为一片瓦砾。只有这伤痕累累的海关洋房仍然挺立在云水之间。它的砂卵石墙体陈旧而散发着往事的光芒，既有屈辱的伤心事，也有繁荣的时光。在日军的飞机轰炸中，它逃脱了毁灭的命运，乃是为了给我们讲述从前。它在时间中被打磨，处处透露着历史的幽光。这些布局齐整的洋房、砂石、人字架屋顶、宽阔的征税大厅、洋人关长居住的卧房和海关办公的洋楼以及坚硬的砂卵石墙体上的弹痕，都是物质的语言、物质的符号、物质的故事，它就是一段盛极而衰石头记。日军的炸弹毁灭了姑塘镇，但不可能毁灭时间，曾经的时间和现在的时间，姑塘海关仍然顽强地以几间砂卵石灰泥支撑的房子，呈现中国近代史残破的面容。

河水映影

河流是上帝给人间的最伟大的赐予，它不仅给人以现实的恩惠，还赋予我们以精神方面的暗示。中国哲学家老子将水视为善的最直观的表达，孔子将河流视为时间的最直观的讲述，古希腊哲人赫拉克利特则将河流看作世界变化的象征，"一个人不能两次踏入同一条河流"，成为人们经常引用的经典格言。一位十七世纪的阿拉伯人曾面对奔腾的尼罗河感叹："河流接着以其智慧又重新进入命运注定的范围，因此那些生活在那里的人可能收集大地母亲交托的财富。"

江苏泰州的 4 月，我们面对的是一条被春天映绿的河流。我从来没有想到，这里会有一条如此美丽的河流！它既不是中国哲学家的河流，也不是西方智者的河流，它乃是我们自己的河流，是一条充满历史感的、见证了无数时代的繁荣和衰落的河流，一条映照过一个城市沧桑变化的河流。它看上去深沉、冷静、缓缓流动，带着大自然赋予的悠闲自在和自由精神，也带着一个城市质朴深厚的历史和文化，荡起微微的波澜，环绕着一个已经消亡了的古城，辉映着一个崛起的、充满活力的新型泰州城。从长江来又复归于长江，它原本就是长江的一部分，它用一个长长的、优雅的转弯，来为我们讲述一个古往今来的故事，一个关于泰州的传奇和童话。

这条河流叫作凤城河。它曾经是古泰州的护城河——83.8万平方米的水域绕城四周，一条江苏省境内唯一现存完整的千年古城河。它所守护的城池已经消失了，我们只有在一点点遗迹中才能找到古城的影子，并在其中寻找我们业已消失了的生活。一些东西却注定要留存下来。这就像一起神秘的事件，它发生于过去，却留下了自己独特的指纹或其他重要证据，我们必须像一个侦探那样，寻找现场遗留的蛛丝马迹，以便复原曾经发生的事件的真相。现在，泰州正在创造这样的奇迹——将那些散布于各处的关于过去的信息发掘出来，使历史重新浮现在我们面前。这是一项艰苦卓绝的工作，它必须具有卓越的想象力、考古学家的谨慎细心、历史学家在浩瀚历史中的梳理研究和农民在田地里劳作的耐心。

现在，我们漫步于这条千年古城河畔，仿佛重新找到了昨天和今天之间的联系，找到了现实和历史之间的支点，找到了我们生存的依据和一个城市存在的文化理由。4月，正是一个最美好的季节，拥有近百个品种的大片桃园，桃花竞相开放，给我们一个粉色的世界。大片的草地又给我们一个绿色的世界。树丛中掩映的各种古典建筑的青瓦飞檐，又使我们回到了一个诗意盎然的优雅的古代世界。远处环绕的高楼大厦又提醒我们正处于一个经济活跃、日新月异的鼎盛世界。这些不同的世界之间是怎样联系在一起的？一片波光潋滟的水域，用什么力量创造了如此美妙的文化幻觉？这里有着江南园林的典雅、清秀，它不同于北方建筑群落，没有那样的高墙大院和王家气派，也没有那样的封闭、压抑和秩序森严，却有着自己的独特精神——自由、自在、通透、敞亮、宽广。我们从中可以窥见一种自由的精神，一种悠闲自在的生活，一种怡然自得的境界。它将大自然中与人性相通的一面，将古代文化中最具书卷气的一面，将现代生活中遗失掉的部分，以一片水畔园林展示出来。

它让我们流连忘返。好像不是一次有组织的参观，而是一次悠闲的散步，我们慢慢徜徉其间，忘掉了世俗生活中令人忧烦的事情。只是一些景观提醒我们停下脚步，某一些历史片段在不经意之间回到了我们的身边。我们来到雄伟的望海楼，感到了历史的久远和古代哲人对大海的某种理解。这里地处长江口和黄海的交汇处，是江淮之间通江入海的水陆要津。据称，这里形成陆地是很晚的事情，大约在10000到7000年前才从浅海状态渐渐浮出水面，进而成为人类富庶的栖息地。人们在这样一片临海的土地上休养生息，并创造了与海相联系的文明。海的辽阔，海的风起云涌、波涛起伏和诡秘变化，海的收纳百川、至大至容，以及海的日出日落、晦暗与辉煌……都可以让它身边的人们领略其壮美，感受其精神，倾听其讲述，深悟其哲思。现在，海已经退到了很远的地方，或者说已经退出了人们的视线。然而，望海楼的复原使我们用一种独特的方式，重新感受海的呼吸、海的心跳，重新领悟海的胸襟、海的智慧，一座宏伟的建筑将海的记忆、海的一切铭记于此。它恢复了人们远眺大海的权利、人与大海相互沟通的愿望，也缩短了人与大海的精神距离。

在望海楼景区，设有一片古城池地雕广场，用古朴的铜质雕刻，再现了古城图，让我们看到了古代泰州城的建筑布局和地貌。一座结构严谨的古城跃然地上，已经消失于时间丛林里的古城和我们眼前的景象完成了巧妙的对接，使我们在时空转换中感受到历史的苍茫。附近被修复的一段古城墙遗址，它的断壁残垣之状，勾起了人们对已逝事物的凭吊之情，并对今天的一切有了更多的理解和思考。尤其给人印象深刻的，是望海楼旁边的一处古代水涵洞遗址，它用自己的独特语言，无声地叙述泰州古老的历史。它的真实感，赋予一座古城以存在的证据，也让我们更加信任自己的从前。

还有修复之后的文会堂前值得驻足。它最初建于北宋时代，范仲淹来此任盐监之后，与这座建筑的主人以及一些当地贤哲一起吟诗唱和、谈古论今、交流思想。范仲淹在自己的文章中记叙了当年的情景。文会堂前的范仲淹铜像，是著名雕塑大师吴为山的力作之一，这一人物造型中具有一种抽象的神韵，透露出一种狂傲不羁、刚直不阿的古典文人精神，让我们重新领略一代文学家"先天下之忧而忧，后天下之乐而乐"的博大胸怀。非常奇特的是，堂前东侧移植的一棵红果冬青树，形成自然五分枝之状，人们从中找到五子登科的古老寓意。一棵具有奇特形象的植物，造就了浑然天成的东方历史意境，也借机说出了北宋时期这里曾经产生过晏殊、范仲淹等五宰相的故事，所谓"五韵流芳"的文化奇迹，也增添了这块土地的历史神秘感。

更重要的是，我们看到了清代著名剧作家孔尚任写作桃花扇的地方。据说，孔尚任在这里完成了著名剧作《桃花扇》的第二稿。现在我们已经无法得知这一名作修改的次数了，孔尚任为此呕心沥血的程度却可想而知。在那个时代，作家敢于发出自己的心声，敢于将爱情和对于一个王朝的忠诚联系在一起，敢于逆风而行，展现了一个古代知识分子独立思考的精神和不畏强权、敢于承担社会责任的勇气。据说，在康熙年间，国子监博士孔尚任作为钦差前来淮扬治水，长期住在泰州。因为清政府的治水款项迟迟未到，他就获得了宝贵的闲暇，在与当地文人交往的同时，也有机会接触到很多穷苦百姓，从民间寻找到自己所需的文学养料和历史灵感，传奇名作《桃花扇》的写作开始了。从孔尚任年表上看，他来到淮扬准备疏浚淮河海口工程时，已经 38 岁，时值康熙二十五年，也就是公元 1686 年。他在这里过着悠闲的生活，曾经在扬州登梅花岭，拜访史可法的衣冠冢，还曾到过南京的燕子矶，游览秦淮河，拜明孝陵，并到栖霞山白云庵访问道士张瑶星，广泛了解南明王朝衰亡的史料，积累了丰富的创作素材。他开始在历史迷雾中寻找并构思写作：一个显赫的朝代灭亡了，它的金碧辉煌已经变得暗淡，只留下了一些残破的遗迹和充满瓦砾的废墟。但是生活仍然在继续，没有什么能够迫使生活停顿下来。当年皇宫的琉璃瓦已经被百姓拿来盖到了自己简陋的房屋上，以便遮挡反复无常的风雨。虽然一些以前朝遗民自居的文人仍然在怀旧中生活，但是他们心中的王朝已经倾覆，成为被风雨雕刻的材料。历史变化莫测的伤感与迷惘，营造了一个时代的氛围，它像南方突起的大雾一样笼罩了一些沉浸于前朝梦境的文人的心灵。

我们看到了孔尚任当年写作的地方。实际上，凤城河景区的建设者们，已经按照他们的非凡想象，使得这一地方更有文人气息，我们甚至相信，只有在这样幽雅的环境中，孔尚任才能写出与此相配的、回肠荡气的千古绝唱！也只有在这样的环境中，他才能够平心静气地梳理历史、梳理生活、思考生活，才能够不断找到创作的灵感，不断获得内心充溢的激情，也才能专注于剧情之中，寻找到准确表达人物和世界的每一个字、每一句诗和每一个冲突。栩栩如生的主人公就这样诞生了，名士侯方域与秦淮名妓李香君的爱情故事诞生了。南明王朝由建立到覆灭的动荡而短暂的历史，明王朝的最后一段历史，与一段爱情传奇一起，幻觉般地崩溃了。历史与人生竟然如此精巧地联系在了一起，喜剧和悲剧最终以这样的方式融合在了一起，现实与曾经竟是如此密不可分。描绘历史风云、抒发兴亡之感、感叹命运不测和体悟人世悲欢，一起灌注到人物形象中，并摆放到小小的舞台上。

泰州人历来喜欢戏曲，也许是这一传统使孔尚任奋笔疾书，以便满足泰州人对新戏曲的期待。据考证，早在明末清初，昆曲就在泰州流行。现今的凤城河畔已经按照古代的样式，恢复重建古代专供戏曲演出的舫亭，它像一艘大型石头船一样永远停靠在岸边，我们可以想象古代戏曲演出者在石舫上翩翩而起、惟妙惟肖的表演，也可以想象到古代戏曲表演的盛况。当时的许多戏曲爱好者中的富豪缙绅，都蓄养着昆曲家班，每当演出，泰州的文化名流包括孔尚任等都曾是座上客。据说，孔尚任的《桃花扇》二稿之后，就是由泰州著名的俞氏家班排练试演，这为孔尚任以后精心琢磨、打制剧坛名作奠定了基础。也正是这样一脉相承的戏曲传统，后来产生了一代著名京剧表演艺术大师梅兰芳先生。

每一条河流都有着自己的性格，都有着自己的源泉和不同的终点，当然它所走过的道路也不相同。正因为如此，一条古泰州的护城河，也创造了自己的传奇、自己的生活和不同于别的河流的一连串波澜。它从遥远的地方、遥远的时间一路走来，将一个个事件以及伴随其间的生活本身，带到了遥远的大海深处。我们来到凤城河，就会将它的历史和我们的历史联系在一起，就会将似乎已经失去了的记忆重新寻找回来，供我们像欣赏戏曲一样欣赏我们的生活，因为生活和有一连串生活事实组合的历史，和古代戏曲的一波三折、一唱三叹，有着太多的相似之处。因此，泰州人热爱戏曲，也热爱生活，甚至他们热爱戏曲的重要原因是热爱生活。当然，一条河流还有着更多令人深思的内容。法国作家雨果曾在《莱茵河》中写道："你知道，我常常对你说，我喜欢河流。河流载着思想就像载着货物一样顺水而下。天地万物都有它杰出的作用。河流如同巨大的喇叭一样，向海洋歌唱着大地的美丽、田野的物产、城市的繁荣和人类的光荣。"

泰州的凤城河，也是这样。它像所有的河流一样，有着自己的历史、自己的传说、自己的童话以及它在历史森林中隐藏着的狡黠精灵。

太白残片

一

这是一座独特的山，它既拒绝开始，也拒绝结束。它是秦岭的主峰，经常给人的印象是峰顶白雪苍茫，好像一个历尽沧桑的老人，戴着一顶白帽子，一动不动地坐在高高的座位上，俯瞰着人间的沉浮。它在思索什么？它又看的什么？为什么它从不说话，保持着高傲的沉默？

大约6亿年前，整个秦岭地区一片汪洋。地面凹陷，海水奔腾，还有海底的岩浆喷涌。那是怎样的景观，悲壮，激越，浩浩荡荡，充满了惊恐的气息和骚动不安的力量。后来，一种难以抑制的冲动，从地下孕育，地壳的破碎部分开始了漂移，大陆和大陆之间开始碰撞、交锋，导致地面上升隆起，形成了山的褶皱，太白山的雏形诞生了，它的两翼渐渐展开，山峰凌空而起。据地质学家推测，太白山岩基的同位素年龄主要在2.06亿—2.29亿年之间。那是多么遥远的时间，它距离我们太远太远了。

一段平静的时期过去了，但一切一切，都难以忍受平庸的折磨。在距今1.7亿年左右，太白山再度上升，秦岭北侧的大断层渭河谷地向下陷落，南北产生不均衡的急剧抬升，起伏不平、险峻陡峭的锯齿状山脊线，迫近北部翘起，南坡则缓缓下降，仿佛世界都倾斜了。它以这样的姿势屹立，好像这是一种充满耐心的等待姿态，等待着漫长时光中人类的到来，等待着我们对它的仰望。

二

一位地理学家曾翻越秦岭，登上海拔 3771 米的太白山主峰拔仙台，然后向南下行到南坡的佛坪、洋县和汉中一带。他的意图之一，就是亲身体会中国南北分界线两侧的气候差别。秦岭北侧是关中盆地，广袤的八百里秦川在 5 月初已经苏醒，农民仍然在初耕，春寒在微风中荡漾，人们已经脱掉了冬天厚厚的棉衣，身上仍然留着较厚的衣服，以抵御寒意的侵袭。忙碌的犁铧后面翻起了波浪般的土垡，新鲜的土地气息灌入人们的呼吸。越冬的作物还没有破土，但隐隐地已经感到土层下的喧哗和骚动了。

然而，只有一山之隔的汉中盆地，无边无际的稻田里绿浪涌动，风中摇曳的稻谷已经开始抽穗了，油菜已经到了收获的时候，农民们带着收获的农具，若隐若现地出现在田间。一座山，竟然将世界划分为两个。一个欣欣向荣的世界，一个略带荒凉的世界，展现在南北两侧。令地理学家不安的是，这一南北分界的确切分界线究竟在哪里？大自然在那一个地方设置了一条蜿蜒的曲线？

实际上，中国古代的人们已经意识到这座山的力量。他们发现山的南北存在着很大的季节差，形成了南北空间意识，因而才有"橘生淮南则为橘，生于淮北则为枳"的绝妙的雄辩譬喻。也许，这座神奇的太白山有着某种上天赋予的神力，它将黄河和长江两大水系分开，也将冷暖两个世界分开。据专家考证，第一个将这一现象进行表述的，是一位叫作张相文的地理学家。这位出生于 19 世纪的地理学先驱，在西学东渐的背景下，致力于中国地理学的革新和教育，在 19 世纪和 20 世纪之交就提出了秦岭—淮河为中国南北分界线。这一观点经著名地理学家和气象学家竺可桢、翁文灏等进一步表达，固定于经典。

实际上，地理学家经实地考察发现，秦岭根本就不是一条山脊线明确的山岭，它的最窄地段也宽达一百多公里，莽莽群山，就像涌起的巨大波浪，浩瀚而雄浑。太白山主峰山脊分割，尽管被专家作为南北分界线的标志，实际上也不过是一个抽象的象征。对此，专家们持有各自的观点，有的主张将南北分界线确定在南坡 800 米等高线，其论据是山地海拔逐渐升高，气温会逐渐下降，亚热带已经结束在这一等高线上。在这里，一系列亚热带标志性植物已经消失。而另一些专家却认为，南北分界线应该设定于北坡 700 米等高线，因为整个关中盆地属于暖温带，海拔的急剧上升使得暖温带终止于此，代之以山地气候。当然，更多的学者认为应该将这一大自然赋予的分界线，定在秦岭主脊线上，这样可以保持两侧垂直自然带的完整性。然而，这一理想的看法带来的困惑是，这条主脊线在哪里？从太白山的制高点放眼远望，密集的群山将各自的山脊线伸展开来，形成凌乱而神秘的网格状，仿佛用这样的方式，挑战人类的智慧。

三

秦岭雄浑的主峰太白山，在太古的沉默中包含了一切答案。它既是两大水系的分水岭，也是南北的分界线，这一事实不容动摇，不容否认。不论你怎样划定气候特征的边界，都不能逃脱这险峻的、满头积雪的太白山。它对于来自人类的各种认识，既不赞美，也不反驳。它有自己的语言、自己的表达符号，以及秘而不宣的奥秘。

它的巨大的高山落差，使得自己的山体上有着既不同于南方的汉中地区，也不同于北方的关中一带的气候特点。在海拔 620～3511 米之间，分布着地球上数千公里范围内才有的气候带、植物带和动物带，有着最完整的山地植被垂直谱系。气候和植被的特点，决定了太白山由下向上逐层变化的暖温带、温带、寒温带、寒带、高山寒带五个明显的气候带，让人在同一时间体验不同的季节。这是大自然的季节综合，是人间经验的提升和锤炼，是四季的荟萃、冷暖变换的典藏。

起伏嶙峋的冰川地貌、裸露的岩石、覆盖浅薄的土层、亚高山森林草甸土，它让我们感到了一股来自远古时代的气息。大自然的历史隐藏在其中，就像一部信息量巨大的天书，每一个形象中都暗设了问题和解答——无论是山间珍贵的连香树，还是遍布山腰的太白冷杉，无论是山白树还是水青树、刺叶栎、庙台槭和金钱槭，还是大片松树组合的针叶林，以及桦树林和耐寒的苔藓植物。据植物学家统计，太白山植物种类丰富，有种子植物 120 科 627 属 1770 种，其中含世界性单种属 22 个、少种属 60 个、中国特有属 22 个，这些属大部分是古老的科属和孑遗种类。

这是太白山独有的语言，每一种树木，每一个沟壑，每一块石头，每一种奔跑的动物、飞翔的鸟类，以及每一阵山风的呼啸、松涛的咆哮，都是这种神秘语言字母表的一部分。它们的组合、排列，对世界万物进行了讲述。从远古到现在，它既是讲述者，又是倾听者。它的语言难以破译，只有它自己在漫长的聆听中不断回味和思考。

那么，一座山为什么会成为南北分界线？会把世界分成两个气候不同的部分？很多人认为太白山屏障阻隔了南北气流的互动，改变了两侧的气候特点。更为合理的解释也许是，它正好处于自然带的边缘地带，随着纬度变化积累的气候条件到此达到了临界状态，一座高山的崛起使突变出现了。

四

2013年10月底，乘坐太白山森林公园的汽车进山。车窗外一片绿色。沿着峡谷的公路，一路盘旋。山间的空气如此新鲜，让人感到浑身舒坦。深呼吸。大量的负氧离子，涌进了肺部。迂回曲折的山势震慑，峰回路转的陌生，两山夹击之间的人的渺小感，不断蒸腾而起，就像一阵阵烟雾，徘徊于心灵，萦绕于胸中。

突然，在回头之间，一面山壁从底部升起，直到云端。它被称为"铜墙铁壁"。它的山崖中含有某种矿物质，褐色的万丈石壁上不生草木，四周却被繁茂的草木围绕，大自然的神奇造化令人感到惊奇。接着是泼墨山，山头上一片片黑色顺势而下，就像酣畅淋漓的泼墨画。从科学意义上理解，它与"铜墙铁壁"一样，石头中的矿物质渗透出来，在阳光中现出了独特的魅力。大自然的一幕幕精彩戏剧，从太白山接二连三地登场演出。莲花峰的顶点上，一道瀑布垂下，穿越了迷雾，散射着一道白光。

在一个"世外桃源"的地方，从天然形成的石门进入，几棵连香树紧挨着，冲天而起，高达几十米。这是一种古老的落叶乔木树，是第三纪孑遗植物，它生长于海拔400~2700米之间，需要中性或酸性土壤和较多的雨水滋养。据说连香树对于研究第三纪植物区系的起源以及中国和日本植物区系的关系，具有十分重要的科研价值。但对于观赏者来说，它的棕灰色皮肤、笔直颀长的身材，具有健康的士兵形象，庄重、严肃；有着近于完美的树形，以及风中抖动的美丽的、近似于椭圆形的叶片和短小的滴水尖。满树的黄色和橘黄色，提醒我们时光已经进入了深秋。

在海拔 1800 米处，进入了原始森林，植被完好，弥漫的松叶气息令人陶醉。据说这里空气中的负氧离子达到每立方厘米 15000 多个，是城市空气新鲜度的上百倍，可以说是天然的森林浴场。在下板寺停车，一道很长的阶梯送我徒步攀登到海拔 2800 米处的板寺云海景区。开阔的平台，凭栏仰望太白山的雪峰，几个白色的三角形尖顶相连，飘荡在云海之间。在这里，面对苍茫的太白山，一切变得多么微不足道。它压倒了世间的所有烦扰，排空了脑海中挥之不去的各种记忆，只留下了一片高高在上的群山！

这是神的形象、至尊者的形象、悲凉的形象和爱的形象。它唤起了我们生命的自卑感，面对它的无限，它的飘浮的山巅，与云头连接起来的白色闪光，人生的意义突然变得渺茫，它也许就存在于那山峰之间的空白处、山的另一面？

旁边是一条现代化索道。它将游客引领到海拔 3000 米以上或者更高的地方。在短暂的时间中，不可能到达太白山的顶点拔仙台。据说还需要徒步几个小时或者更长的时间，才能抵达这一最高点——海拔 3771 米。那里还留有拔仙台庙宇遗址，从照片上看，石头砌筑的墙壁，低矮的门，质朴的寺院，铁瓦房庙在三面凌空的高山平台上陡然崛起，压低了脚下的白云，挥洒着从天而降的雪粒，浮现着骄傲、孤独和寂寞的神的微笑。

这是历史传说时代的封神之地，封神者必须站在最高的地方，体现神与人存在的高差，便于俯瞰苍茫云海之间的人间景观。

流血的童话

一

卡夫卡的一句话曾使我感到惊讶："没有不流血的童话。"很长时间，我不知道他为什么这样说，也不知道他说的是什么。然而，我知道，一个哲人的话必有用意，而且，我也感到这句话中藏着一些深奥的东西。中国是一个缺乏童话的国家。我们只能看到许多寓言、许多故事，它的功能是教化，一个直观的、可靠的现实目的一直藏在里面。我们的父母在我们很小的时候，往往给我们讲述寓言和故事，因为这样的寓言和故事，很易于说明一个大人们都心知肚明的道理，以便让我们和他们一样来理解这一道理，成为这一道理的俘虏。比如说，我们经常听到的寓言是龟兔赛跑，它的寓意是只要个人努力不懈，就可以克服来自天性中的缺陷，一只乌龟就可以跑在兔子的前面。反过来也是这样，一个有天分的人如果不思进取，也会落在一个愚笨者的后面。这样的寓言非常实用，因而，它被我们一代又一代地讲述、传诵。

如果仔细想一想，我们就会陷入深深的怀疑：乌龟通过自己的努力，真的可以跑得更快吗？兔子即使睡了一觉，它真的就会跑得更慢吗？我们为什么要把一只兔子和一只乌龟放在一起赛跑？它们几乎不存在赛跑的任何理由。兔子显然是快的，乌龟显然是慢的，它们根本不需要一次荒唐的比赛来决定胜负。难道乌龟走到前面就说明它具有更强的奔跑能力吗？为什么不让乌龟和兔子比赛长寿？这差不多等于让一个跳高运动员和一个举重运动员比赛举重，让一个足球运动员和一个围棋高手比赛足球。这种总是以自己之短比他人之长的方法，怎能获得一个合理的、公平的结果？！

但是，人们不需要指出其荒谬，因为它是有用的。它能够激励我们在应试教育中取得成绩，以便让父母们感到满意。它们显然忽视了个体之间的差异，不知道怎样能够寻找每一个人的优长，以便让更多的人找到自己更能够实现自我的位置。有用性一直是我们讲寓言故事的动机。所以，我们总是以大人们的设计，用一个个寓言故事来讲述成人社会的标准，无论是道德的，还是礼仪的，抑或是庸俗实用主义的。比寓言更没有趣味的，还有一些所谓的故事，比如孔融让梨的故事、悬梁刺股的故事等等。为什么要如此？我们很难给出一个让孩子们满意的答案。在两个梨之间，为什么年龄小的就必须与一个体积小的梨对应？这种选择只是体现了成人世界的虚伪。对于一个儿童，一个人的没有谎言的时期，为什么要让他们早早就学会违背自己内心真实而进行选择？

很多时候，我们不需要反复辨别，就可以有一个结论。我们总是低估儿童的智力。在陀思妥耶夫斯基看来，儿童的判断力并不低于成人，他们原本就有着天赋的道德判断直觉，他们甚至对微小的不公平、不公正，有着与生俱来的警觉。我们看来无所谓的事情，在儿童看来已经是很大的事情：他们更不能对最小的不公正、不公平予以容忍。从这意义上，我们反而需要向儿童学习。耶稣说，"天国在孩子们中间"，而陀思妥耶夫斯基说："大人们的创伤因孩子们而得到治疗。"这些说法，在很大程度上说明，我们在讲述一个寓言或一个故事的时候，总是在忽视被接受者的智力和真实水准线。

重新阅读安徒生，就会有很多感受。第一个感受是，我们发现安徒生在讲述一个童话时，最重要的前提是，他降低了自己的高度，敢于弯下腰来和他的接受者处于同一个高度线上。他先把自己变成儿童，然后和儿童说话。他从来没有自以为是地把自己作为高于对象的无所不知的神。相反，他把自己变得和儿童一样，几乎不知道多少人间的问题。这样，他就可以一边讲述，一边和他的倾听者共同探讨，共同进入一个神奇的世界。一切快乐和幸福，不是为了单独理解，而是为了分享。世界是如此神奇，如此奥妙无穷，如此变化无常，你几乎不知道下一步会变得怎样。在这样的时刻，世界是多么有趣！在这样有趣的世界上生活，我们可能遇到一切，所以，每一个人的心理上必须对最艰苦、最艰难的事情有所准备。

在《野天鹅》里，他一会儿说："四周是那么寂静，她可以听出自己的脚步声，听出在她的脚下折断的每一片干枯的叶子。这儿一只鸟儿都看不见，一丝阳光都透不过浓密的树枝。那些高大的树干排得那么紧密，当她向前一望的时候，就觉得好像看见一排木栅，密密地围在她的四周，啊，她一生都没有尝到过这样的孤独！"一会儿又说："她好像觉得头上的树枝分开了，我们的上帝以温柔的眼光在凝望着她。"一会儿又说："水不倦地流动，因此坚硬的东西也被它改变为柔和的东西了。"他还说："海滨是孤寂的，但它一点儿也不觉得孤寂，因为海时时刻刻都在变幻——它在几点钟以内所起的变化，比那些美丽的湖泊在一年中所起的变化还要多。当一大块乌云飘过来的时候，海就好像在说：'我也可以显得很阴暗呢。'"安徒生是以怎样的魔力娓娓道来，以至于让我们和孩子们入迷。

在我看来，童话、寓言、故事、神话的区别在于，它们是不是有趣，它们是不是必须有一个功利的目的，甚至，它们是不是让我们感到神奇，以至于奥妙无穷。在某种意义上说，童话是最神奇的，它有着魔法师一样的魔力，它能够远离一个世俗的世界，又能够被我们理解。然而，我们理解一个神话就不那么容易，解读它，可能是很多专家的事情。可是，这一点，可能还不能说是童话的全部。童话的魅力还在于，它总是常新的，每一次阅读，每一次倾听，都能够使我们激动，都能够唤起我们内心深处一些新的东西。它不仅能够被儿童阅读，也能够被成人阅读，因为，我们从中既能听到来自天外的上帝的脚步声，也能够感到自己的脚步声。这一切，不是告诉我们走向哪里，而是每一次都提醒我们正走在一条陌生的路上，并且说，不管发生了什么，我们都值得一直走下去。

二

我在童年时期几乎没有接触过童话。我能够接受的东西就是自己不能理解的古装戏剧，可怕的脸谱，古怪的服饰，以及那些与之匹配的俗世内容。我们似乎更重视人与权力的关系，更看重利益和社会固定的秩序，以及由科举而产生的登科及第的荣耀。我们的传统是一个成人的传统，儿童总是被看作成人的预备，而他本身却不存在独立的价值、独立的意义。因而，我们也就很少考虑为儿童做些什么。应该说，我最早阅读的童话是一本小人书《西游记》。我感到，至少《西游记》是最为接近童话的著作。关于神与妖、人与妖的斗争，关于西天取经的种种历险，充满神奇变化的各种难以预料的动物形象……生动有趣，远远不同于那些乏味的成人故事。后来，或者说是在进入成人阶段，我才有机会看到真正的童话，安徒生童话，格林童话，还有别的童话。

我发现，这些童话与我们所说的故事有所不同。第一，他们的故事取自童话作家的内心，充满了同情和怜悯之情，也充满了人的自尊。这些故事一般与我们的现实生活拉开距离，比如，一开始它会说："从前有一个国王……"或者说："当我们冬天来临的时候，燕子们就向一个辽远的地方飞去，在这辽远的地方，住着一位国王……"等等。我们知道，童话所讲述的，并不是我们身边的事情。我们便抱着欣赏的态度，而不是参与者的态度，面对它。第二，这些故事中的人物，除了一些可怕的、可憎的女巫施展法术之外，自己本身没有变化的魔力，他们往往是被迫改变了样子，而且他们被改变的理由是由于自己的纯洁和善良。第三，他们一般能够通过自己的努力，踏平艰险，战胜居心不良的迫害者，重获自由。还有一点，他们总是由于别人的挑唆而被误解，最后都能重新获得信任和爱，因为他们本身就是纯洁善良、坚强意志和爱的化身。渐渐地，我们感到，一个还有爱的人，最终能够找到自己的理想，完成自己的心愿。

这里有着人间社会的种种辛酸。实际上，童话作家用这样的方式隐秘地指出，童话并不能和我们的生活一一对应，我们的生活结局也不会和童话的结局相同。当然，也有偶然的、恰巧的，现实世界与虚构世界的惊喜相逢。我们一般讲述的故事则是另一回事，要么，人有着神的法术，要么我们所说的和生活紧密相连，有时也说出一些成人的心愿——获得权力、获得利益而不是获得自由和幸福，更为重要。一个儿童，还处于远离世俗的纯真状态，他还不能接受权力和利益，还不知道这些东西的庸俗价值和意义。

所以，我感到安徒生的意义是非凡的。他告诉我们精神的价值、精神的力量。他告诉我们自由的宝贵和幸福的来之不易。当然，他也告诉我们，不论我们如何努力，事情的结局总是不可能十全十美，人的愿望可以部分得到满足，但是总还是会有一些或者更多的遗憾。圆满的一面和残缺的一面，是世界显现出来的真相之一。这可能是一种上天安排的微妙对称，而对称的中心在于人的精神、人的灵魂。两个方向的力量都是对人的精神和灵魂的一种必不可少的检验。这一点，在安徒生的名篇《野天鹅》中，展现出人的面部皱纹里掩藏起来的东西。一个国王因为受到了一个恶毒的王后挑拨，抛弃了他的前一个王后所生的孩子们。

这是一个故事的充满悬念的开头。然后，十一个可怜的王子，被变成了十一只野天鹅。而国王的唯一一个女儿，则被送到了农人的屋子里，过着可悲的生活。他们被后母剥夺了幸福的权利，被迫接受命运的挑战。这一故事的感人之处在于，兄妹之间的爱，完全无私的爱。处于不幸中的兄妹们，怎样用超常的毅力战胜了强加给他们的灾难。"只要太阳还悬在天上，我们弟兄们就得不停地飞行。不过太阳一下去，我们就恢复了人形。因此我们得时刻注意，在太阳下落的时候，要找到一个落脚的处所。如果我们这时还向云层里飞，我们就一定会变成人落到深海里去。"野天鹅们就在这样的状况中生活，可以说命悬一线。

但是它们有一个值得追求的国度，它在大海的另一边。路途是如此遥远，以至于它们的飞行必须在一年中最长的两天内完成。夜晚，它们必须落到大海中间一块唯一的礁石上。重要的是，变成野天鹅的哥哥们决定带着自己的妹妹一起飞向那一遥远国度。他们花了一整夜的时间用芦苇编织了一张网，把自己的妹妹放在里面。天鹅们用嘴衔着，妹妹在睡梦中被带到了白云里。在安徒生的讲述中，我们一直担心天鹅和它们的妹妹的命运。由于负重的原因，它们的飞行速度减慢了，它们能不能按时到达那块大海中间的礁石？安徒生用他充满诗意的笔调，为我们回答了一个又一个疑问。当然，就像我们所盼望的那样，它们顺利地到达了目的地，它们的妹妹也找到了营救它们的办法，历经千难万险，忍受了误解和屈辱，战胜了恐惧和死亡，在最后的时刻，用荨麻编织了使哥哥们脱离噩梦的披甲，使王子们回到了人间。当然，美丽的公主也获得了爱情。

安徒生的讲述曲折而哀婉，就像野天鹅们在天空发出的叫声。我们几乎能够想到，安徒生以怎样的忧伤填充了如此瑰丽的文字，又以怎样的爱托起了童话里的每一片白云。这需要天使的心和上帝的仁慈，以及人间最崇高的爱的力量。他正是以这样柔软天鹅的羽毛，试图托住堕落的尘世。他想到，这样的童话，只能献给孩子们，利欲熏心的大人们不配倾听如此美丽的故事，而那"遥远的""从前"这样的词，实际上指向了以后、未来，"以后""未来"这样的寄托了希望的时间，却只能属于纯洁的孩子们。

三

安徒生从来对孩子给予无限信任。他在自己所写的著名童话《皇帝的新装》里，已经表明了自己的态度。大人们可能被一个谎言迷惑，也可能在权力面前屈服，他们在一个事实前不能说出自己的真话，只能随大流，在众口一词的力量中销毁了自己的心灵。但是在这样的情况中，孩子们因自己的纯洁而说出了别人未能说出的话。孩子们远比成人有着面对真实的能力。在安徒生营造的另一个世界里，我们看到了只有童话才具有的时间和地点、人物。"从前""在一个遥远的地方""在很远很远的地方""一个国王""王子""公主""老巫婆"等等。

我们可以看到，他所讲述的故事在时空上呈现出虚幻的性质，我们不可能在现实生活中触摸到它，它在我们的上方，很高很高的地方，在白云之上。在我们的后面，我们已经远远地越过了它，远远地摆脱了它，或者说，它已经不属于我们了。

他的故事一般是寻找者的故事。很多时候，"寻找"被作为人间的一个基本事实来叙述，也是孩子们一开始就接触到的问题之一。安徒生在《豌豆上的公主》一文中，讲述了一个王子想尽一切办法寻找一个公主结婚的故事。这样的故事将一个隐藏的公主，置于悬念的中心。在一个暴风雨的夜晚，一位"公主"真的来到了国王的城门前，老皇后想出了检验这位"公主"是不是真的公主的办法，她在卧房的床榻上放了一粒豌豆，又将二十床垫子和二十床鸭绒被铺在上面，供这位"公主"安睡。第二天，"公主"认为这样的床铺太不舒适了，她已经感到一粒豌豆的存在，因为公主细嫩的皮肤，已能容忍一粒坚硬的豌豆，尽管那是一粒深藏在二十床垫子和二十床鸭绒被之下的豌豆。

一种寻找，一个意外的结果，设置了一个最简单，却是最为奇特的验证方法，让我们感到了惊奇。这是童话的一个最为令人振奋的特点：惊奇，不断地创造惊奇。可以说，没有惊奇，就没有童话。在这里，惊奇不仅仅是一种效果，而是在效果出现之前就隐蔽好了的一种手段，是童话得以建立的一个前提、一个牢固的柱基。《豌豆上的公主》是一个最好的例证，它是那么简单，又是那么让人感到惊奇。它告诉我们一个公主的秘密，那就是她不能忍受最细小的折磨，她不曾有过任何细小的痛苦经历，她从来都是幸福的。正是在一个真正的公主身上，人实现了完全的幸福。如果这样的公主能够获得爱情，那就是一个完全的人，这难道不是一个理想的人生？我们不可能实现的东西，在童话里是可以实现的。否则，童话又怎能给我们以一个惊喜、一个安慰？

这样的童话不仅仅是写给儿童的，安徒生也是写给我们阅读的。污浊的人们可能不配拥有这样的阅读，但是至少我们能够因这样的阅读感到自身的污浊，也感到处于污浊世界里的苦痛。以致它愈是安慰我们，我们就愈加痛苦。因为这样的安慰是一种提醒，我们未曾察觉的东西和我们已经遗忘的东西，被一种奇异的、来自遥远世界的声音唤醒了。就像我们在睡梦中被睡梦之外的另一个声音唤醒一样。这意味着，一个理想的、完全纯洁的虚拟世界，比一个残缺的、真实的世界更为残酷——它与我们的生活形成对比，它让我们发现了自身处境的困窘、尴尬和其中的残酷性。

安徒生一生写了很多童话，我们知道的名篇就有很多，比如说，《海的女儿》《皇帝的新装》《卖火柴的小女孩》《丑小鸭》《坚定的锡兵》等等，今天的很多孩子都听过这样的故事，他们甚至能够背诵其中的篇章，但是，我们实际上并没有真正完成阅读，因为我们在阅读的过程中更多的是被感动、被感染，对其中深意的思考，一般都留待将来去做。可是，很多时候，我们一旦等到成人阶段，这些本应被我们反复咀嚼的东西，却被遗弃了、遗忘了。似乎我们应该阅读更高级的文本，童话就在这种世俗的理解中淹没了——它似乎仅仅属于儿童，它与我们无关，它永远在现实生活之外，或者说，它没有更多的使用价值，它既不能为我们带来财富，也不能给我们带来工作的便利条件，或者能够提高现实生活的效率。在一个实用主义的时代，人们更多的已经习惯于计算，一笔精神财富的价值，远不如现实中一个最小的利益大。

没有童话，实际上证明了我们精神的萎缩、我们灵魂空间的收敛、我们价值观的扭曲，以及我们生命价值的降低。实际上，我们是多么需要童话的滋养。在安徒生的《打火匣》中，一个曲折的故事告诉我们，有形的财富是可以挥霍完毕的，人间已被可悲地浸泡在势利眼变化无常的目光和围绕金钱旋转的庸俗生活中，这一点几乎无可救药。

安徒生是悲观的，甚至是绝望的，他不想为现实给出一个充满希望的答案。但他更愿意在精神方面许诺一个可靠的归宿。故事当然是从一个巫婆开始，就像安徒生的别的童话一样。

一个普通士兵遇到一个巫婆，在一个树洞里找到了很多财宝和一个打火匣，于是豪华奢侈的生活得以实现。由于自己曾在贫困生活中长大，同情和怜悯使他把财富分给别人，财富越来越少，直到自己重返贫穷。重要的是，在这一过程中，那些势利眼的朋友因他的富裕而聚集，因他的贫穷而四散而去。这可能凝聚了安徒生自己的生活体验，也可能他将自己对人事的观察结果移植到了童话中。总之，事情的发生就是这样，但并没有因此而结束。安徒生是讲述故事的高手，他知道一个波浪的消退不过是另一个更大的波浪的起始，大海从来没有把自己的魅力赌注投掷到一个波浪上，也不会用一个波浪结束酝酿已久的一个周期。

物质财富消失了，势利眼们也背离了他。一个巨大的精神向往却向那个士兵靠拢，他最为渴望的是见到这个王国里美丽的公主，但那公主却被国王深藏在一个铜宫里。这才是真正的悬念，他将一个绝美的爱情放在最后。一个打火匣，充满魔力的打火匣，帮助主人公最终实现了这一愿望。它的火花不仅能够重新获得财富，还能够将最不可思议的事情摆放到眼前，在士兵几乎绝望的时候，打火匣的力量解救了他，并使他成为拥有爱情和财富的国王。实际上，与其说安徒生相信了奇迹，不如说安徒生从奇迹中找到了抛弃庸俗生活的途径。那个打火匣意味着什么？也许，只有人的灵魂才能放射出这样瑰丽的火花，才能用轻轻擦出的火花照亮绝望中面对的一片漆黑。

四

安徒生的《打火匣》的确是一个非凡的童话。重新阅读它，使我想到了我们所经历的一切，似乎一切都可以被这一则篇幅不长的童话覆盖。面对高大的绞刑架，面对周围的士兵和老百姓，面对坐在华丽王座上的国王和王后，死亡就在眼前。这时，一个罪人的请求不过是最后吸一支烟，打火匣出现了，三个火花改变了一切。几只高大的狗跳了出来，扑向了法官和陪审人员，所有的兵士都害怕了，人们开始拥戴他成为国王。在这里，国王是一个权力的象征，他可以拥有一切。他不仅是统治者，还是一个自由的符号。在一个王国里，只有国王一个人拥有自由。在这里，即使是高贵的爱情，都成为权力的附庸。

安徒生说："那位公主走出了她的铜宫，做了王后，感到非常满意。结婚典礼举行了足足八天。"接着，他强调了使这一切变为可能的力量在于，"那三只狗也坐在了桌子上，把眼睛睁得比什么时候都大"。我们不是从中看到了自己的生活吗？我们很多时候，不就是把自己的全部信任交托给了我们并不了解的权力吗？或者说，一个普通士兵因意外获得的打火匣改变命运的时候，我们面对那些不可改变的事实。一个童话在某种意义上说，就是一句反语，一个建立在一个魔咒上的镜像，它从相反的方向上给出了世界的几何形状。

这种命运的突然转折，是经常发生的。在《恋人》中，安徒生用孩子们经常使用的玩具来说明一些看起来复杂的道理。但是，这些道理并不是人人都能够理解的。在这里，童话已经很接近寓言了，它不仅有趣，还在指明某种意义的存在。同样在一个抽屉里的两个玩具，一个陀螺和一只球儿，开始了对于自己来说是非常重要的恋爱。陀螺向球儿求爱却遭到了拒绝，理由是球儿以为自己比一个陀螺更高贵，她觉得自己跳得更高，和屋檐下的燕子更般配。但是玩具的主人——一个孩子的出现，改变了他们各自的命运。在安徒生看来，任何事物都有着自己的主人，对于玩具来说，孩子就是上帝。

正如《圣经》里所说，那在上的又要在下，在下的又要在上了。事物位置的颠倒不过是为了贬抑其自大的本性，也为了保持万物之间的基本公平。安徒生用童话讲述了存在我们生活里的游戏，孩子在一次偶然的玩耍中失去自己心爱的玩具球儿，而爱恋球儿的陀螺以为它和燕子结婚了，其隐秘的嫉妒使自己对失去的爱情，变为面对虚无的思恋。直到有一天自己也迷失于垃圾桶里的时候，才发现那个鞣皮制作的高贵的球儿原来待在垃圾之间，它当初被孩子抛到了屋顶上的排水管里待了五年，被雨水浸泡得臃肿不堪，完全失去了原来的美丽形状。陀螺发现自己的爱就这样无形地消失了。当然，最后的结局是，在一个小丫头即将倒掉垃圾的时候，重新发现了陀螺并把它带回了家，而那个骄傲的球儿将永远与垃圾为伴。我不知道安徒生为什么把这样一个结局给予那个曾经的骄傲者，也许其中含有作家自己的内心秘密？也许这是安徒生自己的一段故事？可以肯定地说，每一个貌似远离我们的童话，可能都有着自己隐藏在生活里的原型。

这是生活里的某些辛酸，支撑了花瓣一样张开的童话。每一根甜蜜的蕊柱，都是汲取了苦涩的结果，蜜蜂们实际上是通过采集蜜粉来间接地品尝苦涩，这是生活里两种相反的东西的神奇转换。我们阅读童话，正是这样。在这一点上，卡夫卡一下子说在了点子上，童话是流血的，是因为写作童话的人采用了自己的不幸作为原料，而这些宝贵的原料原本是来自每一个人的身边。孩子们倾听它，是因为对世间的好奇，生活之外的世界更值得想象，它的每一线条和形状更符合一个纯洁的灵魂。所以，孩子们以天使的身份接纳了它。可是，大人们不是这样，也不能返回到曾经的童年里，只能用现实中的一切，寻找童话的投影。如果我们认真地阅读，那一投影的重量就会加深我们对自身的思考。

安徒生是多么婉转曲折地找到了自己的表达对象和表达方式，他将自己的思想通过孩子传递给未来，这样，一个思想就会变得长久。当然，他想的是，自己面对的每一个孩子都是具有想象力的孩子，而每一个孩子成长为大人之后，都可能变成有足够思考力的人，而且，这些具有思考力的人还必须能够记得他所说的每一句话、每一个故事和每一个细小的情节。这样，他的童话才可能具有充分的价值和足够的意义。也只有这样，他的童话才不仅仅是给今天讲的，还是可以预留给明天的一个值得珍惜的生日蛋糕。他的打火匣，正是在人生最绝望的时刻才能派上用场。在一个人踌躇满志的时候，尽可以忘掉它。

所以，他在讲故事的时候，一般不会说一件事情是确切的。因为，事情本身不可能是完全确定的，很多时候会发生一些预想不到的变化。比如说，《夜莺》的开头这样说："你大概知道，在中国，皇帝是中国人，他周围的人也是中国人。这故事是许多年以前发生的，但是正因为这一点，在人们还没有把它忘记以前，它是值得听一下的。"他小心翼翼地说："这皇帝的宫殿是世界上最华丽的宫殿，它完全用精致的瓷砖砌成，价值非常高。不过这种砖非常脆，人们如果要摸它，必须万分当心。"他看到了华丽的表面掩藏着的脆质。他也看到了一个对于未来是重要的事情，短视的人们不一定认真对待。在另一篇童话《牧羊女和扫烟囱的人》中，他直接问道："你见过一个旧的木碗柜没有？"接着说："客厅里就摆着这么一个碗柜。"他是想说，我要告诉你们的可能你根本没有见过，可是你以后可能会见到的，那时你就明白我所讲的一切都是真实的。

实际上，所有的童话就是这样，它所说的不一定现在就能兑现，它也不一定让你立即在生活里找到样板，或者，你不能真的与自己的经历联系起来，它甚至看上去完全与我们无关。但是，它说的都是真实的，你应该相信它。相信它是你的福分。至少，对于安徒生就是这样，安徒生在自己的童话里没说过一句假话。谎言可能在现实里，但不在童话里。

魔术师的技艺

———

1935 年，布莱希特在莫斯科观看了中国京剧表演艺术大师梅兰芳先生的演出，深受震撼。这是一个戏剧革命家与戏剧表演艺术家的相遇，是西方文化与东方文化的相遇，其在艺术方向上，必然能够激发出不朽灵感。事实正是这样，布莱希特写出了一系列文章，将其经过深思熟虑的戏剧美学概念，摆放到前台。

对于一个戏剧革命者来说，这是一个寻找灵感的机遇，布莱希特从中国戏剧里发现了新的表演原则。他在一篇论文中谈到中国古典戏剧中陌生化效果运用的感受："这种效果终于在德国被采用乃是在尝试建立非亚里士多德式的戏剧，亦即史诗剧的时候。这种尝试就是在表演的时候，防止观众与剧中人物在感情上完全融合为一。接受或拒绝剧中的观点或情节应该是在观众的意识范围内进行，而不应是在沿袭至今的观众的下意识范围达到。"

布莱希特从一年一度的民间集市的绘画和其他表演中，找到了证据。他发现这些被长期忽略的艺术形式中，有着丰富的养分。这里早已含有使观众对被表现事件感到陌生的原始阶段的尝试。马戏团丑角的说话方式、全景的绘画手法，都采用了这样的手法。中国古典戏剧中，同样知道这样的方式，而且一直巧妙地运用它。布莱希特还发现，中国的戏剧大量地使用了象征的手法，比如，一位将军在肩膀上插着多少面小旗，就意味着他率领着多少军队。穷人的衣服也是绸缎制作，但它却由各种颜色的大小绸块缝制而成，这些不规则的布块意味着补丁。而且，最重要的是，各种性格都由脸谱勾画出来……

中国古典戏剧中的人物，不需要观众来辨认，从一开始，人们已经清楚他们各自的位置，以及其性格特点，这些悬念已经被一系列的方法消解。这意味着，剧情一开始的设计，就是为了使人观看的，不需要在一些迷宫一样的设计中消耗人的智力。"这种表演立即背离了欧洲舞台上的一种特定幻觉。观众对舞台上实际发生的事情不可能产生视而不见的幻觉。"布莱希特从中发现了中国戏剧的简洁。

当然，布莱希特所写的戏剧，不是中国式的戏剧。他的一切戏剧，以及其表现手段，仍然属于布莱希特。不论他怎样强调自己从什么地方借鉴了什么，也不论他强调自己戏剧的特点来自何处，最终他的戏剧仍然出自他自己。这一点毋庸置疑。布莱希特把自己的戏剧定位为"史诗剧"，或者，"叙事剧"。这就是说，他在戏剧中所表现的最重要的东西，就是事实本身，而不是别的什么。对于这个世界来说，实际上就是一连串的事实的组合。

在一些批评家看来，严格意义上的"史诗"，是指与时间无关的亚里士多德式的叙述形式。悲剧与此不同，它更多地受到时间和地点必须保持一致的原则制约。这一点，可以从莎士比亚的戏剧中看到。同时也可以从中了解到，"史诗"是一些较为松散的事件的组合关联，十八世纪的剧作家，尤其是歌德和席勒，都曾经采用过这一术语。布莱希特发展了、丰富了"史诗剧"的内涵，拓宽了它的界限，使这一形式在戏剧中得到更为充分的展现。尤其是在一系列观念的变革中，取得了戏剧表现方面的种种突破。比如说，他尽可能地不使观众牵连到剧情中去，而是使观众成为"旁观者"。这实际上正是观众位置的回归和复原，观众本来的"旁观者"角色，在戏剧观赏中被重新发现。

布莱希特明确指出，他的戏剧就是要使观众经常性地意识到自我的存在，而不是沉溺于戏剧中，不能脱拔，使自己迷失于剧情，成为一个事实上不存在的参与者。这样的目的在于，它不是以戏剧表演消耗观众的主观能动性，而是"唤起"每一个观众的思考。而且，戏剧不再是把人当作理所当然的事实，而是把人当作人们共同探讨的对象，这一切都在一个情节彼此联系的过程中实现。

从一个阅读者的角度看来，剧本的创作发挥着无比巨大的力量。布莱希特的戏剧创作，一直表达他对世界的基本认识，取材于战争、革命的素材，在他的创作中占有一定的比例。之所以如此，是因为这些材料具有特殊的价值和意义：人在一个特殊的环境中展现出来的事实，对于人性的基本事实具有放大的效果，同时，这些事实与人的灵魂里的种种矛盾，密切相关。在《大胆妈妈和她的孩子们》一剧中，我们看到，发生于1624年的由瑞典国王发动的战争，是怎样影响着人的生活。大胆妈妈不得不依赖战争来生活，同时，战争夺去了她的孩子和一切一切。这里有着战争的原因和战争的悲剧结局。其中，一个上士说——像一切好事情一样，发动战争在开头总是难的，但是真正进行起来，那就停不下来：大家会害怕"和平"，就像赌钱的人害怕一场赌博干完了一样，因为一旦停下来，大家就得算一算到底输了多少。

然而，在战争中，人们依然需要生活。大胆妈妈必须冒着危险，跟随军队赚钱。她说：穷人需要胆量。因为他们什么都丧失了。处在他们的情况下，早上起床这件事情，就需要胆量。他们耕一块地，特别是在战争时期，那就需要胆量。他们把小孩生到世界上来，这件事情说明了他们有着非常大的胆量，因为他们是没有前途的。他们必须彼此搞刽子手的勾当，互相残杀，他们看一看彼此的脸也需要有相当的胆量。此外，他们能容忍皇帝和教皇，这证明他们有一种可怕的胆量，因为这种容忍要他们付出生命的代价。

戏剧的开始，就是问题的开始。

二

2004 年，众声喧哗中获得诺贝尔奖的耶利内克，其不算太长的戏剧作品《死亡与少女》，由于没有太多的故事情节而显得不容易阅读。大段大段的独白和寓言性的内容，可能在渊源上更接近布莱希特。耶利内克曾在一些布莱希特札记中说："我们会发现布莱希特并不是持一种自以为无所不知的态度来挥舞他的笔，而是显然基于一种必要性，一种根深蒂固的创造动力，正是这种动力促使他刨掉他所见到的碎屑。"而这一切，都是为了精确，更加精确。耶利内克说："精确不是变成纯理论的辩论，而是变成可以被思想和说的一切，因为它留下没有与整体融合却是不可或缺的一个微小部分。"

布莱希特总是在表达中获得这种精确性，他尽量将多余的东西拿掉，就像一个细心的乡村木匠，把所有可能使用的材料，一点儿都不浪费地用于自己精心构筑的对象。在《三分钱歌剧》中，他将英国十八世纪诗人的名著《叫花子歌剧》进行了创新、改编，使之成为一个全新的剧作。在这一剧作中，社会上各种人相互纠结在一起，构成了复杂的利害关系，匪徒、乞丐、扒手、娼妓、警察，互相钩心斗角又狼狈为奸，彼此利用又互相制约，这种关系的交织、凝集，在一个戏剧性的日子里获得释放——女王的加冕礼把这一切矛盾推向高潮。然而最后的结局是具有讽刺性的：女王颁旨赦免了剧中的主人公、犯案累累的"尖刀麦基"，并且给了爵位和年金。一个强盗比无辜的人们得到的更多。

在剧中，"尖刀麦基"获胜了。就像中国寓言里的龟兔赛跑一样，最慢的成为最快的。这本身就是一个讽刺。当然，其中还有更多的寓意。这个人竟然一直以体面的外表掩盖着他的流氓本质，用几乎无往不胜的简单方式施展着他的阴谋诡计，又总是在作案之后逃之夭夭，并且在逍遥法外的日子里，和所有的人一样寻找爱情、从容不迫地举行婚礼。时间好像赋予一个流氓一种命定的、屡试不爽的一连串相似结局。似乎一切都圆满收场，似乎一切都不曾发生，似乎女王的赦免最后推倒了一切时间、一切故事、一切"曾经"。

布莱希特几乎使用了漫画和寓言的双重手法，对现实中的社会事实，进行了影射暗示和细节放大，以便让人看出更多地发生于我们身边的事情，是用怎样的方式镶嵌于我们生活的背景中。道德、情感和友谊被实用主义、利己主义无情取代，按照剧中的台词，"金钱统治世界"。强盗在一次次得手之后，已经变得比那些正当生活中的人更为自信，"尖刀麦基"说："如果你想和我比高低，你已经抬高了自己。"他还充满激情地谈到自己行窃和抢夺的正当理由："你们看到了一个没落阶层的一个没落代表。我们这些小手艺匠用诚实的铁棒撬开小店主的钱柜，现在被大老板们吞吃了，大老板们背后有银行。撬棒和股票怎能相比？抢银行和开设银行怎能相比？谋杀一个人和委任一个人怎能相比？"戏剧借助一个强盗说出了更大的抢夺、更大的无耻，但那一切却都是合法的、冠冕堂皇的。他接着说，"世界还是老样子"。

布莱希特的戏剧，对其中的剧情、人物形象都作了"陌生化"处理。这一概念在英语中有着离开、间离、幻灭的意思，而在法语中则有着不自在、离奇和间离的意思。我们还很难找到一个合适的词来准确地表达它的真正含义。布莱希特正是借助于一些已有的材料，创造全新的事物。他试图用一种人们不熟悉的观点来说明和阐释生活，以便使观众抛弃曾经一直认为是理所当然的那些东西。就像雪莱谈诗时所说：使熟悉的客体变成似乎是不熟悉的。这一概念显然取自俄国形式主义批评家，它的真正意义在于，熟悉的一切只有借助使之变得陌生的手法，才能重新唤起我们的激情和理性。所以，布莱希特把这一概念应用于戏剧，就是为了在生活终止的地方重新找到意义。

这一点，在他的一个充满矛盾的剧作《措施》中充分得到体现。剧情主要是讲述 20 世纪 20 年代被莫斯科秘密派往中国的一个革命家的命运：他凭着自己的革命激情，一次次感情用事使革命工作受挫，他的战友不得不将他杀死，扔进石灰坑。动机与效果的误差，促成了最后的悲剧。实际上，人们是不是拥有杀死他的权力？如果有，那么是什么赋予他们这种权力？即使一个战友犯了错误，即使这一错误给我们带来不可挽回的损失，即使……可他毕竟是为了一个相同的目标，无论从情感还是道德上，我们能不能行使特殊条件下赋予自己的权力？布莱希特将这一杀死自己同志的"措施"提交给观众，以使这一事件得到更加充分的判断。剧作家显然对抽象的真理不感兴趣，他认为辩证法的一个最重要原则就是列宁的假定：真理永远是具体的。在某种意义上，作者试图从另一面，画出一个特殊年代种种残酷斗争的逆光像。

事件——展开——充分地展开，辨认——仔细辨认——再仔细辨认，从各个角度，从各个侧面，从各种距离和各种条件下，我们看出了什么？这就是布莱希特强调的东西：以前我们所见的，并不是我们现在所见的；曾经我们认识的，已经不是我们现在所认识的。在剧本的阅读中，在舞台前的座位上，一切都被改写。布莱希特曾经说：我是新型演出形式的爱因斯坦。他不是自我欣赏，这都是真的。他的剧作的确是文学的一个奇迹，一个改变了我们许多看法的"相对论"。

三

布莱希特的著名论文《戏剧小工具篇》，于一九四八年完稿。它是布莱希特理论巨构的重要基石。他在这篇论文的前言中指出：作为一种付诸实践的科学时代的戏剧，毕竟不是科学，而是戏剧。由于在纳粹时代和战争中，对一系列革新缺乏以实践进行证明的可能性，所以现在是尝试对这种戏剧在美学上的地位进行检验的时刻了，至少要为这种戏剧勾勒一个可以设想的美学草案。

显然，这是一个新戏剧时代开创者的宣言。他必须用一种最能表达自己思想的形式，也必须用观众更能够理解和接受的形式，成为自己所创作的戏剧的结构方式。他渴望以一种新的理论来指导创作，并体现自己的戏剧理想。实际上，这是一个新的乌托邦，连布莱希特本人也不一定相信真的会这样："我终于认清，我在戏剧方面的许多论述被误解了。"他还说："就像一个雕刻师依据什么基础和在哪个位置摆放他的作品而写的一个说明书，那些观众期望着从中了解一下制作这些作品所依据的精神，然而从这样的说明书中，他们发现很难看出什么。"

真正的创新必然带有乌托邦的性质，它必然和现实之间存在鸿沟。常常的悲哀是，我们越是想让一件事情变得合乎理想，就越是离开这一事情的接受者。我们越是试图通过自己的努力让读者看到更多的、更新的东西，读者可能就越是采取拒绝的姿态。如果拒绝也是一种接受的话，一个创新的事物就会因其不幸而变得幸运。这几乎是一种讽刺。表达的智慧总是先于接受的智慧。重要的是，作者借此表达了自己所想表达的，就已经足够了。在布莱希特的著名戏剧作品《伽利略》中，作者巧妙地利用了新的结构方式，用犀利的语言、明确无误的判断，说明了自己对历史的认识和理解。

布莱希特看到了一个英雄的世界是没有必要的，或者，一个英雄的时代是一个不幸的时代。世界上因为有不公正、不平等、不理解、不自由，才需要英雄的出现。正是一些我们最不愿意看到的东西，呼唤英雄、寻找英雄。但是，对于一个人来说，有时扮演一个英雄的角色，不仅无助于一件事情的转折，而且会因此改变人类的命运，或者说，可能会将我们引向更深的黑暗。布莱希特借助于伽利略的形象，充分说明了这一点。布鲁诺在火刑中涅槃固然是壮烈的，也似乎成为一个为真理献身的榜样，但是，他也因其个人生命的终止，而终止了探索真理的历程。这对整个人类来说，是一个巨大的损失。我们是否值得用一个巨大的代价，换取一个英雄的象征符号？这是一个值得探讨的问题。

我们看看布莱希特是怎样通过他的戏剧中的人物和台词，来说出自己的思想或者是迷惑的。一种怀疑变成了接受者的怀疑，从来都是艰难的。但是这正是一些问题必须说出的坚定理由。伽利略的学生在最后终于理解了伽利略的怯懦和软弱，理解了一个灵魂为什么必须作出与外部强大力量妥协的决定。他的学生安德雷亚说：您赢得了闲暇时间来写只有您才能写得出来的科学著作。倘若您在火刑柱烈焰的灵光中了此一生，人家就是胜利者了。安德雷亚又说：贪生怕死是人之常情！人的弱点同科学毫无关系。安德雷亚还说：我们对街头平民说，他宁可死，也不会悔罪，绝不会否定自己的学说。——您回来了，说：我悔罪了，否定了自己的学说，但我将活下去。——您的双手有污点。我们说。——您说：有污点要比两手空空要好些。

在这一戏剧作品中，他把自己所想的东西直接地、尽情地说出来，没有一丝遮掩。对于科学的结局，对于人的结局，似乎早有预测。剧中的伽利略说："他们同样要被证明的诱惑力所征服。你别忘了，哥白尼要求人们相信他的数据，可是我只要求他们相信自己的眼睛。如果真理太弱，不能为自己辩护，它就应当转入进攻。"他的学生则说："伽利略，我看见你走上了一条可怕的道路。这是一个不幸的夜晚，在这个夜晚，人看见了真理。这是一个盲目的时刻，在这个时刻，这个人信赖人类的理智。人们说的那个睁着眼睛走路的人是谁呀？是那个走向毁灭的人。那些有权有势的人怎么可能让一个知道真理的人自由自在地到处活动呢？即使这是关于无比遥远的星体的真理！"

为了将自己的伟大事业进行下去，为了不使探索真理的步伐停下来，伽利略最终放弃了抗争。当然，也许是为了苟且偷生，他未能克服自己天性中的弱点。不管怎样，他选择了屈服，暂时地向教皇屈服。真理似乎被放弃了。但是，很多时候，两点之间的最短距离不是一条直线，而是我们不能接受的曲线。

伽利略的事业得以保存，他以自己屈辱的余生，写完了不朽的《关于托勒密和哥白尼两大世界体系的对话》，论述了一种古老的对象——运动，从而建立一门崭新的科学。他的学生终于知道了伽利略的用心，曾激动地说："我们原以为你投降了！在反对你的人里面，我是最激烈的一个！"伽利略说："我教你科学，自己却否定真理。"学生安德雷亚明白了："你在敌人面前把真理隐藏起来。在伦理学的范畴，你也超出我们几百年。""科学只知一个信条，那就是科学贡献。"伽利略的长篇台词同样有感而发："……我觉得从事科学研究需要特殊的勇气。科学和知识打交道，通过怀疑而取得进展。它为所有人带来一切领域的知识，力求把所有人都变成怀疑者。大部分人民被王侯、地主和教士包裹在一团迷信和陈词滥调的珠贝色云雾里面，这团云雾掩盖着这些家伙的阴谋诡计。千千万万人的苦难像山岳一样古老，讲台和布道坛宣称它像山岳一样万世不灭。我们促进怀疑的新创造使广大人民欣喜若狂。他们从我们手里夺过望远镜，把它对准折磨他们的人……"

需要英雄的国家真不幸。这就是布莱希特想说的，它只有通过他舞台上的人物说出来。他只是从最小的生活事件中得出结论，在布莱希特看来："日常生活的逻辑，即使用于世纪巨事，也不应该有任何动摇。在小范围内有效的东西，在大范围内也必须得到遵循。"这大约是将科学信条用于生活本身的一个重要结论。

四

诗人卞之琳在 1961 年写成的《布莱希特戏剧印象记》一书中，回忆了自己第一次看到《伽利略传》演出时的情景。这是卞之琳第一次看到演出的布莱希特的一出戏。在演出之前，他几乎毫无准备。卞之琳当场拿了德文说明书，只能认出其中的人物表和场地表的内容，以及著名的恩格斯《自然辩证法·导言》里关于文艺复兴时期的一段话。几乎所有的台词都听不懂，"只有伽利略被迫悔过发表声明的时候，忽然从扩音机里听到一段英文，又忽然听到一段法文（剧本里只有德文），也都是措手不及，只抓住了几小句的意义"。他对于剧情事先毫无所知，只知道伽利略受到罗马教廷迫害的一些简单背景。但是，就是这样一次戏剧观摩，《伽利略传》一剧竟然给卞之琳留下深刻印象。

卞之琳很快就沉迷于布莱希特的戏剧，以至于用了半年时间来整理、写作这本布莱希特印象记。他认为，时代是不断发展的，不论布莱希特的戏剧在漫长的历史中影响如何、作用如何，作品本身已经是一个不可改变的历史事实。他在书中，不断地将自己印象极深的台词摘录下来，以便强调自己的印象，卞之琳毕竟是一个诗人，他一下子就看到了那些之所以使他感到震撼的内容。舞台上的伽利略说：两千年来一般人都相信太阳和天上的所有星球都围绕着他们旋转。教皇、主教、王公、学者、将领、商人、卖鱼妇、小学生都相信他们自己坐在这个水晶球的中心，一动不动……旧时代过去了，现在是新时代了。在过去的一百年里，人类似乎一直在盼待着什么。城市是狭窄的，人的头脑也是这样。迷信和瘟疫，一样流行。可是我们现在敢说：今天是这样，就不会老是这样。要知道一切都是动的，孩子。

　　一个观众、一个诗人被打动了。实际上，他是被另一个诗人打动了。这个世界上，看似无用的东西实际上是多么重要。多少人在追求实用的过程中，他们不知道自己的一切正被一些看似无用的事物主宰着，势利眼式的追逐，不能摆脱自己从未认真考虑过的真理。伽利略在布莱希特笔下，成为一个先知式的人物，他所做的一切，只在惊醒沉睡的人们："像这样的夜晚，整个意大利都有望远镜对着天空。木星和卫星群不会使牛奶卖得便宜一点。但是它们过去从未有人看见过，而它们是在那里。从此街头平民可以得出结论，相信自己只要睁开眼睛，可能还可以看到更多的东西。你们有责任给他们以肯定！并不是几颗遥远的星球如何运动的情形使全意大利人竖起了耳朵，他们是要听一向被认为不可侵犯的见解开始动摇的消息——谁都知道这样的见解可就太多了。各位先生，我们不要捍卫垂死的教条。"

　　在布莱希特看来，一个遥远天体的发现，与我们庸俗的生活息息相关。因为，我们通过发现新事物而发现了自己。它和乡下的农民有关，它和所有人都有关。我们时代的审美有时是变态的。就像我们欣赏一粒珍珠的时候，却不知道它的真正来历。它恰好是由于一个珠贝害了一种致命的疾病，就用磷光的黏液包裹了一种外来的不可忍受的物体，例如一粒沙子。它们几乎因此死去。一个健康的蚌贝比一个怀有珍珠的蚌贝更美丽，"美德并不和悲惨有不解之缘"。一种发现正是为了从根本上解决我们面对的事物的来历问题。布莱希特从科学的方向上不断延伸和拓展想象的链条，使一个真理尽量覆盖更多的事物，而不是仅仅局限于它本身。如果不能如此，一切发现和探索的意义就大打折扣，或者，那些我们曾经认为该追求的，原本就不值得追求。

从某种意义上说，布莱希特在戏剧创作中发现的，不是技巧，而是那些必须用这些技巧来表现的思想。当然，技巧之所以能够发挥作用，形式之所以让我们感到重要，却更多的是因为其思考的力量。他能够将那么多看似不相关的事物，组合在自己充满雄辩力的语言中，使我们的心感到震颤。对人的思考、人性的思考、人的情感的思考，正是布莱希特在几乎每一个戏剧中用力表达的东西。因此，他的戏剧中经常充满矛盾，有时这些矛盾甚至达到不能调和的地步。这就是，关于人的许多个侧面，究竟是如何相容的？它们是如何如此奇异地聚合在一起的？

这就必须采用特别的技艺将表象剥掉，以便剩下另一些让我们惊愕的东西。这是一条观赏的捷径，也是认识的捷径。实际上，这也正是布莱希特给"陌生化"概念所下的定义："把一个事件或者一个人物性格陌生化，首先意味着简单剥去这一事件和这一人物性格中理所当然的、众所周知的和显而易见的东西，从而制造出他的惊愕和新奇感。"他还说："累积不可理解的东西，直到理解出现。"因而，演员在演出的过程中就必须知道，他不是自己所言的那个人，而是在扮演那个人、那个角色。在这一方面，布莱希特将自己戏剧创作中的演员台词看作是其中的灵魂，它不仅要体现那个角色的内心世界，还必须体现整个剧情、整个内容，以及整个作品结构设计的思想关键。

这样，表演就成为一种最原始的方式。在《大胆妈妈和她的孩子们》一剧中，一个随军牧师说："在战争里也有和平，它有和平的一面。

战争本来就是要满足一切需要的，其中也包括了和平的需要，这样的需要是会被人照顾到的，否则战争就挺不了多久。"在《伽利略传》中，伽利略说："真理是时代的产儿，不是权威的产儿。我们的愚昧浩大无边，让我们铲掉一立方厘米吧！"他还说："只有我们的胜利，才有真理的胜利。理智的胜利只能是有理智的人的胜利。你们把坎帕尼亚农民描绘成农民茅草屋上的青苔！怎么还能想象三角形的角度会同他们的生活矛盾呢？但是，他们不行动起来，学会思考，最美妙的水利设施对他们也毫无补益。"

在这些地方，思考已经成为一种呼唤，一种呼喊，对蒙昧者的布道。在很多时候，布莱希特已经等不得寻找剧情中的机会，他把整个戏剧中的所有过程，都作为一个又一个发言的机会，一次又一次思考的机会。在这样的戏剧中，所有的人物、所有的剧情，都服从于思想者的需要，都置于为了对世界重新理解而设计的种种玄机中。在这样的作品中，人物性格、场景、剧情……都可能是陌生的，因为，归根结底，布莱希特的很多思想，对于一切庸俗的生活，从来就是陌生的。

附：

引文出处除注明者外，还来自一些参阅书目：

《布莱希特戏剧选》（上、下），贝·布莱希特著；《布莱希特传》，克劳斯·弗尔克尔著；《布莱希特戏剧印象记》，卞之琳著；《布莱希特研究》，张黎编选；《布莱希特与方法》，弗雷德里克·詹姆逊著；《布莱希特论戏剧》，贝·布莱希特著；还有少数散见于其他图书、杂志的论文篇目，在此不一一说明。